Gillian Hobbs

Du lügst. Du stirbst.

Die Autorin

Gillian Hobbs wurde in Niedersachsen, Deutschland geboren, entdeckte aber schon früh ihre Faszination für regnerische, englische Kleinstädte in Küstennähe. »Ich lüge bis du stirbst« war ihr Thriller-Debüt. Zuvor hat sie bereits unter ihrem Klarnamen mehrere Romane veröffentlicht.

Gillian Hobbs

Du lügst. Du stirbst.

Rote Rache Band 2

Thriller

Bibliografische Informationen der Deutschen Nationalbibliothek: Die Deutsche Nationalbibliothek verzeichnet diese Publikation in der Deutschen Nationalbibliografie; detaillierte bibliografische Daten sind im Internet über http://dnb.d-nb.de abrufbar.

Empire-Verlag OG, Lofer 416, 5090 Lofer

Lektorat: Simona Turini
https://www.lektorat-turini.de/

Korrektorat: Heidemarie Rabe
rabe.heidemarie47[at]googlemail.com

Cover: Chris Gilcher
http://buchcoverdesign.de/

Illustrationen: Adobe Stock ID 246264571, Adobe Stock ID 500467832, Adobe Stock ID 215060202, Adobe Stock ID 183971913, Adobe Stock ID 24148 1023, Adobe Stock ID 136969703 und freepik.com

gesetzt aus der EB Garamond
erstellt mit *SPBuchsatz*

Bestellung und Vertrieb: Nova MD GmbH, Vachendorf

ISBN: 978-3985956463

Schmerzen

Kapitel 1 – Aufgewacht

D*rei Monate zuvor*

Nichts kannte Aleen besser als ihren Schmerz. Er lebte in ihr, hielt sie in einer ewigen Umarmung fest und füllte zugleich ihr Innerstes aus. Schmerz. Ihr treuster Begleiter. Alles beim Alten.

Als Aleen leicht benommen die Augen öffnete, weil das vertraute Pochen ihren Körper durchflutete – dieses Mal spürte sie es vor allem im Gesicht – stellte sie nichts Ungewöhnliches fest. Ihr Verstand arbeitete noch langsam, ihre Sicht war alles andere als klar, aber das würde sich bald legen, also schloss sie die Augen wieder. Das Pochen würde weiter zunehmen, hier und da einem Ziehen weichen, einem Brennen vielleicht oder einem Jucken. Auch das war nichts Neues. Er hatte sie einfach mal wieder bewusstlos geschlagen. Auf dem Sofa oder im Bett, während er ihr ins Ohr keuchte.

Gewalt und Sex waren ein und dasselbe für ihn. Er brachte es oft zu Ende, wenn sie bereits von tiefer Dunkelheit umgeben war. Manchmal konnte sie noch sein langsam immer dumpfer werdendes Grunzen hören, bevor sie versank und einige Zeit später von lautem Schnarchen in das Licht zurückgezerrt wurde. Zurück zu ihrem Schmerz.

Alles beim Alten.

Aleen öffnete erneut die Augen. Das Licht stach zu wie mit Nadeln. Sie blinzelte. Eine Faust preschte auf sie zu, nur um sogleich verschwommenen Farben zu weichen. Das Stechen ließ ein wenig nach.

Blinzeln.

Wieder sah sie kurz etwas vor sich, das dieses Mal wie ein Blutfleck aussah. Und daneben? Bevor sie es erkennen konnte, war das Bild verschwunden.

Was hast du dieses Mal wieder angestellt?, fragte sie ihn, dann merkte sie, dass sie nicht mal die Kraft hatte, den Mund zu öffnen.

Das Denken fiel ihr immer noch schwer, aber endlich wurden die Konturen klarer, Umrisse erkennbar. Sie versuchte, den Arm zu heben, um sich über die Augen zu reiben, ihre Finger zuckten als Antwort.

Da bemerkte sie, dass diese weißen Wände nicht ihre Wände waren. Dass das Bett, in dem sie lag, nicht ihr Bett war. Die Bettwäsche, aus der ihre Arme und ihr Kopf hervorlugten, nicht ihre war. Die Kleidung, die sie trug, nicht ihre war.

Das Pochen in ihrem Gesicht nahm zu. Es fühlte sich an, als würden irgendwelche winzigen Wesen auf der Haut ihrer Wangen und ihrer Stirn Trampolin springen.

Wieder versuchte sie, den Arm zu heben, dieses Mal gelang es ihr zumindest, ihn wenige Zentimeter über der Matratze zu halten.

Aleen atmete tief ein. Der unverkennbare Geruch von Desinfektionsmittel lag in der Luft. Was war geschehen? Hatte *er* etwa nicht aufgepasst und sie in ein Krankenhaus bringen müssen? Nein, es war ihm sonst auch egal, wie schlimm er sie zurichtete. Hauptsache, es ließ sich durch einen Unfall erklären.

Erneut blitzte eine Abfolge von Bildern vor ihrem inneren Auge auf. Er, wie er sie gegen die Wand schubste. Finger, die sich um ihren Hals legten. Sie, wie sie nach einer Vase griff.

Die Tür ging auf und eine Krankenpflegerin kam herein. Als sie bemerkte, dass Aleen wach war, lächelte sie und meinte, dass sie sofort den Arzt holen werde.

Das ›Sofort‹ zog sich ganz schön.

Die Warterei brachte Aleen beinahe um den Verstand. Irgendjemand in diesem grässlich sterilen Gebäude sollte ihr sagen, was passiert war und warum sich ihr Körper verdammt noch mal anfühlte, als würde der Unsichtbare ein Nickerchen auf ihr halten.

Ein drittes Mal bemühte sie sich, den Arm zu heben. Endlich schaffte sie es so weit, dass sie ihn betrachten konnte. Sie trug ein kurzärmeliges OP-Hemd, das ihre Schnitte und Brandwunden nicht zu verbergen vermochte. Sofort verspürte sie den Drang, etwas anderes anzuziehen und ruckte hoch, nur um wenige Zentimeter mit dem Kopf über dem Kissen zu schweben und schon nach kurzer Zeit zurückzusinken.

Ihre Handfläche war mit einer Bandage umwickelt. So sehr sie sich auch bemühte, sich daran zu erinnern, was passiert war, es gelang ihr nicht.

Aleen nahm den Arm runter, schaffte es aber nicht, ihn unter die Bettdecke zu schieben. Auch der andere, der, wie sie nun bemerkte, leicht geschwollen war, fühlte sich so schwer an, als wäre er mit unsichtbaren Riemen an die Matratze geschnürt.

Da öffnete sich erneut die Tür. Ein untersetzter Mann kam herein. Er trug einen Kittel und ein Stethoskop um den Hals.

Na endlich, dachte Aleen und wartete gar nicht erst ab, bis er sich vorgestellt hatte. »Was ist passiert?«, fragte sie und zuckte zusammen. Zu sprechen fühlte sich an, als bestünde ihr Rachen aus Sandpapier. Der Schmerz zwang sie, ein paar Mal kräftig zu schlucken, was alles nur schlimmer machte.

Der Arzt trat an das Kopfende ihres Bettes, füllte ein Glas mit Wasser und hielt es ihr so vor den Mund, dass sie daraus trinken konnte, ohne sich vollständig aufsetzen zu müssen.

Sofort nahm sie einen gierigen Schluck und hustete heftig.

»Nicht so hastig!«, mahnte der Arzt.

Aleen konnte sich geradeso zügeln.

»Langsame und kleine Schlucke.«

Sie tat, was er sagte und obwohl sie kaum Flüssigkeit zu sich nahm, war ihr, als könne ihr Hals die Menge an Wasser nicht ertragen. Sie hustete wieder.

Der Arzt wollte das Glas zurückstellen, doch Aleen bedeutete ihm mit dem Kinn, dass sie noch nicht genug hatte. Wieder wurde ihr bewusst, dass ihre Arme zu sehen waren, und dieses Mal war der Drang, sie zu bedecken, kaum auszuhalten. Trotzdem zwang sie sich, sich nichts anmerken zu lassen, leerte das Glas und sank zurück aufs Kissen. Mit letzter

Kraft schaffte sie es endlich, ihre Arme unter die Bettdecke zu schieben.

»Geht es etwas besser?«, fragte der Arzt.

Aleen nickte, was eine Lüge war. Es schien den Mann jedoch zu überzeugen, denn er lächelte kurz und ging zurück ans Bettende.

Er sah ganz anders aus als diese gut aussehenden Ärzte in den Krankenhausserien, die sie sich manchmal heimlich ansah, wenn *er* mit seinen Kumpanen auf Tour war.

»Mein Name ist Doctor Hendricks. Ich bin Ihr zuständiger Arzt.« Er machte eine kurze Pause. »Mrs Gibbs, Sie haben eine Menge durchmachen müssen. Wissen Sie, was mit Ihnen geschehen ist?«

»Mein Mann ...« Das Sprechen tat weiterhin weh, zudem hatte sie große Mühe, die Worte zu formen.

Der Arzt nickte. »Sie haben viel Blut verloren. Daher waren wir gezwungen, eine Notoperation durchzuführen. Ihre Nachbarin fand sie auf der Türschwelle. Sie müssen bei einem Fluchtversuch oder Ähnlichem zusammengebrochen sein, die Beine sogar noch im Haus. Wir wissen bislang nicht, wie lange Sie so dort lagen.« Erneut eine dramatische Pause. Er räusperte sich. »Die Blutung konnten wir stoppen, jedoch ...« Statt weiterzureden, betrachtete er kurz die Gegenstände in seinen Händen.

Erst jetzt fiel Aleen auf, dass er nicht nur ein Tablet hielt, sondern auch einen Spiegel, der bis eben von dem Gerät verdeckt worden war. Jetzt hielt Doctor Hendricks ihn hoch, sodass Aleen hineinsehen konnte.

Was sie daraus anstarrte, hatte mit ihr wenig Ähnlichkeit. Viel eher glich die Gestalt darin einer Mumie. Ihr ganzes Gesicht war in Bandagen gehüllt. Lediglich ihre Nase, ihre Augen und Lippen, so geschwollen wie nach einer Schönheits-OP, lugten daraus hervor.

Aleen keuchte.

»Es tut mir sehr leid«, sagte Doctor Hendricks. »Ihnen wurde das Gesicht zerschnitten.«

Wieder ein Bild, das vor Aleens innerem Auge aufblitzte. Eine Scherbe, die er ihr drohend auf Augenhöhe hielt. Etwas, das er immer tat, wenn ihr etwas runtergefallen war, um ihr Angst einzujagen. Und manchmal fügte er ihr Schnitte zu. Ihr Gesicht hatte er meistens verschont. »Das zerbrochene Weinglas, ich erinnere mich. Es ist mir aus der Hand gefallen. Das hat ihn wütend gemacht.« Ihre Worte waren kaum mehr als nuschelnde Laute.

Erneut nickte Doctor Hendricks, dieses Mal wirkte er bekümmert. »Ich fürchte, Ihr Gesicht wird nie wieder das Alte sein. Ihre Zunge wurde ebenfalls verletzt. Ich vermute, er hat Sie Teile des Glases essen lassen. Oder wollte es zumindest. Sie haben es offenbar wieder ausgespuckt, was Ihnen wahrscheinlich das Leben gerettet hat.«

Das wunderte sie nicht. *Er* hatte sie schon alles Mögliche »fressen« – so nannte er es – lassen. Unter anderem Zigarettenstummel, die er zuvor an ihrer Brust oder ihren Armen ausgedrückt hatte. Allein der Gedanke daran brachte die Übelkeit zurück, die sie danach immer überfallen hatte.

Nach einer weiteren kurzen Pause fügte der Arzt hinzu: »Es

grenzt an ein Wunder, dass Ihre Augen unversehrt geblieben sind.«

»Er mag sie. Manchmal glaube ich, meine Augen sind alles, was er an mir mag.«

Da der Arzt nichts erwiderte, wandte Aleen sich von der Gestalt im Spiegel ab und sah Hendricks an.

Der räusperte sich wieder. »Es steht bereits ein OP-Termin für Ihr Gesicht. Wir wollen so viel retten wie möglich. Natürlich benötigen wir dazu Ihre Einwilligung. Jede Operation birgt gewisse Risik…«

»Tun Sie, was Sie tun müssen.«

»Gut. Eine Schwester wird Ihnen die Einverständniserklärung bringen. Doch zuerst … draußen warten Polizisten auf Sie, Mrs Gibbs. Sie möchten Ihnen gerne ein paar Fragen stellen.« Schon wieder dieses lästige Räuspern. »Zum Tod Ihres Mannes.«

Die Vase in ihrer Hand. Der brennende Schmerz, als das Porzellan unter dem Aufprall zerbarst und ihrer Handfläche einen tiefen Schnitt zufügte. Ein Aufschrei. Er, wie er polternd die Treppe hinunterfiel. Eine sich ausbreitende Blutlache auf dem Boden.

»Dann sage ich den Männern Bescheid, dass Sie bereit sind, sie zu empfangen«, sagte Doctor Hendricks, was Aleen aus ihrer Erinnerung schrecken ließ. »Sind Sie denn bereit?«, hakte er vorsichtig nach.

Sie wollte langsam nicken, stattdessen machte ihr Kopf eine ruckartige Bewegung. Ein stechender Schmerz schoss durch ihren Nacken, doch sie nahm ihn kaum wahr.

»In Ordnung.« Der Arzt ging aus dem Zimmer und ließ sie allein zurück.

Für einen Augenblick war Aleens Kopf vollkommen leer. Bis ein Gedanke an die Oberfläche drängte: *Ich habe ihn umgebracht.*

Zum ersten Mal seit dreizehn Jahren lächelte sie.

Kapitel 2 – Tränen

James McDuff schielte zur Uhr. Wieder war ein Tag ohne einen einzigen Kunden vergangen. Er seufzte. Das Schaf war erst zur Hälfte geschnitzt, doch er legte es neben sich auf den kleinen Holztisch und rieb sich mit der Hand, in der er noch das Messer hielt, über die Stirn. Wenn das so weiterging, würde er den Laden wirklich bald dichtmachen müssen. Gott allein wusste, wie sehr er gegen diese hochnäsigen Anzugträger ankämpfte, die immer wieder drohten, aus seiner geliebten Holzschnitzerei eine dieser modernen Coffee-to-go-Absurditäten zu machen.

Schlimm genug, dass er ihnen das Haus hatte verkaufen müssen; nun musste er auch noch die Demütigung ertragen zu pachten, was mal sein Eigentum gewesen war. Es war für sie ein Witz gewesen. Sie hatten dem Pachtvertrag doch nur zugestimmt, um Wetten abzuschließen, wie lange der alte McDuff wohl durchhielt, ehe er bankrottging. Davon war er zumindest überzeugt.

Zwei Jahre, zu einer längeren Laufzeit hatte James sie nicht überreden können. Ihm blieb nicht mehr viel Zeit. Und wahrscheinlich lachten sie gerade über ihn.

James schlug mit der Faust auf den kleinen Holztisch.

Zum Teufel mit diesen Banausen! Das hier war lediglich eine Übergangslösung. Diese Männer glaubten nicht daran, aber er würde es ihnen schon zeigen. Er hatte diese Geldsäcke davon abhalten können, ihn aus seinem eigenen Haus zu werfen und daraus einen Pub zu machen, er würde es auch schaffen, neue Kundschaft anzulocken. James würde die Schnitzerei wieder auf Vordermann bringen. Und dann kaufte er sich zurück, was rechtmäßig ihm gehörte.

Er war in diesem Haus geboren und er würde hier sterben! Die Schnitzerei hatte schließlich zuvor seinem Vater gehört. Sie war Dads ganzer Stolz gewesen bis zu seinem Tod. All die Arbeit, die er hineingesteckt hatte, um ein respektables Geschäft zu errichten. Die beste Holzschnitzerei Schottlands, von Touristen und Alteingesessenen gleichermaßen geliebt. Nein, James würde sie nicht kampflos aufgeben, und wenn es ihn sein letztes Hemd kostete.

Er gähnte.

Morgen war ein neuer Tag. Touristen gab es genügend in Woodnock, doch schienen sie seit einer Weile nichts mehr für Souvenirs übrig zu haben. Hach, wie sehr James die Zeit genossen hatte, als der kleine Laden kaum ausreichend Platz für all die Familien mit ihren Kindern geboten hatte. Ein jeder war begeistert gewesen von den vielen Holzfiguren, den Tieren und Fabelwesen.

Wo war diese Zeit nur geblieben?

James erhob sich ächzend von seinem Hocker und streckte den Rücken durch. Seine Wirbelsäule knackte. »Sie läuft wahrscheinlich gerade mit meiner Jugend um die Wette«, sagte er in den menschenleeren Raum hinein.

Alles, was er brauchte, war eine zündende Idee. Nur Holzfiguren anzubieten genügte nicht länger. Aber was sollte er sonst tun?

Er legte das Messer zum halb fertigen Schaf und schlurfte zur Ladentür, um abzuschließen, als er eine Frau bemerkte, die sich dem Geschäft näherte. Sie trug einen langen schwarzen Mantel und dunkle Jeans. Außerdem Handschuhe, obwohl es draußen nicht kalt war. Der Rest von ihr war unter einem ebenso schwarzen Schirm verborgen. Regen trommelte wild auf den gespannten Bezug und die Pflastersteine und ließ die Frau beinahe gespenstisch erscheinen. Sie schien regelrecht auf den Laden zuzuschweben.

James schob den Gedanken beiseite und öffnete die Tür. »Willkommen!«, sagte er.

Die Kundin trat auf die erste der beiden Eingangsstufen und senkte den Schirm, um ihn zuzuklappen und auszuschütteln. James nutzte die Gelegenheit, sie genauer zu betrachten. Ihr Gesicht war voller Narben. Die Dame trug Make-up, um ihre Entstellungen zu kaschieren, dennoch waren sie deutlich zu sehen. Sie sah aus, als hätte jemand ihren Schädel in ein Fenster gerammt. Ihr Haar war ebenfalls schwarz und gewellt. Es reichte ihr bis über die Schultern.

»Guten Abend«, sagte sie und hob leicht die Mundwinkel, mied es jedoch, James direkt anzusehen. Sie sprach zwar undeutlich, so als wäre ihre Zunge angeschwollen, aber verständlich. Dem Akzent nach stammte sie aus Glasgow.

»Kommen Sie rein! Ihren Schirm können Sie in dem Ständer da vorne abstellen. Sehen Sie sich gern in Ruhe um.«

»Vielen Dank.« Sie tat wie ihr geheißen.

»Lassen Sie mich wissen, wenn ich helfen kann«, fuhr James fort, »und nehmen Sie ruhig was in die Hand. Das ist hier nicht verboten, im Gegenteil.«

»Wirklich sehr schön«, erwiderte sie, ihm den Rücken zugewandt.

Während James sich in eine Ecke zurückzog, beobachtete er sie diskret. Er wollte sie schließlich nicht gleich wieder vergraulen. Manche Kunden mochten es, wenn man offen auf sie zuging und fragte, ob sie etwas Bestimmtes suchten. Andere – und so schätzte James diese Dame ein – ließ man lieber in Ruhe.

Sie schien ehrlich interessiert, inspizierte die Holzschnitzereien auf den Tischen und in den Vitrinen und ließ nichts aus.

Nun drehte sie sich zu ihm um. »Ich mag Kunst sehr. Ich würde Ihnen gerne etwas für meinen Sohn abkaufen. Ein ganz besonderes Stück.«

James führte innerlich einen Freudentanz auf. Doch noch eine Kundin!

»Selbstverständlich!« Er schluckte, um sich zu zügeln. Keinesfalls durfte er die Dame mit seiner Euphorie verschrecken. Sie machte auf ihn den Eindruck eines verwundbaren Rehs, so wie sie ihr Gesicht hinter ihren Haaren verbarg. »Darf ich Ihnen etwas zeigen?«

Sie nickte und lächelte.

Eine freundliche Frau. Sie wurde James immer sympathischer. »Dann kommen Sie mit nach hinten. Dort bewahre ich meine besonders wertvollen Stücke auf. Alles Unikate! Sicher finden wir dort eine tolle Figur für Ihren Jungen.«

Er ging zum hinteren Ende des Geschäftes und zog den weinroten Vorhang zur Seite, hinter dem sich die kleine Tür zu seinem Wohnraum befand.

»Wenn es Ihnen keine Umstände macht«, sagte die Frau und folgte ihm.

»Aber nein! Einer so freundlichen Dame wie Ihnen zeige ich gerne meine größten Schätze.«

James führte seine Kundin durch den angrenzenden Flur zu seiner – wie er sie nannte – Schatzkammer. Ein drei mal drei Meter kleiner Raum mit Holzregalen, auf denen er seine Lieblinge sammelte.

Das Herz zog sich ihm schmerzlich zusammen, als die Dame hineintrat und sich sofort interessiert umsah. Es kam nicht häufig vor, dass James einen Kunden mit nach hinten nahm. Diese Stücke waren eigentlich nicht für den Verkauf gedacht. Hier fanden sich alte Schnitzereien seines Vaters – der handbemalte 30 Zentimeter große Steinadler, die brüllende Löwin und ihr Junges. Einzigartige Stücke von unschätzbarem Wert. Zumindest wenn es um Nostalgie ging.

Mit den Jahren hatte auch James der Sammlung immer mal wieder Figuren hinzugefügt. Zum Beispiel ein lebensgroßes Jemenchamäleon und eine Ringelnatter. Vorne verkaufte er hauptsächlich fünf bis zehn Zentimeter große Schafe, Highland Cattle und Nessie, das Seeungeheuer. Aber manchmal hatte er Lust auf etwas anderes. Auf exotische Tiere, auf Menschen und Gebäude, und diese besonderen Werke fügte er stets dieser Sammlung hier hinzu.

Aber die Kunden blieben aus und in der Not frisst der Teufel Fliegen. Es würde nicht leicht werden, auch nur eine dieser Figuren zu verkaufen, doch wenn sie ein Kind glücklich machen würden, war James gerne bereit, sich von ihnen zu trennen.

Die Kundin blieb vor einer Schnitzerei stehen und nahm sie in die Hände. James schluckte. Ausgerechnet seine Familie. An dieser Arbeit hatte er mehrere Monate gesessen. Er hatte seine Eltern, seinen Bruder und sich so wirklichkeitsgetreu wie möglich darstellen wollen und am Ende war er mit dem Ergebnis mehr als zufrieden gewesen. Nur angemalt hatte er die vier Figuren noch nicht. Er hatte es sich ständig vorgenommen und dann doch nicht getan, weil er lieber ein neues Stück Holz in Form hatte bringen wollen. Ein Jammer.

Es wunderte James, dass sie ausgerechnet diese Figuren betrachtete. Der große Esel oder das Pferd würden ihrem Jungen doch sicherlich viel besser gefallen.

»Ist das Ihre Familie?«, hörte er die Dame fragen. Sie hatte ihm erneut den Rücken zugewandt.

»Aye. Mein wertvollstes Stück. Das bin ich als junger Bursche mit meinen Eltern. Der größere da ist mein Bruder. Wir sind leider zerstritten, aber es wäre mir falsch vorgekommen, ihn wegzulassen.« Er räusperte sich. »Gefällt es Ihnen?«

Sie antwortete nicht gleich. Stattdessen stand sie bewegungslos da, als wäre sie selbst zu einer Statue geworden.

Gerade als James ein wenig unbehaglich zumute wurde, sagte sie: »Sie sehen wie eine glückliche Familie aus.«

»Nun, das waren wir. Wir haben viel Zeit miteinander verbracht. Na ja, zumindest bis mein Bruder ... Ich hatte eine gute Kindheit. Eine glückliche Kindheit, ohne Zweifel.«

»Mein Junge ist tot.«

Die Worte trafen ihn wie ein Schlag in die Magengrube. Hatte er gerade richtig gehört? »Wie bitte?«

»Er wurde ermordet.«

James schluckte. Irgendetwas hatte sich verändert. Die Luft schien dicker geworden zu sein, der Raum geschrumpft, und in James machte sich ein mulmiges Gefühl breit.

Die Dame drehte sich langsam zu ihm um. Tränen liefen ihre Wangen hinab. Statt James anzusehen, betrachtete sie weiter die Figur.

»Geht es Ihnen nicht gut?«, fragte er und machte einen Schritt auf sie zu, hielt aber sofort wieder inne. »Natürlich nicht, wenn Ihr Kind ... Ermordet sagen Sie? Das ist ja furchtbar! Ich weiß gar nicht, was ich ...« Er verstummte.

Die ganze Situation kam ihm surreal vor. Eben noch wollte sie ein Geschenk für ihren Sohn kaufen. Wieso erzählte sie ihm plötzlich, er wäre tot?

Womöglich hat sie zwei Kinder, versuchte er, sich die Frage selbst zu beantworten.

Und doch ...

Irgendetwas an ihrer Miene beunruhigte ihn. Waren es die Tränen? Die Tatsache, dass ihm eine fremde Frau weinend gegenüberstand? Nein, es schien nicht, als weinte sie aus Trauer oder Nostalgie. Was er sah, ähnelte eher Reue. Er trat zurück zum Türrahmen, um eine Fluchtmöglichkeit zu haben. Bei dem Gedanken kam er sich dumm vor. Vor ihm stand eine trauernde Frau ganz in Schwarz gekleidet, gramgebeugt, weinend. Und statt ihr gut zuzureden, statt sie zu trösten, überlegte er, ob sie ihm Böses wollte.

Wieso nur suchte der Mensch in den Gesichtern seiner Mitmenschen immer nur das Schlechte? Wann hatte sich die Welt so verändert und was noch wichtiger war, wann hatte *er* angefangen, diesem Wandel zu folgen? Es gab das Gute im Menschen und diese Frau trauerte. Sie war gut, keinesfalls gefährlich.

Die Dame sah auf und starrte ihn an. James konnte die Tränen in ihren Augen funkeln sehen.

Nein, sie war nicht gefährlich.

Oder?

»Lassen Sie uns wieder nach vorne gehen«, sagte er so ungezwungen wie möglich. »Nehmen Sie die Statue gerne mit oder eine andere, wenn Ihnen davon eine besser gefällt.«

Sie nickte und James unterdrückte ein Aufatmen. *Dummer, alter Mann. Sie ist nur eine verletzte Seele.*

Kaum, dass sie an ihm vorbeigegangen war, blieb sie plötzlich stehen. Wieder überkam James ein seltsames Gefühl, fast wie eine dunkle Vorahnung. Er fluchte innerlich. Jetzt blieb ihm doch keine Fluchtmöglichkeit mehr.

Sie murmelte etwas.

»Äh, w-wie bitte?«, fragte er.

In dem Moment wirbelte sie herum und holte mit der Figur

aus. Die Zeit schien sich für einen Moment zu dehnen und er hob schützend die Hände. Zu spät. Etwas explodierte vor seinen Augen, und er sank benommen zu Boden.

»Es tut mir leid«, hörte er sie sagen.

Wieder folgte ein gewaltiger Schmerz. James spürte, wie etwas Warmes seine Wange hinunterlief. Er schmeckte Blut. Immer noch hielt er schützend die Hände vor sich, doch es war ihm kaum möglich, sie erhoben zu halten. Sie waren schwer, so schwer und er so müde.

Die Frau schlug erneut zu. Dieses Mal schrie sie fast: »Es tut mir leid!«

Das letzte, was James sah, war eine Träne, die vom Kinn seiner Mörderin auf sein Hemd tropfte, dann umfing ihn die endlose Nacht.

* * *

Fünf Stunden später

Die Turmuhr schlug ein Uhr nachts.

Aleen machte sich nicht die Mühe, die Tür des Ladens hinter sich zu schließen. Ihr stand der Schweiß auf der Stirn. Das viele Blut vom Boden und von den Wänden zu entfernen, die Leiche in die Badewanne zu hieven und sie gründlich zu waschen, hatte Zeit gekostet, doch nicht genug. Das Warten war ihr wie eine Ewigkeit vorgekommen. Der Ladenbesitzer schien sie die ganze Zeit über mit seinem einen verbliebenen Auge anzustarren. Sie hatte es kaum ertragen und doch war es ihr nicht möglich gewesen, den Blick von seinem eingedellten Gesicht zu nehmen.

Das zweite Auge hatte Aleen ihm ausgeschlagen. Sie hatte es nicht gewollt, es war einfach passiert. Nachdem sie James gewaschen hatte, hatte sie ein Stück Toilettenpapier genommen, war in das Hinterzimmer zurückgekehrt und hatte das Auge aufgehoben. Davor hatte sie sich in einer Art Schockstarre befunden, doch das Gefühl dieses schleimigen Dings in ihrer Hand löste sie mit einem Ruck. Aleen war zurück ins Badezimmer gerannt, hatte das Auge mitsamt Papier in die Toilette geworfen und sich darauf übergeben. Als ihr Magen nichts mehr hergab, hatte sie alles hinuntergespült.

Nun trat sie hinaus in den Regen, hatte einen Arm des Mannes über ihre Schulter und ihren Arm um seine Taille gelegt. Er war bereits größtenteils steif geworden und obwohl er kaum Fleisch auf den Knochen besaß, kostete es Aleen einige Mühe, ihn wie eine Schaufensterpuppe neben sich herzuziehen. Ihr Knie protestierte heftig, in ihrem Rücken knackte es. Sie ließ sich nicht beirren. Das hier war etwas, das sie tun musste. Es war nicht ihre Schuld, dass dieser arme Mann hatte sterben müssen, nein, sein Tod diente einem höheren Zweck.

Bis zu ihrem Mietwagen war es nicht sehr weit, dennoch war die Gefahr, erwischt zu werden, noch immer groß. Sie hoffte nur, dass sie den Ladenbesitzer mit dem Hut und seinem Regenponcho gut genug getarnt hatte, damit er als Betrunkener durchging. Immer wieder blickte Aleen über die Schulter und versicherte sich, dass sie ungesehen blieb.

Als sie endlich die nächste Seitenstraße erreichte, packte sie den Mann unter den Achseln, schleifte ihn, so schnell sie konnte, zu ihrem gemieteten Mini und hievte ihn auf den Beifahrersitz.

Aleen seufzte erleichtert, als sie sich hinter das Lenkrad setzte und den Motor startete. Fast geschafft. Im Moor würde niemand die Leiche so schnell finden. Sie würde James ausziehen und einfach warten, bis er versunken war. Gleich im Morgengrauen würde sie die Kleidung entsorgen und anschließend den Wagen zurückgeben.

Ein Schritt näher an ihrem Ziel, *sie* zu zerstören.

Aleen sah zu dem Mann, dessen Kopf schlaff über seinen Schultern baumelte und spürte erneut Tränen in sich aufsteigen. »Es tut mir leid«, flüsterte sie und fuhr los.

* * *

Er schlenderte mit in den Taschen vergrabenen Händen durch die Stadt. Der Regen hämmerte auf die Dächer der umliegenden Geschäfte, auf seine Kleidung, den Rucksack und die Pflastersteine. Keine Seele war mehr unterwegs.

Er genoss die Einsamkeit. Niemand würde ihn sehen, wenn er in der Moorlandschaft seinen Tod inszenierte. Es würde perfekt werden und vielleicht würde er mehr erfahren über ...

Erschrocken blieb er stehen. In einiger Entfernung erblickte er zwei Gestalten. Eine davon schien ziemlich betrunken zu sein, da sie von der zweiten Person gestützt wurde. Sofort hastete er hinter die nächste Mauer, nahm seinen Rucksack vom

Rücken und presste ihn fest an sich. Niemand durfte sehen, was sich darin verbarg. Niemand! Es würde alles verderben und sie würden es nicht verstehen!

Er wartete mit angehaltenem Atem.

Motorengeräusche erklangen, ein Wagen entfernte sich. Erleichtert stieß er Luft aus, trat aus der Ecke hervor und setzte seinen Rucksack auf. Ein Blick über die Schulter verriet ihm, dass er wieder ungestört war. Nun schlenderte er weiter.

Bis in die Highlands war es nicht sehr weit und auch das Moor war gut zu Fuß erreichbar. Der Regen war lästig, aber er würde den Fotos eine besondere Note verleihen.

Als er am Ziel angekommen war, hatte der Regen nachgelassen. Mit einer Taschenlampe ging er umher und suchte nach dem perfekten Platz, während er aufpasste, wohin er trat, um nicht versehentlich im Moor stecken zu bleiben.

Etwas erregte seine Aufmerksamkeit.

In einiger Entfernung ragte etwas aus dem Schlamm. Etwas Helles, Fleischiges.

Er ging näher heran und seine Augen weiteten sich. Was er sah, war ein Rücken. Die Wirbelsäule zeichnete sich deutlich unter der straffen, schmutzigen Haut ab. Weißes Haar war ebenfalls zu erkennen.

Aus dem Schlamm war eine Leiche hochgedrückt worden.

Alles auf Anfang

Kapitel 3 – Woodnock

Ein Schrei riss sie aus dem Schlaf. Jacob fuhr neben ihr hoch. Er legte ihr eine Hand auf die Schulter.

»Alles okay?«

Scarletts Herz flatterte und ihr Körper fühlte sich ganz taub an. Sie schwitzte unter der dicken Bettdecke. »Bestens«, sagte sie und schüttelte Jacobs Hand ab. Sie zwang sich, ruhig zu atmen.

»Du hast seinen Namen geschrien, Sca.«

»Was?«

»Willi. Du hast ihn gerufen. Schon wieder. Kann ich … kann ich was für dich tun?«

Noch immer schlug ihr Herz sehr schnell, doch langsam bekam sie sich wieder in den Griff. Ohne ein weiteres Wort drehte sie sich von Jacob weg und legte sich auf die Seite.

Hinter sich hörte sie ihn leise seufzen und spürte, wie er sich ebenfalls wieder hinlegte.

Als Scarlett die Augen schloss, sah sie erneut das Ende ihres Traums vor sich. Zwei junge Mädchen – es waren Emilie und Alex – standen am Rand einer Klippe. Sie starrten gemeinsam in den Abgrund. Die auf dem Boden hockende Frau neben ihnen war eindeutig sie – das blonde Haar, die zierliche Statur, der rote Mantel. Und doch gab es noch ein weiteres Ich, das alles beobachtete wie eine Kamera. Ihr Bewusstsein. Mit einer Hand hielt die andere Scarlett Willi fest, der über dem Abgrund hing und in den Tod zu stürzen drohte. In seinem Blick lag blindes Vertrauen, Zuversicht, das Wissen, dass sie ihn nie loslassen würde.

Emilie wandte sich ihr zu. »Hast du es genossen?«

Da lockerte sie ihren Griff und ließ ihn fallen. Willis Mund formte ein erschrockenes O, seine Augen weiteten sich. Er stürzte geradewegs in den Tod.

Scarlett drehte sich auf ihrer Matratze und starrte zur Decke. *So ist das nicht passiert,* dachte sie trotzig. Und doch träumte sie jede Nacht denselben furchtbaren Traum. Sah, sobald sie die Augen schloss, wie Willi fiel. Naiver, dummer Willi.

Scarlett schlug die Bettdecke zurück und schwang die Beine aus dem Bett. »Ich hol mir was zu trinken.«

Schlaf würde sie heute Nacht sowieso nicht mehr finden.

* * *

»Willkommen in unserem neuen Heim, Mrs Dyer!«

Scarlett betrachtete Jacob, der eben erst aus dem Bett gestiegen war und noch seinen Pyjama trug, mit erhobener Augenbraue. »Liebling, ich glaube, du hast dir schon wieder den Kopf gestoßen. Wir wohnen seit fast einer Woche hier.« Sie setzte sich ein Stück auf und stützte sich auf ihren Ellbogen.

Jacob winkte ab. »Na, das zählt nicht. Die letzten Tage standen überall Kartons rum …«

»Voll mit deinen Spielzeugen.«

Er ignorierte den Einwurf und fuhr ungehindert fort: »… es war unordentlich und überhaupt nicht heimelig. Sieh dich jetzt um, ist es nicht herrlich? So hell und einladend. Home, sweet home.« Sein Blick schweifte zum Fenster. »Oder wie die Schotten sagen würden ›what a dreich day the day‹!«

»Dein Schottisch ist scheiße.«

»Yer bum's oot the windae!«

»Ich *werf* dich gleich mal aus dem Fenster, wenn du nicht die Klappe hältst.«

Sie bemühte sich, konnte jedoch ein Grinsen nicht unterdrücken. Jacobs Aussprache war eine Katastrophe und obwohl Scarlett in der Nähe von gut gelaunten Menschen normalerweise den Drang verspürte, ihnen mit einer Schaufel den Schädel zu spalten, schaffte er es doch immer wieder, sie zum Schmunzeln zu bringen. Freundlichkeit und Spaß waren nichts, was Scarlett allzu vertraut war, aber sie hatte Gefallen daran gefunden. Jacob war ihr kleines Äffchen. Er sorgte für ihre Unterhaltung. Vermutlich war er deshalb noch am Leben.

Nun kam er zu ihr und gab ihr einen Kuss auf den Haaransatz. »Ich hab dich auch lieb, Schatz.« Dann trat er ans Schlafzimmerfenster und betrachtete mit der Faszination einer Katze den Regen. Scarlett musterte ihn. Vielleicht hatte es eher mit Neugier zu tun, dass sie ihn weiterhin in ihrer Nähe duldete. So naiv konnte er doch nicht sein. Er schien ihr alles vergeben zu haben, was sie in St. Pit angestellt hatte. Es wirkte sogar so, als hätte er es vergessen. Die Morde. Das Chaos. Ihr ganz persönlicher Rachefeldzug. Statt ihr aus dem Weg zu gehen, blieb er bei ihr. Welcher normale Mensch würde das tun? Aber vielleicht war er ja auch wie sie. Ein böser Mensch.

Die Vorstellung kam ihr beinahe lächerlich vor. Der zuvorkommende, stets optimistische Jacob in Wahrheit ein gewissenloses Monster? Unmöglich.

Oder?

Jacob schnellte zu ihr herum. »Wir sollten uns unbedingt den Nachbarn vorstellen. Und die Highlands erkunden! Ich möchte einen grummeligen Schotten im Schottenrock sehen, Dudelsäcke hören und Whiskey kosten. Und meine Spielzeuge unter die Kinder bringen.«

Entnervt schwang sie sich aus dem Bett, um aus dem Zimmer zu stapfen. Sie konnte hören, wie er das Fenster öffnete.

»Riechst du das?«, rief er ihr hinterher. »Das ist nasses Schaf! Wusstest du, dass es mehr Schafe in Schottland gibt als Menschen?«

Scarlett schloss die Tür hinter sich und durchquerte das Wohnzimmer, sodass Jacobs Worte immer mehr verschluckt wurden.

»Bestimmt nicht, da du deinen Glasgower Akzent ja nur spielst. Lustig übrigens, dass du ihn beibehältst. Wie …«

Endlich Ruhe. In der Küche hielt sie inne. Eine seltsame Rastlosigkeit machte sich in ihr breit. Es war das erste Mal seit mehr als zehn Jahren, dass sie keinen Plan hatte. Kein Ziel, das es zu erreichen galt. Keine Rachegelüste. Die plötzliche

Stille gefiel ihr doch nicht mehr. Sie spülte Gedanken und Erinnerungen an die Oberfläche, denen sie zu entkommen versuchte.

Sie wünschte sich Jacob herbei, der ihr mit seiner ununterbrochenen Quasselei den letzten Nerv raubte und sie doch immer wieder zum Lachen brachte. Aber ihr Stolz hinderte sie daran, einfach zu ihm zurückzugehen. Er sollte nicht wissen, wie es in ihr aussah. Olivia wäre auf der Stelle ins Schlafzimmer gerannt, um der Stille zu entkommen, aber das war ihr altes Ich. Scarlett brauchte Menschen nur, um sie für ihre Zwecke zu missbrauchen. Sie war nun mal kein guter Mensch. Jacob dagegen schon.

Vermutlich.

»Schatz?«, hörte sie ihn rufen. »Du hast mir noch nicht gesagt, was wir als Erstes tun? Ich wäre für den grummeligen Schotten im Schottenrock!«

Sie seufzte. »Ich hoffe nur, ich bringe ihn nicht doch noch um.«

* * *

Die Entscheidung, was sie als Erstes taten, wurde ihnen abgenommen. Gerade als Jacob das Frühstück vorbereiten wollte – er bestand auf ein echtes schottisches Frühstück mit Tattie Scones, Toast, Spiegeleiern, Baked Beans und Bacon – klopfte es an der Tür. Scarlett und Jacob wechselten einen Blick. Er schloss den Schrank wieder, aus dem er gerade zwei Teller hatte holen wollen.

»Wer klopft denn da?«, fragte Scarlett und trommelte genervt mit den Fingern auf die Küchentischplatte.

Jacob zuckte die Achseln. »Vielleicht wissen die Leute hier nicht, wie Klingeln funktionieren.« Er machte sich auf den Weg zur Tür.

Eine brummige Stimme erschallte.

Scarlett erhob sich nun ebenfalls. Hatten sie es etwa schon geschafft, den ersten Nachbarn gegen sich aufzubringen? Endlich ein bisschen Action!

Als sie sich jedoch den Stimmen näherte, bemerkte sie, dass der brummige Mann gar nicht brummig war. Er hatte lediglich eine sehr tiefe, durchdringende Stimme, die leicht als ungehalten interpretiert werden konnte. Zumindest aus der Ferne.

Jacob schwatzte gewohnt überschwänglich mit dem Besucher. Jetzt klang der alte Mann mit der Halbglatze, der klischeehaft beigen Rentnerkleidung und dem Gehstock unverkennbar freundlich. Ein *freundlicher* Nachbar. Vermutlich hier, um zu schnüffeln und anschließend in der ganzen Straße herumzuerzählen, wer denn diese Dyers waren, die frisch eingezogen waren und es gewagt hatten, sich nach fast einer Woche noch immer nicht vorzustellen.

Genau wie am Tag ihres Einzugs in St. Pit. Die halbe Stadt war gekommen, um Jacob und sie wie die Affen im Zoo zu begaffen, indem sie vorgaben, beim Einzug helfen zu wollen. Dabei waren sie nur sensationsgeil gewesen. Besonders eine von ihnen. Der Gedanke an diese spezielle geschwätzige Tante entfachte in ihr erneut Mordlust.

Erst jetzt bemerkte sie, dass Jacob und der Nachbar sie ansahen. Sie setzte ein dümmliches Grinsen auf und trat neben ihren Mann. »Hi. Sorry, ich war in Gedanken.«

Der Alte hob die Hand, mit der er sich nicht auf seinen Stock stützte. »Ach, mein Kind, machen Sie sich nichts draus, das geht mir ständig so.«

»Das ist Mr Dunkin, Sca«, wandte Jacob ein.

»Bertram bitte.«

Jacob rieb sich entschuldigend den Hinterkopf. »Bertram. Er wohnt direkt gegenüber.«

Scarlett ergriff Bertrams Hand, die er ihr nun entgegenstreckte, und schüttelte sie. Er hatte einen festen Händedruck. Sie verabscheute es, wenn Leute ihr ihre schlaffen Hände reichten, als umfasste man einen alten Lappen oder so was und sie dann so schnell wegzogen, als könnten sie sich jeden Moment mit Covid 19 infizieren. »Wie die Donuts, hm?«

Bertram stieß ein erstaunlich helles Lachen aus. »Genau!«

»Nennen Sie mich Scary.« Sie grinste ihn breit an.

Er hob einen Moment erstaunt die Augenbrauen, dann lachte er erneut auf. »Scary, soso, Sie gefallen mir, meine Liebe.« Nachdem er sich beruhigt hatte, fuhr er fort. »In Anbetracht dessen, dass wir nun Nachbarn sind, hielt ich es für meine Pflicht, bei Ihnen beiden vorstellig zu werden. Entschuldigen Sie meine förmliche Sprache, mein Enkel lacht mich jedes Mal aus, wenn er zu Besuch kommt. Ich gelobe stets Besserung, aber ein alter Schussel wie ich ändert sich wohl nicht mehr. Und das, obwohl es doch immer heißt, die Engländer wären die Steifen.«

Jacob lachte. »Sie sind Amerikaner, richtig?«

»So ist es. Obwohl ich schon vor über vierzig Jahren eingewandert bin, habe ich meinen Akzent nie abgelegt. Man könnte mich als stur bezeichnen.«

»Schön, Sie kennenzulernen, Bertram.«

»Gleichfalls, gleichfalls, Jacob! Bin ich der Erste, der auf Ihrer Türschwelle steht?«

Glücklicherweise, dachte Scarlett und fügte laut hinzu: »Ja.«

Er gluckste. »Das ist so typisch Woodnock. Wissen Sie, wir sind eigentlich eine eingeschworene Gemeinschaft, aber trotzdem geht jeder seine eigenen Wege, wenn Sie verstehen, was ich meine. Wir klammern nicht. Stellen sich neue Nachbarn vor, ist das fein, aber wir verurteilen niemanden, der es nicht tut.«

»Das hätten wir noch«, sagte Jacob hastig.

»Das ist gar nicht nötig, mein Junge. Sie werden merken, die anderen gehen mit Ihnen um, als wären Sie beide bereits seit der Stadtgründung hier.« Wieder stieß er sein helles Lachen aus. »Nein, ganz ehrlich. Bei den vielen Touristen bekommt man oft gar nicht mit, wenn jemand zuzieht. Glücklicherweise habe ich Sie beide bemerkt! Da wollte ich es mir nicht nehmen lassen, mal Hallo zu sagen. Ich bin ein redseliger alter Trottel und freue mich immer über angenehme Gespräche.«

»Wohnen Sie allein?«

Scarlett warf Jacob von der Seite einen scharfen Blick zu, den er entweder ignorierte oder nicht bemerkte. Bertram war offensichtlich bedürftig nach Gesellschaft und wenn Jacob sich interessiert zeigte, würden sie den Alten bestimmt nie mehr loswerden.

»Ich bin Junggeselle, ja. Vor einigen Jahren habe ich mit einer sehr netten Dame zusammengelebt, die eine Tochter hat. Geheiratet haben wir nie. Unglücklicherweise hat der Herrgott Ayla früh zu sich geholt. Ich habe ihre Tochter Jessica adoptiert. Nicht auf dem Papier, aber sie ist wie mein eigen Fleisch und Blut für mich. Sie besucht mich oft mit ihrem Sohn Sam, er ist vier.« Er zögerte, auf sein Gesicht legte sich ein Schatten. »Oft ist nicht ganz richtig. Jessica trieb es in die amerikanischen Südstaaten, sie arbeitet viel. Deswegen besuchen mich die beiden ehrlich gesagt für meinen Geschmack zu selten. Immer seltener, wie es scheint.« Jetzt hellte sich seine Miene schlagartig auf. »Aber können alte Menschen überhaupt je genug Besuch haben?« Er zwinkerte. »Oder unangekündigt bei den neuen Nachbarn auf der Matte stehen. Den Ausdruck ›auf der Matte stehen‹ hat Jessica mir beigebracht, musste ich gleich mal anwenden. Erschien mir passend.«

Sie lachten und selbst Scarlett kicherte. Irgendwas an dem alten Mann gefiel ihr. Er hatte nicht diese aufdringliche Art, die sie sonst von Nachbarn gewohnt war. Ja, er war redebedürftig und offenkundig einsam, aber trotzdem erträglich.

»Nun will ich Sie beide gar nicht länger aufhalten«, sagte Bertram. »Sie haben sicherlich Besseres zu tun, als mit einem alten Yankee zu plaudern. Ich habe extra gewartet, bis ich glaubte, dass Sie sich ein wenig eingewöhnt und alles ausgepackt haben, um mich vorzustellen. Das habe ich ja jetzt getan.«

Er hatte sich gerade abgewandt und war losgehumpelt, als Scarlett Jacobs Blick bemerkte. Seine Augen sagten klar: »Wir können ihn doch nicht so gehen lassen.«

»Und unser tolles, schottisches Frühstück?«, flüsterte sie ihm zu.

»Das läuft uns nicht weg.«

Sie seufzte. Lauter sagte sie: »Bertram, warten Sie!«

Er wandte sich um. »Ja, Scary?«

Er grinste verschmitzt, was ihn noch ein wenig sympathischer machte. Vielleicht war es gar nicht schlecht, von ihm ein bisschen mehr über die Bewohner zu erfahren. Kleine Details, am besten die schmutzigen, waren hilfreich für den Fall, dass Scarlett eines Tages gezwungen sein würde, der einen oder anderen Person eine Lektion zu erteilen.

Jetzt war sie es, die auf die gleiche Weise grinste: »Was halten Sie davon, wenn Sie uns ein bisschen was über die Nachbarschaft verraten?«

»Was für eine hervorragende Idee. Es ist ohnehin Zeit für meinen Spaziergang und der Regen hat nachgelassen. Wie wäre es, wenn Sie zwei mich begleiten?«

»Klar!«

Jacob sah sie erstaunt an. »Wirklich?«

»Na los, Mr Dyer, unser lieber Bertram hat sicherlich Besseres zu tun, als zwei junge Menschen herumzuführen.«

Das brachte Bertram erneut zum Lachen. Im gemächlichen Tempo verließen sie die Einfahrt Richtung Straße.

»Die Logh Street«, begann Bertram wie der Sprecher einer Dokumentation, »führt wie ein Riss quer durch Woodnock.

Das wissen Sie sicherlich schon. Wer aus dem Süden kommt, gelangt über sie direkt in die Highlands. Deswegen ist es hier auch meist ein wenig lauter als zum Beispiel in der Woodnock Road nebenan oder der Purr Street. Ich muss allerdings sagen, dass mich der Verkehr nie sonderlich gestört hat. Tagsüber ist hier zwar gerne mal was los, aber nachts bin ich noch nie von Motorengeräuschen wach geworden.«

»Geht uns auch so«, sagte Jacob. »Hier ist es definitiv ruhiger als in London.«

»Sie beide kommen aus London?«

»Nein, nur ich. Sca ist aus ... Glasgow.«

Jacobs Zögern brachte sie zum Schmunzeln. Fast wäre ihm wohl rausgerutscht, dass sie in Wahrheit aus einem Küstenstädtchen in Wales stammte. Auf die Fragerei, weshalb sie dann einen schottischen Akzent habe, konnte sie gerne verzichten.

»Hier in der Logh Street wohnen hauptsächlich Touristen. Neben Ihnen beiden und mir leben da vorne noch Mr und Mrs McCraig.« Er zeigte auf ein Reihenhaus mit Vorgarten, in dem zwei etwa fünfzig Zentimeter hohe Skulpturen von schottischen Hochlandrindern standen, als würden sie das Haus bewachen.

»Die beiden sind absolute Kuhfans und damit meine ich nicht, dass sie gerne Rindfleisch essen. Sie setzen sich sehr für Tierrechte ein und leben vegan.«

»Wow«, sagte Jacob.

»Mhm. Nette Leute.«

Sie schlenderten weiter.

»Ein Stück die Straße runter wohnt Mr McDuff. Er ist der Bruder von James McDuff, dem eine kleine Holzschnitzerei in der Stadt gehörte. Clark ist ein wenig stur, er hatte nie Interesse daran, das Geschäft zu übernehmen, die beiden sind zerstritten. Er war schon immer ein Freigeist, ein Künstler. Manche seiner Werke sind in der Stadt ausgestellt. Aber ich schweife ab. Es ist sehr schade, dass er die Schnitzerei nicht übernimmt, jetzt, wo James nicht mehr da ist …«

»Verzogen?«, fragte Jacob.

»So mag es sein. Wir haben uns häufiger auf einen Tee getroffen. Es ging ihm finanziell nicht besonders gut, aber dass er ohne ein Wort gegangen ist, hat mich doch ein wenig bestürzt. Nicht mal seine Holzfiguren hat er mitgenommen.«

»So?«, fragte Scarlett.

»Auch seine Wohnung soll noch aussehen, als hätte er alles dagelassen. Er wohnte hinter der Schnitzerei, müssen Sie wissen, im selben Gebäude. Es ist sein Elternhaus, sein Vater hat bereits in den Dreißigern einen Teil des Hauses zur Werkstatt umgebaut.« Bertram ließ die Schultern sinken. »Das muss wohl ein überstürzter Aufbruch gewesen sein. Nun ja. Ansonsten gibt es da vorne noch Mr Roy. Ein Junggeselle wie ich. Nicht der geselligste Nachbar, aber im Herzen gut. Da gestern erst ein Umzugswagen vor seiner Tür stand, nehme ich an, dass er bald wegzieht.«

»In dieser Straße wohnen wohl ausschließlich Einsiedler«, sagte Scarlett.

Bertram kicherte. »Jetzt, wo Sie es sagen? Sie beide und ich bilden wohl die Ausnahme.«

»Und in allen anderen Häusern leben Touristen?«, fragte Jacob erstaunt.

»Willkommen in Woodnock! Weitere Anwohner finden sie in den ruhigeren Straßen. Die Gundersons zum Beispiel, ein liebes Paar und ungefähr in ihrem Alter! Sie haben eine entzückende Tochter. Noch keine zehn Jahre alt, ein liebes Ding.« Kurz wirkte es, als überlegte er, etwas hinzuzufügen, ließ es dann aber doch bleiben.

Scarlett konnte sich schon denken, was es war. Ein junges Ehepaar. Kinderlos. Frisch umgezogen. Viele wollten sofort wissen, ob denn Nachwuchs geplant sei, manche hielten sich zurück. Bertram war einer davon. Gut so.

»Dann wären da noch die Singers. Die beiden sind in ihren Fünfzigern, haben aber zwei recht junge Söhne. Sie waren spät dran, was das Elternwerden betrifft. Die Jungen müssten etwa zwölf oder dreizehn sein. Beide sind dicht nacheinander geboren.«

Bertram wirkte mit einem Mal erschöpft. »Nun muss ich aber langsam wieder umkehren. Meine armen Knochen halten keine langen Spaziergänge mehr aus, und sich dauernd auf diesen dummen Gehstock zu stützen, zieht in Arm und Hüfte.«

»Verstehe«, sagte Jacob. »Wir begleiten Sie zum Haus.«

»Alte Menschen und ihre ständige Jammerei, was?«

»Unsinn!«

Scarlett folgte der Unterhaltung nicht länger. Sie schlenderte hinter den beiden Männern her.

Der Rundgang war recht enttäuschend ausgefallen, nicht

ein Geheimnis hatte Bertram enthüllt. Obwohl das Verschwinden von diesem McDuff durchaus interessant war. Wer verließ denn so überstürzt sein Zuhause, wenn er nicht auf der Flucht vor etwas oder jemandem war? Außer natürlich, man würde nach einigen Wochen seine Leiche finden.

Scarlett ließ den Blick über die Häuserreihen gleiten. Vielleicht war Woodnock ja doch interessanter als gedacht.

* * *

Etwa eine Stunde später stand Scarlett am Küchenfenster und betrachtete Bertrams Haus, ohne es richtig anzusehen. Sie war zu sehr in Gedanken versunken. Der Albtraum klang noch immer in ihr nach, sie war müde, das üppige Frühstück lag ihr schwer im Magen und sie war zu lustlos, nach dem kurzen Spaziergang mit Bertram auch noch einen Stadtbummel zu machen. Jacob hatte jedoch während des Frühstücks nicht locker gelassen und sie hatte letztlich zugestimmt, damit er Ruhe gab.

Hinter sich hörte sie, wie er die Küche fegte und gut gelaunt vor sich hin summte. Sie blendete ihn aus.

Draußen lief eine Gruppe Touristen vorbei. Fünf junge Kerle in dicken Jacken und mit Wanderrucksäcken. Sie redeten alle durcheinander, was Scarlett an ihren Lippenbewegungen erkannte. Aus Bertrams Nachbarhaus trat ein weiterer Tourist, der nun Richtung Highlands marschierte. Erstaunlich, dass Jacob sie bisher nicht dorthin gezerrt hatte. Immerhin wohnten sie schon eine ganze Woche hier.

Eine quälend lange Woche in Woodnock.

Idyllisches, sterbenslangweiliges Woodnock.

Die Landstadt am Rande der schottischen Highlands war ein Magnet für Touristen. Laut Volkszählung lebten hier Pi mal Daumen zweitausend Einwohner – vermutlich waren es weniger –, weshalb das Städtchen nur knapp an der Bezeichnung ›Dorf‹ vorbeigeschlittert war.

Zwar zog es Touristen an, schien jedoch nicht den Wunsch der Sesshaftigkeit zu wecken. Statistiken zufolge lebte ein Mensch durchschnittlich zwei Jahre in Woodnock, ehe es ihn anderswo hinzog. Vielleicht in eine größere Stadt, vielleicht in einen anderen Teil der Welt. Woodnock war geprägt von Um- und Zuzügen.

Hier blieben die Bewohner – nicht wie in anderen Kleinstädten – unauffällig, verborgen, unerkannt. Die Menschen waren gastfreundlich, hielten aber Distanz.

Scarlett hatte die Gewissheit, weder erkannt noch auf Anhieb argwöhnisch beäugt zu werden, mit einer ungeahnten Ruhe erfüllt, die sie anfangs entspannte, aber schon zwei Tage nach ihrem Einzug in eine ungeduldige Rastlosigkeit umgeschlagen war.

Seit ihrem sechzehnten Lebensjahr hatte sie nichts anderes im Kopf gehabt als ihre Rache. Über zehn Jahre lang hatte sie einen Plan geschmiedet, um eine ganze Stadt ins Chaos zu stürzen. Um den Menschen zu schaden, die ihr Unvorstellbares angetan hatten. Aber jetzt, nachdem das erledigt war, was blieb ihr noch?

Was war das Leben ohne Rache?

Jacob hatte das Städtchen als ihr neues Zuhause ausgesucht und nach anfänglicher Skepsis, erneut in eine Kleinstadt zu ziehen, hatte Scarlett schließlich zugestimmt. Nach mehreren Nächten in kleineren Hotels und Bed & Breakfasts war die Vorstellung eines eigenen Hauses zunächst wie ein Segen gewesen. Seit sie St. Pit verlassen hatten, hatte sie sich pausenlos wie auf der Flucht gefühlt, obwohl es keine Beweise für Scarletts Schuld am St.-Pit-Chaos gab und in Wahrheit niemand hinter ihnen her war – bis auf ihre Albträume natürlich. Das alles sollte nun ein Ende haben. Endlich wieder Privatsphäre! Dabei hatte sich Woodnock als eine glückliche Fügung des Schicksals herausgestellt.

An einem Morgen war Jacob strahlend ins Hotelzimmer gekommen. Er war eine Runde joggen gewesen und hatte Scarlett schlafen lassen. An der Windschutzscheibe seines Wagens hatte er einen Flyer entdeckt. »Besuchen Sie Woodnock. Das Paradies am Rande der Highlands«, hatte darauf gestanden. Abgebildet war eine eher unscheinbare Pflastersteinstraße umsäumt von Reihenhäusern mit Bergen im Hintergrund. Jacob war sofort Feuer und Flamme, erzählte Scarlett, wie befreiend es sein würde, in solch einer Idylle zu wohnen, und suchte mithilfe seines Smartphones nach freien Wohnungen und Häusern.

»Jacob! Du siehst einen Flyer und sofort willst du haben, was darauf zu sehen ist«, sagte Scarlett. »Kein Wunder, dass dein Dad und du kaum Kontakt habt, ich will gar nicht wissen, was für ein anstrengendes Kind du warst.«

»Es ist Schicksal, Sca! Der Flyer steckte ausgerechnet an

unserem Auto, an sonst keinem. Das muss doch was bedeuten.« Er sah sie nicht an, sondern scrollte nur weiter durch die Ergebnisse seiner Internet-Suche.

Sofort zogen sich Scarletts Eingeweide leicht zusammen. »Und du findest es nicht sonderbar, dass der Flyer sonst nirgendwo steckte?«

»Nö. Wieso?«

»Also, ich finde das schon merkwürdig. Als wollte uns jemand in dieses Woodkock oder wie das heißt, locken. Klingt nach einer Falle.«

Jacob schmunzelte.

»Was?«

»Du bist so niedlich, wenn die Paranoia mit dir durchgeht, Schatz.«

Scarlett riss ihm sein Handy aus der Hand. »Lass mal sehen.«

»Ey, kauf dir gefälligst ein eigenes!«

Scarlett ging nicht darauf ein. Sie hatte ihr Handy weggeworfen, nachdem sie St. Pit hinter sich gelassen hatten, und hatte nicht vor, sich wieder so ein Ding zuzulegen. Wer ein Smartphone besaß, blieb nicht anonym.

Während Jacob auf dem Bett hinter sie krabbelte und sich über sie beugte, machte sie sich zu Woodnock schlau. Und was sie las, gefiel ihr.

Vielleicht hatte Jacob recht. Paranoia lag Scarlett im Blut, das wusste sie. Wer konnte es ihr verdenken nach allem, was sie durchgemacht hatte? Nachdem ihre Eltern sie zum krönenden Abschluss ihrer ach so tollen Kindheit mit sechzehn

Jahren in eine Klapsmühle abgeschoben hatten? Ja, sie war paranoid und manchmal, so hatte sie gelernt, war es einfacher, eine Sache auf sich beruhen zu lassen und auf Jacob zu hören.

Der nahm sein Smartphone wieder an sich und setzte seine Suche nach Häusern fort – und wurde fündig. Scarlett willigte unter Protest ein, es sich mal anzusehen. Ein Reihenhaus, rustikal, klein, aber mit einem gewissen Charme. Und ehe sie sich versah, waren sie auch schon eingezogen.

Anfangs hatte sie die Entscheidung nicht bereut. Kein einziger aufdringlicher Nachbar hatte sich sehen lassen, um die neuen Bewohner in Augenschein zu nehmen. Es wurde auf der Straße freundlich gegrüßt, aber dabei blieb es meist auch. Perfekt, so schien es. Aber wo war der Nervenkitzel? Nicht einmal in der Anstalt war es so ruhig gewesen wie in Woodnock, dabei hatte Scarlett im Harrison-Hill-Hospital kaum mehr gesehen als die Wände ihres spartanisch eingerichteten Zimmers. Immerhin hatte es Pfleger gegeben, die sie in den Wahnsinn hatte treiben können und den einen oder anderen Patienten im Gemeinschaftsraum. Aber hier?

»Sca?«

Sie wandte sich zu Jacob um. Er hatte den Besen weggestellt und hielt ihr breit grinsend ihren Mantel hin.

»Es hat aufgehört zu regnen.«

»Und?«

»Woodnock wartet auf uns! Die Leute sind bestimmt alle so nett wie Bertram. Und denk nur an die liebe Bridget neulich!«

Scarlett nahm den Mantel und streifte ihn über. »Mhm. Klar. Und ich bin in Wahrheit Romantikerin.«

Kapitel 4 – Jacobs Traum

»Scary! Jacob!« Bridget Thompson kam von der anderen Straßenseite zu ihnen herüber. Sie war gewohnt dunkel gekleidet und ihr langes schwarzes Haar verdeckte einen Großteil ihres entstellten Gesichts. Humpelnd näherte sie sich ihnen, den Mund zu einem halben Lächeln verzogen.

Jacob hob die Hand. »Hi!«

Scarlett nickte lächelnd.

Bridget war ihnen drei Tage nach dem Einzug auf der Straße begegnet. Mit zwei vollgepackten Einkaufstaschen hatte sie die beiden schnaufend auf dem Gehweg überholt. Jacob hatte ihr angeboten, ihre Einkäufe zu tragen, was Bridget jedoch dankend abgelehnt hatte. »Ein Mensch muss sich zu helfen wissen, aber vielen Dank, Mr … ?«

»Dyer.«

So waren sie ins Gespräch gekommen, bis Bridget sich schnaufend weiter auf den Weg nach Hause gemacht hatte.

Die Unterhaltung war angenehm gewesen. Ohne Geschwafel über Themen wie das Wetter. Sie hatte einfach erzählt, dass sie klarkam und kein Mitleid wollte. Schlicht, frei von Emotionen und das, ohne unfreundlich zu wirken. Das hatte

Scarlett gefallen. Bridget war eine der wenigen, bei denen sie nicht innerlich die Augen verdrehte, sobald sie ihren Weg kreuzten.

Die Frau war vom Leben gezeichnet. Ihr Gesicht war voller Narben, ihre Haut hielt sie stets mit langer Kleidung und Handschuhen bedeckt, scheute direkten Blickkontakt und irgendeine Verletzung am Knie ließ sie dauerhaft humpeln. Trotzdem besaß sie eine gewisse Eleganz. Bridget war eine Überlebende, vermutlich von häuslicher Gewalt, und das trug sie mit Würde und Stolz.

Scarlett hoffte, eines Tages mehr darüber zu erfahren. Und vielleicht fand sie damit ja ein neues Projekt: Die Person ausfindig machen, die bestraft werden musste. Die Person, der sie das antun konnte, was Bridget angetan worden war. Allein der Gedanke daran ließ Scarlett ganz kribbelig werden.

Tief in ihrem Inneren wusste sie, dass sie Bridgets Nähe ertrug, weil sie sie an Willi erinnerte. Der gemarterte zurückgebliebene Willi, der in St. Pit sein Ende gefunden hatte. Ermordet von einem Schatten der Vergangenheit, einzig, um Scarlett zu schaden.

Für den Bruchteil einer Sekunde blitzte sein Gesicht vor ihrem inneren Auge auf, wie er herzhaft in ein belegtes Brötchen biss, das sie ihm spendiert hatte, während Tränen der Dankbarkeit in seinen Augen funkelten.

Scarlett schüttelte die Erinnerung mit einem tiefen Atemzug ab. Bridget war genauso ein Opfer, wie Willi es gewesen war. Und verdienten Opfer keine Rache?

»Sca?« Das war Jacob.

»Hm?«

»Sie hat nicht gut geschlafen«, sagte er entschuldigend zu Bridget.

»Oh, das kenne ich gut!«, erwiderte sie, dann an Scarlett gewandt: »Ich habe gefragt, ob ich euch begleiten darf. Ich könnte euch ein bisschen die Stadt zeigen.« Sie stockte. »Nun, viel zu zeigen gibt es nicht, aber ein wenig Gesellschaft wäre schön. Natürlich möchte ich mich nicht aufdrängen. Aber, wenn ihr nichts dagegen …«

Bridget sprach langsam und betont. Durch Schwellungen in ihrem Mund waren ihre Worte nur schwer zu verstehen, doch ihr Glasgower Akzent war klar erkennbar. Obwohl sie sichtlich Mühe hatte, einzelne Worte zu formen, hörte sie gar nicht mehr auf zu reden. So als wäre ihr jahrelang der Mund verboten worden und nun endlich die Zeit gekommen, alles herauszulassen. Scarlett hoffte, dass das nicht zur Gewohnheit wurde. Ihre erste Unterhaltung war so herrlich kurz gewesen.

»Sicher kannst du uns begleiten«, unterbrach sie Bridget. »Zeig uns all die verruchten Ecken, die hinter dieser scheinbar idyllischen Fassade verborgen liegen.«

Bridget kicherte. »Ich fürchte, so viel Verruchtes gibt es hier nicht. Woodnock ist … recht brav.«

»Unsinn. Jede Stadt hat Geheimnisse und dunkle Ecken. Mord, Vergewaltigung, Drogen.« Sie klatschte in die Hände. »Na los, gehen wir!«

Sie erreichten das Zentrum in weniger als zehn Minuten. Bridget erzählte nichts, was Scarlett durch ihre Internetrecherche nicht bereits herausgefunden hatte.

Jacob entdeckte einen Straßenmusiker im Schottenrock, der ein beinahe melancholisches Lied auf einem Dudelsack spielte. »Aha!«, rief er aus. »Na endlich! Bin gleich wieder da, Ladys.«

Er gesellte sich zu der kleinen Traube Menschen, um dem Musiker zu lauschen.

Scarlett schüttelte den Kopf. »Er ist so ein Kind.«

Bridget antwortete nicht. Stattdessen betrachtete sie Jacob mit einem Ausdruck, den Scarlett nicht zu deuten wusste. Sehnsucht möglicherweise. Nein, das war es nicht.

»Also, Bridget«, begann Scarlett in der Hoffnung, ein wenig mehr über sie zu erfahren. »Du stammst aus Glasgow, richtig? Was treibt dich her?«

Bridget wandte sich ihr wieder zu. »Ich wollte weg von all dem Trubel, den größere Städte so mit sich bringen. Ruhe und Abgeschiedenheit, das ist es, was ich gebraucht habe.«

Scarlett wartete einen Augenblick ab, ob eine Ergänzung folgen würde, als nichts kam, nickte sie. »Das verstehe ich.«

Kurz spielte sie mit dem Gedanken, die Frau direkt auf ihre Verletzungen anzusprechen, entschied sich jedoch dagegen. Übertrieb sie es mit ihrer Neugier, würde sie Bridget nur verschrecken und letztlich nie erfahren, wer ihr das angetan hatte.

Jacob kam zu ihnen zurück. »Der ist richtig gut!«

Bridget kicherte wieder. »Straßenkünstler gibt es hier viele. Meistens stammen sie aus den umliegenden Städtchen und Dörfern, wegen der vielen Touristen. Touristen lieben Schottenröcke.«

»Wem sagst du das!«, sagte Jacob und lachte.

»Wie gefällt es euch beiden denn bisher hier? Ihr lebt an der am meisten befahrenen Straße der Stadt, lässt es sich da gut schlafen?«

»Jacob übertönt den meisten Krach mit seinem Schnarchen.«

Er ignorierte Scarletts Einwurf. »Es ist gar nicht so laut. Wahrscheinlich ist es den meisten zu heikel, die Highlands in der Nacht zu erkunden.«

Bridget nickte. »Die Straße ist zwar recht breit, aber der Verkehr lässt sich aushalten. Sicherlich fahren viele auch einfach außen herum. Zugänge zu den Highlands gibt es genug.« Sie richtete den Blick in die Ferne. »Die meisten sagen, Woodnock würde aus der Luft an einen Baum erinnern. In der Mitte, dort wo eure Straße liegt, ist der Stamm, aus dem viele kleine Äste und Zweige wachsen, die die restlichen Straßen und Wege der Stadt bilden. Es gibt sogar eine Art Labyrinth aus engen Gassen hier in der Nähe. Ganz schön unheimlich bei Nacht.

Aber als Baum sehe ich Woodnock nicht. Mich erinnert es eher an die Blutgefäße des menschlichen Körpers.«

Dieser nachdenkliche Tonfall. Scarlett gefiel Bridgets Sicht der Dinge und sie lächelte. Die Frau wurde ihr von Mal zu Mal sympathischer. Über die Monologe konnte sie hinwegsehen. Zumindest noch. Auch Scarlett erinnerten viele Orte eher an ein Geäst aus Arterien, Venen und Nerven, wenn sie eine Landkarte betrachtete. Sie bemerkte Jacobs prüfenden Blick auf sich und zwinkerte ihm zu.

Jugendliche mit Wanderrucksäcken kamen ihnen entgegen. Sie unterhielten sich aufgeregt auf Deutsch. Statt auszuweichen, rempelte einer von ihnen Scarlett an der Schulter an. Dadurch prallte sie gegen einen weiteren Passanten, der im Begriff war, sie von hinten zu überholen. In ihr stieg mit einem Mal heftiger Zorn auf; seit Beginn ihrer Albträume war der ein häufiger Begleiter geworden. Der Schlafmangel und ihre Planlosigkeit wühlten sie auf. Sie stieß durch zusammengebissene Zähne einen Fluch aus: »Kleiner Fucker!«

Der Mann hob entschuldigend die Arme. »Tut mir leid.«

»Puh!«, ging Jacob fast panisch dazwischen. Er rechnete wohl mit einem regelrechten Vulkanausbruch von Scarlett, der in einem Tobsuchtsanfall enden könnte. »Ganz schön voll hier.«

Der Mann nickte. »Offenbar haben sich heute viele Leute entschieden, wandern zu gehen. Und das bei dem Wind. Zumindest regnet es nicht.« Er blickte in den Himmel. »Noch nicht. In Schottland weiß man nie.«

Scarlett hatte ihre Wut in den Griff bekommen. Sie betrachtete den Kerl in seinem schwarzen Anzug und mit den geschniegelten Schuhen genauer. Er war fast so groß wie Bridget, die mit ihren knapp eins siebzig einen Kopf größer war als Scarlett. Sein Blick huschte unruhig umher, anscheinend machten Menschenmassen ihn nervös. Ansonsten fiel Scarlett nichts an ihm auf und sie verlor bereits das Interesse.

»Sind Sie Touristen?«, fragte der Mann. Dann an Bridget gerichtet. »Sie nicht, Sie habe ich hier schon häufiger gesehen.« Er lachte.

Jemand grüßte ihn und er hob lächelnd die Hand.

Jacob ergriff erneut das Wort. »Frisch zugezogen. Hi! Ich bin Jacob Dyer, das ist meine Frau Scarlett. Und die nette Dame hinter mir ist Bridget Thompson.«

Scarlett hob lustlos die Hand zum Gruß. »Nennen Sie mich Scary.«

»Scary?«, er lachte verlegen. »Ein interessanter Spitzname. Ich heiße Harold. Harold Ross. Mir gehört das Bestattungsunternehmen ein paar Straßen weiter.«

Jetzt wurde Scarlett wieder hellhörig. »Sie sind Bestatter?«

»Thanatopraktiker.«

»Hallo, Harold!« Eine schwangere Frau, die einen Kinderwagen vor sich herschob, winkte.

»Hi, Hailey!«, antwortete Harold.

Ganz schön gefragt, der Gute, obwohl er ständig so nervös dreinschaute. Eine Gesprächspause entstand und Scarlett verlor erneut das Interesse.

Während Jacob, Bridget und Harold sich weiter unterhielten – Harold wurde immer mal wieder von Passanten unterbrochen –, ließ Scarlett den Blick wandern. Der Tumult hatte sich ein wenig gelegt. Hier und da tauchten Rucksäcke und Wanderstöcke zwischen den schlendernden Menschen auf, aber die Horde war weitergezogen. Dafür füllte sich langsam das Café am Platz und einige Passanten hatten sich mit ihren Smartphones auf den Rand des Springbrunnens gesetzt, der als Mittelpunkt der Fußgängerzone diente. Vor einem Friseurladen saß ein Obdachloser auf einer schmutzigen Decke. Er trug einen grünen Parka und hatte die Kapuze über den Kopf gezogen. Vor ihm stand ein Plastikbecher für Spenden und neben ihm eine Flasche Whiskey. Scarlett bemerkte, dass sich die Lippen des Mannes unaufhörlich bewegten, während er sich leicht vor und zurück wiegte.

Über das an- und abschwellende Rauschen der Menschenmenge schwebten noch immer die Klänge des Dudelsackspielers. Scarlett hatte kurz den Eindruck, in eine andere Epoche geschleudert worden zu sein. Alles wirkte irgendwie mittelalterlich.

Schlanke Finger schnippten vor ihren Augen.

»Huhu, jemand zu Hause?«

Scarlett schlug Jacobs Hand weg. Erst jetzt bemerkte sie, dass Harold weitergezogen war.

»Also, Jacob, was machst du beruflich?«, fragte Bridget überschwänglich. Offenbar war ihr der plötzliche Stimmungswechsel unangenehm. »Und du Scarlett?«

»Ich bin Spielzeughersteller«, antwortete Jacob mit geschwellter Brust.

Bridget kicherte. »Das passt zu dir.«

»Ich war Autorin«, sagte Scarlett.

»War?«

»Hab's aufgegeben.« Sie spürte, dass Bridget auf weitere Erläuterungen wartete, gab sie ihr jedoch nicht.

»Was ist mit dir, Bridget?«, fragte Jacob.

»Oh, ich bin eine einfache Hausfrau. Ich habe das Glück, dass mein Mann vermögend war. Um Geld muss ich mir keine Sorgen machen, wenn ich das so sagen darf.«

Nun wurde Scarlett hellhörig. »Vermögend *war?*«

»Wo vertreiben Sie Ihre Spielzeuge, Jacob?« Entweder hatte Bridget die Frage nicht gehört oder überging sie.

»Hauptsächlich entwerfe ich sie zu Hause. Meinem Dad gehört ein angesehenes Unternehmen in London, das ich als sein Erbe übernehmen soll. Bis dahin fahre ich regelmäßig hin und stelle ihm meine Neuheiten vor oder verschenke Sachen an Nachbarskinder.«

Bridget überlegte. »Und ein eigener Laden? Hast du schon mal darüber nachgedacht, einen zu eröffnen?«

»Offen gesagt, ja. Ein eigenes Geschäft ist ein kleiner Kindheitstraum von mir. Aber es gibt ja schon ein Unternehmen für mich.«

»Ich möchte euch etwas zeigen.«

Bridget führte Jacob und Scarlett ein Stückchen weiter die Fußgängerzone hinauf vorbei an dem Springbrunnen. Hinter den Dächern der Läden ragte die Kirchturmspitze hervor. Ihre Uhr schlug einmal.

Vor einer Holzschnitzerei blieben sie stehen. Es war ein unscheinbarer Laden im Erdgeschoss eines Häuserblocks. Eine grüne Markise war eingefahren. Die ausgeschaltete Beleuchtung, die einen Blick ins Geschäft erschwerte, ließ den Laden trostlos erscheinen. In der Tür hing lieblos ein Holzschild, auf das mit Kreide »Zu verkaufen« gekritzelt worden war.

»Der Besitzer ist vor einer Weile verzogen«, sagte Bridget, »und der Eigentümer hat wohl das Interesse an dem Laden verloren, deswegen steht es nun zum Verkauf. Mr McDuff, der Ladenbesitzer, hatte wohl schon seit einer ganzen Weile finanzielle Probleme und hat über Nacht das Weite gesucht.

Nur eine Notiz hat er zurückgelassen. Mitgenommen hat er nichts. Da er im hinteren Teil des Gebäudes gewohnt hat, ist nun auch eine Wohnung frei geworden, aber die braucht ihr beide ja nicht.«

Jacob trat ans Schaufenster, legte die Hände an die Scheibe und spähte hinein. »Und er hat alles hiergelassen? Die Schnitzereien sehen super aus.« Er ging zur Tür und schien erst jetzt das Zu-verkaufen-Schild zu bemerken. Mit der Fingerspitze strich er über die Buchstaben.

Scarlett kannte diese Reaktion nur zu gut. Sobald er Spielzeuge sah, die ihn begeisterten, streichelte er sie mit derselben Hingabe. Wenn es um Gegenstände ging, verliebte Jacob sich unheimlich schnell.

»Na, da hast du was angerichtet«, sagte sie mit leiser Stimme zu Bridget.

Jacob drehte sich schwungvoll zu ihnen herum. »Ich sehe es schon vor mir! Du und ich, Sca, hinter dem Tresen. Vor uns eine Schar Kinder mit leuchtenden Augen. Hinter uns unzählige, einzigartige Spielzeuge, allesamt von mir gemacht.«

»Moment, Moment. Was heißt hier ›wir‹?«

»Die Lage ist perfekt! Mitten in der Stadt! Wir locken Einheimische und Touristen gleichermaßen an. Ich könnte hier was Eigenes aufbauen, Sca. Endlich unabhängig sein. Ich wäre nicht mehr auf das Geld meines Vaters angewiesen.«

»Na ja, du brauchst es zumindest, um den Schuppen zu kaufen.«

Er ignorierte den Kommentar.

»Mein eigener Laden«, sagte er mit verträumter Stimme.

»Mein eigenes Spielzeuggeschäft. Ich nenne es … Jacobs Toys. Nein, das klingt langweilig. Toys 'R Jacob. Hm, auch nicht. Was heißt Spielebox auf Schottisch-Gälisch?« Er wartete keine Antwort ab. »Oder Funhouse! Hm, das gibt es sicher schon. Vielleicht …« Er drehte sich wieder dem Laden zu, brabbelte weiter und lief im Schneckentempo rückwärts zurück zu Sca und Bridget.

Scarlett verstand nur Bruchstücke seines Selbstgesprächs.

»… und stell dir nur all die glücklichen Kinder vor. Ich könnte das tun, was ich liebe. Und Dad kann mir den Buckel …« Er sah Scarlett direkt an und rief: »Sca!«

Der Wechsel vom Gemurmel zum Ausruf ließ Scarlett zusammenfahren.

»Ich kaufe es!«

Sie wedelte mit der Hand, um zu sagen: »Mach doch, mir egal.«

»Und wir werden gemeinsam in dem Geschäft arbeiten.«

»Ganz bestimmt nicht. Du weißt, ich bin kein Fan von Kindern. Oder Menschen.«

»Kinder sind auch Menschen.«

»Das muss mir erst mal jemand beweisen.«

»Wenn du das Kinderlachen hörst, wird sich deine Abneigung ganz schnell in Zuneigung wandeln.«

Scarlett prustete.

Bridget wirkte ebenso enthusiastisch wie er. »Das ist eine hervorragende Idee!«

»Nicht wahr?« Jacob lachte.

Scarlett stellte sich wie eine Schranke zwischen die beiden.

»Hallo? Ich bin auch noch da und ich habe kein Interesse daran, in einem Spielzeugladen zu arbeiten.«

Jacob trat auf sie zu und nahm ihre Hände. Er beugte sich leicht zu ihr runter und sprach mit gedämpfter, aber eindringlicher Stimme zu ihr. »Das ist einfach perfekt. Du hast eine Beschäftigung und langweilst dich nicht mehr so sehr.«

»Langweilen würde ich mich nicht, aber hast du keine Angst um die Kinder?« Sie sagte das mit ihrem üblichen zweideutigen Lächeln, das Jacob normalerweise verunsicherte, da er nie wusste, ob sie es ernst meinte oder sich einen Spaß erlaubte. Dieses Mal aber verzog er keine Miene.

»Was willst du sonst tun? Deinen Roman hast du auf Eis gelegt und du hast nie einen Beruf gelernt. Willst du eine gewöhnliche Hausfrau sein? Das bist doch nicht du. Wir leben nicht mehr in den Fünfzigern, Sca.«

Ob ihm bewusst war, dass Bridget – eine einfache Hausfrau – alles hörte? Sie erwiderte nichts.

»Ich kenn dich. Ruhe ist nichts für dich. Sie macht dich ...« Für einen Augenblick rechnete Scarlett damit, dass er ›gefährlich‹ sagen würde. »... verrückt.«

Weiterhin blieb sie stumm.

»Gib dem Ganzen zumindest eine Chance. Dann sehen wir weiter. Okay?«

Sie zögerte, ließ seine Worte auf sich wirken. Innerlich stieß sie einen entnervten Schrei aus. Verdammt, er hatte recht. Wenn sie nichts tat, würde sie womöglich in alte Muster verfallen und statt aus Rache, aus Langeweile für Morde sorgen. Vielleicht würde sie sogar selbst zur Mörderin werden.

Sie presste das Wort förmlich heraus. »Okay.«

Jacob lachte auf und legte überschwänglich die Arme um sie. »Das wird super!«

Während Scarlett schlaff in seiner Umarmung hing, betrachtete sie Bridget, die sich aufrichtig freute. »Was ist mit Bridget?«, fragte sie und löste sich aus seinem Griff.

Die hob abwehrend die Arme. »Oh, das ist lieb, aber ich denke, die Kinder wären nicht so erfreut, jemanden wie mich zu sehen. Ich fürchte, ich würde ihnen eher Angst machen. Aber ich unterstütze euch gerne und wo ich nur kann.«

»Das ist großartig, Bridget, vielen Dank«, sagte Jacob.

Während die beiden das Gebäude bestaunten, als wäre es eine Art Sehenswürdigkeit, kräuselte Scarlett die Stirn. Ein Job. Also gut, ein weiteres notwendiges Übel, um nicht in alte Muster zu verfallen. Manchmal musste man eben neue Dinge ausprobieren, richtig? Deswegen hieß es schließlich *Neu*anfang.

Möglicherweise fand sie ja Gefallen daran, einen *normalen* Job auszuüben wie so ein *normaler* Mensch. Und vielleicht ging Scarlett sogar noch einen Schritt weiter und erlaubte sich eine echte Freundschaft mit Bridget. Ob das möglich war?

Ein normales Leben?

Die Vergangenheit hinter sich lassen?

Einen Versuch war es wert. Vielleicht konnte sie das alles tatsächlich schaffen. Vielleicht sogar ohne weitere Leichen.

* * *

Aleen Gibbs blickte den beiden hinterher. Ihr Fokus war auf Olivia gerichtet. Aleen brannte vor Zorn und Hass. Während des Treffens war ihr Körper die ganze Zeit über bis aufs Äußerste angespannt gewesen, jetzt endlich hatte sich etwas in ihr gelöst. Als hätte jemand versucht, gegen die Naturgewalt einen Vulkan am Ausbruch zu hindern. Genauso fühlte sich Aleen. Sie war der Vulkan und das Magma breitete sich in ihrem Inneren aus.

Sie wird dafür bezahlen.

Vom vielen Lächeln tat ihr das Gesicht weh, aber das war es wert gewesen. Bisher lief alles ganz wunderbar. Jacob würde das Geschäft kaufen und Olivia sich schon sehr bald eingelebt haben. Sie würde Woodnock und seine Bewohner lieben lernen, dafür würde Aleen sorgen.

Und dann würde Olivia bezahlen.

Die Lüge mit der einfachen Hausfrau hatten sie ihr abgekauft. Wunderbar. Auch wenn Aleen kurz befürchtet hatte, aufzufliegen, als Olivia nach ihrem Mann gefragt hatte. Aber in ihren Ehejahren mit *ihm* hatte sie gelernt, zu lügen und auch dann Haltung zu wahren, wenn sie entlarvt zu werden drohte.

Die Leiche des Holzschnitzers James McDuff hatte sie entsorgt. Es war mühsam gewesen, doch auch das war es wert gewesen. James' Tod würde nicht umsonst sein, dafür würde Aleen sorgen. Der Gedanke an seinen blutüberströmten Körper ließ Übelkeit in ihr aufsteigen.

Sie war kein schlechter Mensch. Aber sie war gezwungen, Schlechtes zu tun. Für *ihn.* Um *ihn* zu rächen.

Olivia würde bezahlen.

Jacob und sie verschwanden hinter der nächsten Ecke.

Aleen wandte sich dem kleinen Laden zu, der einst so hell und einladend gewirkt hatte. Nun war er finster und verschlossen. Durch das Schaufenster starrte ihr Zwilling zurück, als wäre er mit all der Dunkelheit verschmolzen.

»Ich muss es tun«, flüsterte Aleen ihm zu und kurz meinte sie, eine weitere Gestalt neben ihrem Spiegelbild zu erkennen. Tränen stiegen ihr in die Augen. »Ich tue das für dich, mein Sohn.« Sie wandte sich ab und machte sich auf den Heimweg. »Für dich, Willi.«

Kapitel 5 – Eine neue Spur

Chief Inspector Michael Masters saß am Schreibtisch seines Büros in der Ely Police Station in South Wales. Er blätterte durch die Fallakte eines Raubmordes.

All diese Bosheit in der Welt. Sie breitete sich von Jahr zu Jahr weiter aus. Seine Mutter hatte das bereits vorausgesehen, als er noch ein kleiner Junge gewesen war. Aber das nun tatsächlich zu erleben, erfüllte Masters mit einer inneren Unruhe, die ihn Tag und Nacht quälte.

»Das Böse findet stets einen Weg«, hatte seine Mutter immer gesagt und sich bekreuzigt.

Sie hatte ihn gelehrt, dass es Dämonen gab. Keine abscheulichen Kreaturen, wie sie in der Popkultur zu finden waren mit Hörnern und schuppiger Haut. Dämonen lebten *in* den Menschen, waren ein Teil von ihnen – die Dunkelheit und das Licht. Die Dunkelheit lauerte in einem Kokon, der sie gefangen hielt. Doch manchmal war sie stärker als das Licht im Menschen und dann brach der Dämon aus. Und aus irgendeinem Grund nahmen die Ausbrüche stetig zu.

Masters betrachtete das Foto des Verdächtigen. Er war jung und sah kein bisschen boshaft aus. Eher unscheinbar, sogar freundlich. Das Böse verbarg sich oft hinter einer gutmütigen Maske. Die Wissenschaft nannte das ›Psychopathie‹, aber Masters wusste, was es wirklich war. Das reine Böse. Die Dunkelheit, die das Licht zur Gänze verschlungen hatte.

In diesem Fall hatte sie einer einfachen Ladenbesitzerin eine Kugel in die Stirn gejagt und war ihr anschließend auf dem Schädel herumgetrampelt, um ganz sicherzugehen, dass das Leben aus dem Körper der armen Frau entwichen war.

Das pure Böse.

Masters bekreuzigte sich und schloss die Akte.

Noch fehlten die Beweise, um den Verdächtigen zu überführen, aber er hatte nur einen Blick auf ihn erhascht und wieder dieses vertraute Kribbeln am Hinterkopf verspürt. Seine Menschenkenntnis hatte ihn noch nie im Stich gelassen.

Nun, bis auf das eine Mal bei dieser Frau.

Sie hatte etwas an sich gehabt, das er nicht hatte durchdringen können. Als wäre sie von einem Schleier umgeben, der ihr wahres Selbst vor ihm verbarg. Er konnte sie sehen, aber nicht ihr Innerstes.

Diese Frau, attraktiv, blond, elegant und nicht einmal einen Meter sechzig groß hatte mit tränenverhangenen Augen und bebender Unterlippe vor ihm gesessen. Es war leicht, ihr ihre Unschuld abzukaufen. Was sie erzählte, wirkte aufrichtig.

Und doch spürte Masters es ganz deutlich. Das Kribbeln am Hinterkopf. Sollte sie tatsächlich für all die Morde verantwortlich sein? Sollte es ihr gelungen sein, eine ganze Stadt ins Chaos zu stürzen? Diese scheinbar verletzliche Person? Das schien lächerlich. Und doch …

Masters hatte sie beobachtet. Jede ihrer Bewegungen. Hatte ihren Worten gelauscht. Sie spielte ihr Spiel fantastisch, aber nicht durchgehend. Hin und wieder zeigte sie ihr wahres Ich. Nur ein Schatten, ein Blick, ein Laut. Nur für den Bruchteil einer Sekunde.

»Soll ich Ihnen etwas verraten, Scary?«

»Nur zu.«

»Ich glaube, Sie sind nicht die, die Sie vorgeben zu sein.«

Wie zuvor sah sie ihn ausdruckslos an. »So? Und wer denken Sie, bin ich, Chief Inspector Masters?«

Er lächelte. »Geben Sie mir ein bisschen Zeit, es herauszufinden.«

Masters erinnerte sich genau an den Blick der jungen Frau, als sie ihn gefragt hatte, wer sie in seinen Augen war. Da war ein spöttischer Funke gewesen. Ein leicht erhobener Mundwinkel. Von ihrer Traurigkeit und Verzweiflung keine Spur mehr. In diesem Moment hatte sich der Schleier gelichtet und er hindurch geblickt. Er hatte *sie* gesehen. Gesehen, was sie war. Er hatte die Dunkelheit gesehen.

Die Tür öffnete sich und Constable Charles Wayne trat ein. Er hatte den Dienst erst diesen Monat angetreten. Ein Neuling mit Hasenzähnen. Nicht die hellste Kerze auf der Torte, aber durchaus engagiert. »Hey Chief, hast du 'ne Sekunde?«

»Ich hab sogar zwei.«

»Du wolltest doch informiert werden, wenn eine gewisse ...«, er hielt einen Notizzettel in der Hand, auf den er nun schielte, »... Scarlett Dyer von sich hören lässt.«

Masters wurde hellhörig.

Er setzte sich aufrecht hin. »Und?«

»Eine Dame, die wohl anonym bleiben wollte – zumindest hat sie einfach aufgelegt, als Langly nach ihrem Namen fragte –, gab an, dass diese Dyer nach …«, erneut schielte er auf seinen Notizzettel, »… Woock…« Er stockte. »Entschuldige bitte, meine Sauklaue. Nach Woodnock gezogen ist.«

Masters legte eine Hand an den Mund und knabberte kurz an seinem Daumennagel, während er überlegte. »Woodnock. Wo liegt das?«

»In Schottland, Chief.«

Er hob die Augenbrauen. »Schottland. Soso. Ist es eine Kleinstadt?«

»Fast noch ein Dorf. Aber laut Langly ein beliebtes Ziel für Touristen. Seine Schwester übernachtet wohl oft dort, wenn sie in den Highlands wandern geht. Ich hab noch nie von dem Kaff gehört.«

»Wandert sie dort auch in nächster Zeit?«

Wayne zögerte, dann wandte er sich ab, streckte den Kopf zur Tür hinaus und brüllte: »Hey, Langly! Geht Lisa in nächster Zeit noch mal wandern?«

»Ständig«, schallte es von draußen ins Büro. »Die ist jetzt erst mal ein halbes Jahr in Neuseeland. Ihr Leben hätt ich gern.«

Wayne wandte sich wieder Masters zu und öffnete den Mund.

Masters winkte ab. »Hab's gehört.« Er kaute erneut auf seinem Daumennagel herum. Dann sagte er: »Sollte sich wieder jemand ihretwegen melden, gib mir umgehend Bescheid.

Und behalte bitte die Nachrichten rund um Woodnock im Auge, klar?«

Wayne nickte. »Wer ist diese Dyer, Chief? Sie scheint dich ja ganz schön zu beschäftigen.«

Masters betrachtete die Fallakten vor sich. »Das wahrhaft Böse.«

* * *

In der Nacht spazierte Scarlett am Strand entlang. Der Himmel war sternenklar und der volle Mond wies ihr den Weg. Er tauchte den Strand in silbernes Licht, wodurch er wundersam und unwirklich erschien. Scarlett trug ein blutrotes luftiges Kleid und keine Schuhe, spürte den noch vom Regen feuchten Sand zwischen ihren Zehen und den lauwarmen Wind, der ihren Körper umspielte. Mit ausgebreiteten Armen umtanzte sie Muscheln und Steine, während der Bristolkanal neben ihr still dalag und sich die Klippen auf der anderen Seite wie aneinander gedrängte Riesen in die Nacht erhoben.

Das Licht des Mondes verfinsterte sich ein wenig. Scarlett sah auf, konnte jedoch keine Wolken entdecken. Als sie erneut den Blick geradeaus richtete, hatte der silberne Schein einen rötlichen Stich angenommen.

Sie spazierte weiter, umtanzte Knochen, Gebeine und Totenschädel.

Auf Höhe der Klippen nahm sie eine schnelle senkrechte Bewegung wahr und bemerkte, dass etwas verborgen im Schatten der Felsen im Sand lag.

Immer noch tänzelnd und mit wehendem Haar näherte sie sich dem dunklen Ding. Als sie es erreichte, erkannte sie, was es war. Eine Leiche. Mit verdrehten Gliedern und von ihr abgewandtem Gesicht lag sie da.

Lag er da.

Willi.

Scarlett ging zu ihm und starrte auf ihn hinab.

Da drehte er ruckartig den Kopf, sodass er nun auch sie ansah. Blut rann ihm aus Nase, Mund und Ohren über das blasse Gesicht. Milchige Augen, die Augen eines Toten, fanden ihren Blick, hielten ihn gefangen, hielten *sie* gefangen – Scarlett stand regungslos da, unfähig sich zu rühren.

Eine Assel kroch aus einem seiner Nasenlöcher und krabbelte über Willis Wange, ehe sie in seinem Gehörgang verschwand.

»Hast du es genossen?«

Scarlett schreckte hoch.

Sie saß in ihrem Bett, die Decke zu den Knöcheln runtergestrampelt. Das Herz schlug ihr bis zum Hals und statt zu schwitzen, fror sie dieses Mal. Neben ihr schlief Jacob seelenruhig und schnarchte leise.

Scarlett schlang die Arme um den Körper. Sie holte zitternd Luft. »Das muss aufhören«, flüsterte sie in das dunkle Zimmer hinein.

Kapitel 6 – Die Schönheit des Todes

Die nächsten Wochen war Jacob vollends in seine Arbeit vertieft. Er werkelte an seinen Spielzeugen, kaufte Einzelteile ein und schloss den Kaufvertrag des Ladens ab. Dazu musste er das gesamte Gebäude kaufen und nutzte die Gelegenheit, aus McDuffs alter Wohnung eine große Werkstatt zu machen. Werkstatt hieß dabei, dass in jedem Raum Spielzeugteile und Werkzeuge herumlagen. James' ganzen Krempel hatte er von einer Entrümpelungsfirma abholen lassen, nachdem dessen Bruder ihm die Erlaubnis dazu gegeben hatte. Erinnerungsstücke interessierten ihn offenbar nicht.

Scarlett hatte die Zeit genutzt, sich mehrfach mit Bridget auf einen Kaffee zu treffen und sich tatsächlich ein wenig mit ihr angefreundet, wenn sie auch noch immer nicht viel von deren Vergangenheit hatte erfahren können.

Außerdem war Scarlett Jacobs Rat gefolgt und hatte sich von einem Arzt Schlaftabletten verschreiben lassen. Eine Sitzung mit einem Psychotherapeuten hatte sie vehement abgelehnt. Allein das Wort ließ ihren Körper verkrampfen. Seelenklempner hatten ihr während ihrer Zeit im Harrison-Hill-Hospital nicht helfen können und sie würden es auch jetzt nicht schaffen. Die Tabletten jedoch erfüllten ihren Dienst. Scarlett plagten zwar weiterhin Albträume, aber bei Weitem nicht so schlimm wie zuvor, und in den meisten Nächten gelang es ihr sogar, durchzuschlafen. Ihre ständige Wut war verraucht und langsam fand sie Gefallen an ihrem Leben in Woodnock.

Vielleicht würde sie doch noch mal einen Versuch starten, ein Buch zu schreiben, um der Langeweile keine Chance zu geben, zurückzukehren. Dieses Mal ein fiktives. Vorerst jedoch würde sie eine Weile in dem Spielwarenladen arbeiten.

Da es nun Jacob war, der vor lauter Aufregung schlecht schlief, bot sie ihm eines Abends eine ihrer Schlaftabletten an, die er zunächst seltsam nachdenklich beäugte und schließlich ablehnte.

»Nimm schon. Du wirst überrascht sein, wie gut du damit schlafen kannst.«

»Nein, danke«, wiederholte er.

»Warum nicht?«

»Ich habe nein gesagt!«, blaffte er und drehte sich auf die Seite.

Scarlett schob diese überreizte Reaktion auf den Stress und bot ihm ihre Tabletten kein weiteres Mal an.

Jacobs Laune schwankte zwischen der eines Kindes am Weihnachtsabend und eines urlaubsreifen, genervten Geschäftsmannes. Nach einem Gespräch mit seinem Vater war er wortlos ins Haus gekommen, hatte sich einen kopflosen zwanzig Zentimeter großen Animatronik-Reiter auf einem Pferd geschnappt, der dem Reiter ohne Kopf aus der Kurzgeschichte *Die Legende von Sleepy Hollow* nachempfunden war, und hatte ihn mit voller Wucht gegen eine Wand geschmettert. Die Figur war in ihre Einzelteile zersprungen.FF

Scarlett hatte Jacob voll Faszination beobachtet. Das war eine Seite, die sie bislang nicht von ihm kannte. Jacob, der stets positiv gestimmte, gut gelaunte, immer freundliche Mann mit der Seele eines kleinen Jungen. Der Mann, der Spielzeuge liebte und dessen größte Freude es war, ein Leuchten in den Augen der Kinder zu sehen und ihnen ein Lächeln auf die Lippen zu zaubern. Wo war er jetzt? Wer war er jetzt? Es war, als stünde ein Fremder vor Scarlett. Das brachte ihren Herzschlag in Schwung und machte sie ganz kribbelig.

»Zeig mir mehr davon«, hatte sie gesagt, woraufhin Jacob sie nur düster angesehen hatte, ehe er in seiner zweiten, deutlich kleineren Werkstatt im Keller ihres Hauses verschwunden war.

Später beim Abendessen hatte er ihr von dem Streit erzählt, wenn auch nur kurz. Sein Dad hieß es nicht gut, dass er auf eigenen Beinen stehen wollte. Doch er war bereit, Jacob das nötige Geld für die Selbstständigkeit zur Verfügung zu stellen. Einzig, um zu sehen, wie er versagte.

Manchmal wusste Scarlett nicht, ob sie Mr Dyer Senior sympathisch fand oder ihm seine Genitalien zum Frühstück servieren wollte.

Jetzt, wo die Eröffnung des Ladens näher rückte, blühte Jacob wieder auf, zum Leidwesen von Scarlett. Sie hätte gerne mehr von seiner dunklen Seite gesehen. Diese Wut … einfach herrlich.

An diesem Morgen hatte Jacob vorgeschlagen, endlich die – in seinen Augen – längst überfällige Wanderung durch die Highlands zu unternehmen. Scarletts Einwand, dass sie sich bisher keine für Schottlands Verhältnisse wetterfeste Kleidung zugelegt hatten und vermutlich bis zur Hüfte im Schlamm stecken bleiben würden, hatte er gekonnt ignoriert.

So hatten sie sich dünne Regenjacken über ihre Mäntel und dazu Gummistiefel angezogen und Jacob hatte einen Rucksack mit Wasser und belegten Sandwiches gepackt.

Er kicherte, als sie die Tür hinter sich schlossen und sofort ein gewaltiger Regenschauer auf sie niederging. »What a dreich day the day!«

Scarlett stöhnte entnervt auf und ging voran.

»Wenn du die Highlands erst mal siehst, wirst du dich über unseren kleinen Ausflug freuen«, sagte er hinter ihr.

»Mhm, klar. Vielleicht schubs ich dich auch einfach von einer Klippe, weil du mir so auf die Nerven gehst.« Sofort sah sie wieder Willi vor sich, der über dem Abgrund hing, verscheuchte die Vision aber mit einem Blinzeln.

Sie ließen die Einfahrt hinter sich und gingen die Logh Street Richtung Highlands hinauf. Bis auf sie beide war die Straße vollkommen leer. Nur ein Auto kam ihnen entgegen.

»Die fliehen schon alle«, rief sie durch den trommelnden Regen. »Ist kein gutes Wanderwetter. Noch können wir umdrehen.«

»Das hättest du wohl gern.« Er holte auf und ging neben ihr. Scarlett bemerkte, wie er sie aus dem Augenwinkel musterte.

»Sag mal, Sca, hast du eigentlich auch Oberteile und Jacken, die nicht rot sind?«

»Hast du was gegen meine Regenjacke?«

»Nein, bin nur neugierig.«

»Rot ist meine Farbe. Weißt du doch.«

»Ich dachte, das war einmal«, erwiderte er und in seiner Stimme schwang ein Unterton mit, der sie aufblicken ließ.

»Es ist nur eine Farbe, Jacob. Das heißt nicht, dass ich in alte Muster zurückfalle. Die rote Rache war einmal, klar? Hab mich doch jetzt gerächt.«

Er schien nicht überzeugt. »Ich musste nur gerade daran denken, was du mal dazu gesagt hast.«

»Hm? Dass Rot wild und leidenschaftlich ist? Dass Rot Blut ist? Feuer? Rache?«

»Du hast echt Spaß daran, mich zu verunsichern, was?«

Sie lachte. »Klar!« Dann verdrehte sie die Augen und seufzte. »Hör zu, ich mag die Farbe immer noch, okay? Sie passt zu mir. Und zu meinem Namen. Scarlett bedeutet schließlich rot. Soll ich mich wieder Olivia nennen und grün tragen, wäre dir das lieber?«

»Ich möchte einfach nur hinter mir lassen, was in St. Pit passiert ist.«

»Apropos St. Pit. Du hast mir immer noch nicht verraten, was du hier machst. Wieso du nicht abgehauen bist, nachdem du erfahren hast, zu was ich fähig bin.«

Er sagte nichts. Nur der Regen donnerte unaufhörlich weiter.

»Bist du ein Psychopath, Jacob?«, fragte sie lächelnd.

»Das hättest du wohl gern«, wiederholte er.

»Nicht wirklich. Das wäre irgendwie langweilig. Es muss irgendetwas anderes dahinter stecken.«

»Was? Ich versteh dich kaum.« Er zeigte nach oben. »Der Regen.«

Eine Weile gingen sie schweigend weiter.

Die Straße endete in einer T-Kreuzung. Vor ihnen erstreckte sich eine regengepeitschte Landschaft, durch die sich ein unebener Wanderweg zog.

»Da wären wir!«, rief Jacob. »Die Highlands! Sind sie nicht wunderschön?«

Es gab weder Wegweiser noch gepflasterte Wege. Nur Gras, Gestein, Hügel und Kuhlen, die sich perfekt dazu eigneten, sich die Knöchel zu verstauchen.

»Sie sind nass.«

»So viel Natur. Guck, da hinten stehen Schafe!«

Scarlett seufzte. »Ich bin übrigens auch nass. Eine Regenhose wäre toll gewesen. Igitt, sogar meine Füße schwimmen im Wasser.«

»Jetzt hör auf zu schimpfen. Guck mal, der Regen hat schon nachgelassen. Das war nur ein Schauer, gleich ist es trocken.«

»Der Boden nicht. Und wenn du in ein paar Minuten im Morast versinkst, stehe ich daneben und lache. Nur damit du es weißt.«

Jacob wandte sich ihr zu und lächelte verschmitzt. »Daran habe ich keinen Zweifel.« Er schob sich die Kapuze vom Kopf.

Die Sonne kam hinter der Wolkendecke hervor und tauchte

das eben noch triste Grün in goldenes Licht. Es war tatsächlich ganz schön hier. In der Ferne waren Berge zu sehen, vor ihnen nichts als hügeliges Feld.

Sie gingen weiter, vorbei an einer Felsformation, die an riesige Finger erinnerte, die sich einen Weg durch die Erde zu graben versuchten. Ein Stückchen links von ihnen schlängelte sich ein schmaler Fluss durch das Grün, über den eine eingestürzte Brücke führte, die nur noch an einem Seil befestigt war. Der Rest war im Wasser versunken.

»Genügend Plätze, um Leichen zu verstecken, was?«, hörte sie Jacob fragen.

Sie sah ihn erstaunt an, was ihn zum Lachen brachte.

»Ich weiß doch, was dir so durch den Kopf geht, Schatz.« Er wandte sich ab, sprang über eine Pfütze und spazierte weiter.

Scarlett betrachtete ihn einen Augenblick, ehe sie ihm folgte. Diese ständigen Wechsel zwischen Ernst und Spaß brachten ihren Verstand zum Rotieren. Eben noch sagte Jacob ihr, er wolle alles vergessen, was geschehen war – das Chaos, die Leichen – und im nächsten Moment haute er so einen Kommentar heraus. Wie sollte man da je schlau aus ihm werden?

Aber war es wirklich das, was sie wollte? Nicht zu wissen, wer oder was Jacob Dyer war, besaß einen gewissen Reiz. Hinter ein Geheimnis zu kommen, bedeutete nicht zwingend Zufriedenheit; vielleicht gab es in Wirklichkeit eine vollkommen langweilige Erklärung, warum Jacob war, wie er war. So machte es einfach viel mehr Spaß.

Dennoch.

Der Drang, das Rätsel zu lösen, war kaum auszuhalten. Oh, diese Neugier! Eines Tages würde sie noch Scarletts Untergang sein, das war ihr bewusst. Sie hatte sich mittlerweile an Jacob gewöhnt. Es war … okay, ihn um sich zu haben. In gewisser Weise gab er ihr sogar Halt. Was sie natürlich niemals zugeben würde, doch so war es.

Scarlett wollte alles über ihn erfahren und gleichzeitig auch nicht. Sie grinste. Das Leben war voller Entscheidungen. Entweder gefiel ihr, was sie erfuhr, oder es bedeutete ihren Untergang. Denn ohne Jacob gab es niemanden mehr, der sie aufhalten konnte. Niemanden, der an den Rest gesunden Menschenverstand appellierte, der noch in ihr war. Es gab nur die eine oder andere Möglichkeit.

Erneut gingen sie eine Weile schweigend nebeneinanderher und hingen ihren Gedanken nach. Scarlett fand es verwirrend, wie entspannt sie sich fühlte. Es hatte sogar eine Weile gedauert, bis sie ein passendes Wort dafür gefunden hatte. Entspannt traf es sehr gut.

Früher war ihr Leben eine einzige wilde Verfolgungsjagd gewesen und sie nicht immer die Jägerin; vor allen in ihrer Kindheit war sie die Gejagte gewesen. Die Hänseleien ihrer Mitschülerinnen hatten etwas in ihr ausgelöst. Zuerst ständige Angst, dann wurde aus wachsendem Zorn anhaltende Wut. Die zehn Jahre in der Irrenanstalt – auch das hatte etwas in ihr zerbrochen. Fortan hatte ihr Leben nur noch aus einem Wunsch bestanden: dem nach Rache.

Hatte sich die Umsetzung gut angefühlt? O ja. Aber hatte sie, was zerbrochen war, wieder zusammensetzen können?

Ganz und gar nicht. Scarlett bereute nicht, was sie getan hatte, denn diese Menschen hatten den Tod verdient. Aber nachdem alles beendet war, alles, worauf sie gefühlt ihr ganzes Leben lang hingearbeitet hatte, war sie in einen Abgrund gestürzt. Von einer Klippe gestürzt, könnte man sagen. Die Verfolgungsjagd war mit einem Schlag vorbei gewesen.

Sie hatte sich in einer dunklen Höhle wiedergefunden, ohne einen Weg erkennen zu können, ohne zu wissen, wo sie langgehen sollte. Und sie war nicht allein. Bei ihr in der Finsternis befand sich eine Kreatur, die im Verborgenen lauerte. Während ihrer Jagd hatte sie Schuld auf sich geladen. Am Tod einer Person, die zu ihr gestanden hatte. Nein, nicht sie hatte Willi von der Klippe gestoßen, aber es war ihretwegen passiert und damit traf sie die Schuld an seinem Tod. Sie hatte ihn indirekt getötet.

Es war das erste Mal, dass Scarlett so etwas empfand, und sie hasste jede Sekunde davon. Lange hatte sie geglaubt, frei von lästigen Gefühlen zu sein, jetzt jagten sie sie durch ihre Träume. Im Schlaf war sie wieder die Gejagte, so wie sie es als Kind gewesen war.

Aber dann kam Woodnock. Dieses verschlafene Städtchen inmitten dieser herrlichen Landschaft. Ein Fünkchen Licht in all der Dunkelheit, das ihr den Weg wies. Das ihr einen Vorsprung verschaffte vor der Kreatur namens Schuld. Und dank ihrer Tabletten konnte sie endlich wieder schlafen.

Scarlett wusste, dass sie kein guter Mensch war und es niemals sein würde. Aber sie war auch nicht schlecht. Sie war irgendwas dazwischen, und so langsam gewöhnte sie sich daran.

Wie sie sich an Jacobs Anwesenheit gewöhnt hatte.

Jacob ergriff ihre Hand.

Kurz überkam Scarlett der Drang, sie abzuschütteln, dann verflocht sie langsam ihre Finger mit seinen. Nähe und Berührungen waren ihm wichtig. Wollte sie tatsächlich einen Neuanfang wagen, musste sie lernen zu verstehen. Und zu vertrauen. Jacob war der einzige Mensch, der ihr Vertrauen verdient hatte.

»Hast du gehört, was ich gefragt habe?«

»Hm? Nein. Sorry.«

Jacob zeigte nach links und Scarletts Blick folgte der Richtung, in die sein Finger wies. Erst jetzt hörte sie das Rauschen von Wellen, die gegen Gestein preschten. Sah den Abgrund.

»Möchtest du lieber einen anderen Weg gehen?«

Beinahe automatisch bewegte sie sich auf den Abhang zu und zog Jacob mit sich. Dabei bemerkte sie am Rande, dass sie seine Finger drückte.

Eine Klippe.

Diese Dinger schienen sie zu verfolgen. Oder war sie es, die immer wieder deren Nähe suchte?

Der Abgrund, vor dem sie nun standen, war nicht sonderlich tief oder steil. Kieselsteine führten zum Wasser, aus dem mehrere kleine Klippen ragten, gegen die die Wellen preschten. Der Wind schien hier die doppelte Stärke zu haben, er gab ein motorenähnliches Brausen von sich. Als Scarlett ihre Kapuze vom Kopf streifte, ließ es etwas nach.

»Das dürfte zum Firth of Clyde gehören«, sagte Jacob. »Ein Meeresarm.«

Scarlett betrachtete gebannt, wie das Gewässer regelrecht lebte und sich schäumend vor ihr abwechselnd auftürmte und zurückzog. »Lass uns ein Stück am Wasser entlanggehen.«

»Bist du sicher?«

Sie antwortete nicht, sondern zog ihn mit sich.

Die Kieselsteine, die unter ihren Gummistiefeln knirschten, machten den Weg mühselig. Sie beide rutschten hin und wieder aus, stürzten jedoch nicht. Noch immer Hand in Hand liefen sie den schmalen Pfad am Wasser entlang, während Scarlett weiterhin fasziniert auf den Meeresarm hinausblickte.

»Sieh mal, da.« Wieder zeigte Jacob in eine Richtung.

Scarlett beachtete ihn nicht.

»Ist das eine Meereshöhle?«

Jetzt hatte er es doch geschafft, ihre Aufmerksamkeit zu erregen. Sie blickte in die Richtung, in die er zeigte. Einige Meter rechts von ihnen, wo der Kieselweg sich krümmte, war eine Höhle zu sehen. Der Eingang war ein fast perfekter Kreis, der vermuten ließ, dass er von Menschenhand gemacht worden war.

Vor dem Eingang blieben sie stehen.

»Ganz schön düster da drin«, sagte Jacob.

Schwärze gähnte ihnen entgegen. Der Wind heulte und kurz glaubte Scarlett, dass jemand ihren Namen rief.

»Möchtest du reingehen? Ich hab mein Handy dabei, das hat eine Taschenlampenfunktion.«

Scarlett überlegte. Ein Teil von ihr war neugierig, ein anderer Teil, der deutlich größere, riet ihr, lieber umzukehren. Sie dachte an ihre Metapher von vorhin, die Höhle und das

Monster namens Schuld. Außerdem hatte sie es noch nie mit engen Räumen gehabt. »Vielleicht ein andermal«, sagte sie.

Jacob protestierte nicht.

Sie traten den Rückweg an, kletterten umständlich den Kieselsteinweg hoch und setzten ihren Spaziergang auf dem hügeligen Feldweg fort. Der Wind hatte bereits wieder nachgelassen und durch die Sonne fühlte sich der Tag zum ersten Mal nach Frühling an. In Schottland erlebte man bekanntlich alle vier Jahreszeiten innerhalb eines Tages.

»Was machen deine Albträume?«, fragte Jacob nach einer Weile und ergriff erneut ihre Hand.

»Sind besser geworden.«

»Aber du siehst ihn immer noch, stimmt's? Willi?«

Beim Klang seines Namens zog sich ihr Innerstes zusammen.

»Du weißt, dass du mit mir darüber reden kannst, oder?«

»Ich hab nicht wirklich Lust, darüber zu reden, Schatz«, sagte sie so beiläufig wie möglich.

»Manchmal hilft es, das zu tun.«

Sie lächelte ihn verheißungsvoll an. »Ich kenne spannendere Themen.«

Jacob ließ sich nicht beirren. »Du hast ihn nicht umgebracht, Sca. Theoretisch hast du niemanden umgebracht, du hast nur … nur …«

»Andere Leute manipuliert, um sich nicht die Finger schmutzig zu machen?«

Die Frage schien ihn nervös zu machen. »Wenn du es so ausdrücken willst.«

»Na ja, es ist wahr. Und ich bin verdammt gut darin.«

»Sca, hör auf, deine wahren Gefühle zu überspielen. Ich weiß, dass du Willi vermisst und dass dir sein Tod nahegeht. Andernfalls würdest du nachts nicht aufschrecken und seinen Namen schreien.«

Sie erwiderte nichts.

»Die Tabletten lassen dich vielleicht besser schlafen, aber deine Schuldgefühle vertreiben sie nicht. Lass mich dir helfen.«

»Wieso glaubst du, dass es Schuld ist?«

»Wie meinst du das?«

»Mein Unterbewusstsein könnte doch einfach nur diesen Moment wieder und wieder durchleben wollen. Weil ich es insgeheim genossen habe.«

»Diese Theorie hat nur einen Fehler. Du warst nicht dabei, als Willi starb. Was willst du also durchleben?«

»Meine Fantasie? Was weiß ich.« Sie wandte ihr Gesicht ab. Das Gespräch gefiel ihr ganz und gar nicht.

»Nein, du gibst dir selbst die Schuld an seinem Tod. Zu Unrecht übrigens. Das quält dich und deswegen träumst du so oft von ihm.«

Sie wandte sich ihm wieder zu. »Und wieso sehe ich dann auch die Kinder?«

Jacob betrachtete sie überrascht. »Wen meinst du?«

»Alex und Emilie. Meine zwei Nachhilfeschülerinnen, weißt du noch? Sie stehen ständig mit mir auf der Klippe und sehen zu, wie ich Willi ... Wie er fällt.«

Er überlegte. »Na ja, du hast Teile ihrer Familien auf dem

Gewissen, Sca. Nicht direkt natürlich, aber du hast für ihren Tod gesorgt. Wen würde so etwas kalt lassen? Was du in deinen Träumen verarbeitest, ist …«

»In St. Pit hat es nur einen Menschen gegeben, der den Tod nicht verdient hat«, unterbrach sie ihn, »und das war Willi! Alex hatte einen fanatischen Vater, der sie und ihre Mutter regelmäßig verprügelt hat. Das Kind war froh, ihn endlich los zu sein! Und Emilie? Sie hat doch nur unter ihrer nutzlosen Mutter gelitten. Das Mädchen stand unter enormem Druck, sie sollte genauso beliebt sein, wie ihre Mum es in ihrer Jugend gewesen war, und es war dem Miststück egal, ob Emilie das wollte oder nicht. Und ihre Großeltern? Kollateralschaden, nichts weiter. Die Leichen bedeuten mir nichts, Jacob. Ich bin froh, dass diese Leute tot sind. Alex und Emilie führen jetzt ein besseres Leben, genau wie Alex' Mum, und das dank mir. Wenn ich eines fühle, dann Stolz!«

Wieder grübelte Jacob einen Moment. »Und wieso träumst du von ihnen?«

»Tja, das ist die Frage, nicht wahr? Kommen wir doch noch mal zu meiner Theorie zurück, Liebling?«

»Die stimmt nicht, da bin ich sicher.«

Scarlett stöhne entnervt auf. »Ist dir eigentlich klar, dass du furchtbar nervtötend sein kannst? Wie du weißt, ist es nicht klug, in meiner Nähe furchtbar nervtötend zu sein. Ich bin unberechenbar, schon vergessen? Ich könnte mir möglicherweise überlegen, dich loszuwerden. Dich ins Moor schubsen zum Beispiel. Wäre das nicht lustig?«

»Du kannst furchtbar sein.«

»Und du sagst die nettesten Dinge. Also gut, was ist deine Theorie, Mr Ich-weiß-alles-besser?«

»Ich denke, es hat doch etwas mit Schuld zu tun. Nein, nicht nur mit Schuld, mit Sorge. Emilie und Alex sind dir ans Herz gewachsen. Du hast ihnen ein besseres Leben schenken wollen, wahrscheinlich, weil sie dich ein bisschen an dich selbst erinnert haben.«

Scarlett schnaufte.

»Doch, doch! Du hattest eine beschissene Kindheit und die beiden ebenfalls. Das verbindet. Was du getan hast, ist ... radikal, aber einfach deine Art, deine Zuneigung auszudrücken. Du hast ihnen nur helfen wollen. Und jetzt, wo du weggezogen bist und der Kontakt abgebrochen ist, weißt du nicht, ob ihr Leben nun wirklich besser ist. Und das beschäftigt dich. Oder dein Unterbewusstsein, wenn dir das lieber ist. Du sorgst dich um sie. Deswegen tauchen sie in deinen Träumen auf. Weil sich die Sorge mit deinen Schuldgefühlen vermischt.« Nach einer kurzen Pause fügte er hinzu: »Wir könnten sie ja mal besuchen.«

»Vergiss es!«, zischte Scarlett und riss ihre Hand los. Allein der Gedanke, nach St. Pit zu fahren und womöglich auf ihre Eltern zu treffen ... niemals würde das geschehen!

»Okay, okay, entschuldige. War ja nur eine Idee.« Er hob abwehrend die Hände. »Woodnock ist ohnehin schöner. Und die Menschen sind netter. Findest du nicht auch? Kaum zu fassen, wie viel Anklang mein Laden schon findet, dabei ist er noch nicht einmal eröffnet. Ich liebe es hier, die Leute sind so hilfsbereit und freundlich.«

Scarlett nickte. »Ja, sie sind ekelhaft freundlich.«

Jacob schien von Tag zu Tag beliebter zu werden. Die Leute blieben stehen und unterhielten sich mit ihm. Viele hatten sogar ihre Hilfe für die Eröffnung angeboten.

»Vielleicht solltest du dich ab und an auf ein paar Gespräche einlassen, dann merkst du, dass du das Wort ›ekelhaft‹ streichen kannst.«

Der böse Blick, den Jacob für diesen Kommentar erntete, schien ihn endlich begreifen zu lassen, dass es unklug war, Scarletts Geduld weiter zu strapazieren. »Ich geh mal kurz zu den Schafen rüber und sag Hallo. Möchtest du auch eins streicheln?«

Dieses Mal warf Scarlett Jacob einen Bist-du-bescheuert-Blick zu, woraufhin er die Achseln zuckte und zur Herde ging.

»Geh nicht zu weit weg«, rief er ihr über die Schulter zu. »Nicht, dass wir uns getrennt voneinander verlaufen.«

»Halte dich vom Moor fern«, rief sie ihm hinterher, »du weißt nie, wer plötzlich hinter dir steht und dir einen Tritt in den Hintern verpasst.«

Jacob ignorierte ihren Einwurf, also wandte sie sich ab und schlenderte eine Weile umher. Die Sonne verschwand bereits wieder hinter einer dicken Regenwolke und der Wind nahm zu. Sie vergrub die Hände tief in den Taschen ihres Regenmantels, da entdeckte sie etwas, das hinter einem Busch hervorragte. Es sah aus wie ein Schuh.

Als Scarlett sich ihm näherte, bemerkte sie, dass er zu einem Bein gehörte. Ihr Herz schlug ein wenig schneller, sie fühlte sich wie ein kleines Mädchen, das kurz davor stand, den Weihnachtsmann beim Ablegen der Geschenke zu ertappen.

Sie trat näher heran.

Hinter dem Busch lag die Leiche von Harold, dem Bestatter. Er hatte sich mit irgendetwas aufgespießt, das wie eine Baumwurzel aussah. Sein Gesicht war bleich und in seinem Mundwinkel klebte getrocknetes Blut. Aus irgendeinem Grund hatte er seine Lippen mit beigem Lippenstift bemalt.

Plötzlich öffnete Harold die Augen. Er fuhr zusammen und stieß einen mädchenhaften Schrei aus, der Scarletts Knochen kurzzeitig in Gummi verwandelte.

Gerade als sie glaubte, in einem ihrer Albträume gefangen zu sein, bemerkte sie, dass etwas nicht stimmte. Die Baumwurzel, die Harold aufspießte, sah aus, als wäre sie aus Plastik. Er legte sie neben sich und richtete sich auf. Die vermeintlich durchbohrte Stelle in seinem Bauch war unversehrt.

Scarlett hob die Augenbrauen.

Harold starrte sie voller Entsetzen an. Seine Augen waren kreisrunde Murmeln, auf seinen Wangen bildeten sich Hitzeflecken.

Oh, wie hatte sie diesen Gesichtsausdruck vermisst. Sie lächelte. »Interessant.«

»E-es ist nicht das, wonach es aussieht«, stammelte er. Er neigte sich vor und tastete wild nach einer Kamera, die er auf den Boden gestellt hatte. Als er sie hatte, fiel sie ihm direkt wieder aus der Hand. Scarlett hob sie auf und reichte sie ihm.

»Was für ein großartiger Tag für einen Selbstmord, findest du nicht auch, Harold? Harold ist doch richtig, oder?«

Er nickte zögernd. »I-ich habe nicht …«

»So? Für mich sieht es so aus, als hättest du deinen Tod vorgetäuscht. Und, oh, schau! Du hast sogar eine Kamera dabei, mit der du dich fotografiert hast. Oder gefilmt?«

»I-ich …«

»Dieser Ort ist einfach perfekt, um sich zu verscharren«, sagte sie feierlich. »Der vom Regen aufgeweichte Boden. Der beißende Wind. All die von Menschen nahezu unberührte Natur. Ich habe mindestens fünf Stellen entdeckt, um eine Leiche zu verstecken.« Sie lachte. »Ist das nicht herrlich?«

Harold antwortete nicht. Er starrte sie weiter an wie … Scarlett überlegte, wie der Ausdruck am besten zu beschreiben war und dann fiel es ihr ein. Harold schaute drein wie ein Hund, der gerade auf den Teppich gekackt hatte.

Sie ging in die Hocke, ihr Grinsen wurde breiter. Harolds Augen weiteten sich noch mehr.

»Wir sollten uns unbedingt mal darüber unterhalten. Und zwar bald.«

Gerüchte

Kapitel 7 – Ladeneröffnung

Am Tag der Eröffnung des Spielzeugladens, den Jacob auf den Namen *Play 'n' Smile* getauft hatte, kamen eine Handvoll Nachbarn und halfen, Touristen in das Geschäft zu locken.

»Der beste Trick, Kunden einzuladen«, sagte Bertram, »ist, ihnen zu zeigen, dass schon jemand da ist. Den Leuten ist es unangenehm, ein leeres Geschäft zu betreten, glaubt mir, glaubt mir.«

Und es stimmte. Jacob hatte sich die Mühe gemacht, rund um die Eingangstür Ballons anzubringen. Außerdem hatte er draußen einen Aufsteller platziert, der in großen Buchstaben darauf hinwies, dass es zu jedem Spielzeug ein zweites gratis dazugab. Aber die Leute liefen nur am Laden vorbei. Bis Bertram kam. Kaum waren er, Familie Singer mit ihren zwei Söhnen und die Gundersons mit ihrer Tochter eingetreten, hörte die Türklingel gar nicht mehr zu läuten auf. Am laufenden Band traten Kunden ein und wieder hinaus und Kinder bestaunten mit großen Augen die Vielzahl an Spielzeugen: Stofftiere, Actionfiguren, batteriebetriebene Animatronics, Brettspiele, Puppen – alles, was das Kinderherz begehrte.

Jacob selbst strahlte, als wäre er in seine eigene Kindheit zurückkatapultiert worden. Mit funkelnden Augen und geröteten Wangen lief er umher, erklärte Eltern und Kindern die Funktion diverser Spielsachen und verlor sich in wilden Fantasien von kämpfenden Robotern, Riesen, die Städte niedertrampelten, und brüllenden Dinosauriern. Nicht nur die Kinder, auch die Erwachsenen lauschten gebannt seinen Geschichten. Jacob hatte für jedes noch so kleine Teil eine parat. Er ging völlig auf.

Scarlett dagegen verbrachte den Tag hinter der Kasse. Sie spielte die freundliche, dauergrinsende Kassiererin, während sie innerlich vor Langeweile verging. Zu scannen und zu kassieren gefiel ihr ganz und gar nicht. Was Jacob tat, schien hundertmal spaßiger zu sein. Sie könnte sich auch wilde Geschichten zu den Figuren überlegen. Ihre würden zwar mit Blut, Gewalt und Tod enden, aber standen die coolen Kids von heute nicht auf so etwas?

Sie nahm sich vor, morgen den Platz mit Jacob zu tauschen.

Auch Bridget kam für einen kurzen Plausch vorbei und schwärmte, wie toll der Laden aussah und wie zufrieden die Kunden wirkten. Und Scarlett meinte zwischen einem der Regale kurz Harold, den Bestatter, erblickt zu haben. Allerdings sah sie ihn kein weiteres Mal, daher könnte sie sich auch geirrt haben.

Als Jacob um kurz nach sechs am Abend die Ladentür abschloss, gähnte Scarlett herzhaft und machte sich nicht die Mühe, das hinter vorgehaltener Hand zu verbergen.

»Du brauchst dringend mehr Mitarbeiter, Mr Dyer«, sagte

sie und massierte ihre Schulter. Sie drehte den Kopf nach links und rechts und ihr Nacken knackte hörbar.

»War das super, oder was?« Jacob strahlte. »So viele Kinder! Sogar die Eltern waren begeistert. Oder?« Kurz huschte ein besorgter Ausdruck über sein Gesicht. »Sie waren doch begeistert? Klar waren sie das! Was für ein Start!«

»Hallo?« Scarlett winkte. »Hast du gehört, was ich gesagt habe?«

»Ja, und du hast recht. Ich habe schon eine Anzeige geschaltet, heute Abend gehe ich die Mails durch. Wobei ich glaube, dass Margot Gunderson richtig Bock auf den Job hätte. Hast du gesehen? Sie wollte gar nicht mehr gehen. Sogar ihre Tochter war irgendwann genervt von ihrem Enthusiasmus.«

»Du bist offenbar ansteckend. Wie gut, dass ich immun gegen gute Laune bin.«

»Ich frag sie am besten gleich.«

Scarlett stutzte. »Wie gleich? Willst du sie vorher unter Vertrag nehmen oder schleifst du sie sofort mit? Die Wohnung ist ja frei, da könntest du sie anketten, damit sie bloß nicht Nein sagt.«

»Ich frage sie natürlich bei der Feier.«

O nein. Scarlett bereute ihre Frage, kaum dass sie ihren Mund verlassen hatte. »Welche Feier?«

»Die, zu der wir jetzt gehen.«

»Lieber Gott, steh mir bei. Echt jetzt? Töte mich lieber gleich, Schatz, na los, denn ich war den ganzen Tag auf den Beinen. Jetzt mal ernsthaft, du doch auch! Bist du gar nicht müde? Hast du nicht den Drang, der nächsten Person, die deinen Weg kreuzt, eins deiner Spielzeuge in den Rachen zu stopfen, weil du das Geschnatter nicht mehr erträgst? ›Oh, wie schön! Das muss ich haben. Kaufst du mir das, Mummy?‹«, äffte sie die Kinder nach. »Argh! Aber am schlimmsten waren die Mütter. Dieses ständige … Was ist?«

Jacob grinste.

»Was? Was denn?«

»Du hattest Spaß.«

»Hä?«

»Ich seh es dir an, dir hat der erste Tag Spaß gemacht.«

»Ich glaube, du brauchst eine Brille, Liebling, du verwechselst Mordlust mit Spaß.«

»Jaja, mir kannst du nichts vormachen.«

»Offensichtlich schon. Du halluzinierst. Du hast Wahnvorstellungen. Hast du Fieber, Jacob? Lass mich mal fühlen.«

Er lachte. »Na los, komm. Bertram und die anderen erwarten uns in der Destillerie um die Ecke, er hat uns eingeladen.«

»Japp, ich bin dann mal weg.« Scarlett wandte sich ab, doch Jacob ergriff ihren Arm und sorgte dafür, dass sie sich bei ihm unterhakte.

»Chop, chop!«, rief er fröhlich.

»Ich chop dich gleich mal.«

Erst jetzt bemerkte Scarlett die Musik und das Gelächter, das durch den böenhaften Wind stetig an- und abschwoll.

Eine Party. Das hatte ihr gerade noch gefehlt.

* * *

Aleen stand an einem der äußeren Stehtische und nippte an ihrem Cappuccino. Die Destillerie Hermann, die einem deutschen Einwandererpärchen gehörte, war die größte in Woodnock – es gab in diesem winzigen Kaff erstaunlicherweise fünf davon – und ein beliebtes Anlaufziel für Bewohner wie Touristen gleichermaßen.

Aleen stand mit dem Rücken zum Fenster und beobachtete die Leute. Seit ihrer Ankunft vor etwa einer Stunde war der Geräuschpegel deutlich angestiegen. Überall um sie herum tranken Männer und Frauen Whiskey, lachten, witzelten, flirteten und johlten.

Ein junger Mann im Anzug neben ihr stand von seinem Hocker auf, schwankte und erhob dann sein Glas zu einem Toast, während die Männer um ihn herum applaudierten. Ein Geschäftsmann, wie es aussah. Sicher hatte er gerade eine dicke Gehaltserhöhung erhalten. Der Kerl war kaum älter als fünfundzwanzig und seine Arroganz stach so deutlich hervor, als schwebte über seinem Kopf eine Reklametafel, auf der »Seht mich an, ich bin ein Arschloch« stand.

An einem der anderen Tische unterhielten sich zwei Frauen. Sie hatten sich vorgebeugt, sodass ihre Unterhaltung unter ihnen blieb, und ignorierten die beiden Charmeure, die sich offenbar zu ihnen setzen wollten. Aleen beneidete die Frauen nicht um ihre Schönheit. Sie war froh, nicht ständig von aufdringlichen Kerlen angesprochen zu werden. Lieber blieb sie im Hintergrund und beobachtete im Stillen.

Wegen ihrer Narben war das nicht immer leicht. Manche Menschen starrten sie an – hauptsächlich Urlauber. Die glaubten, sie würde die Blicke nicht bemerken, denn jedes Mal, wenn sie sie erwiderte, wandten diese Leute sich schnell ab und machten eine Miene, als wären sie gerade beim Masturbieren ertappt worden.

Daran – und natürlich an den dicken Rucksäcken – konnte Aleen Touristen und Einwohner gut unterscheiden. Für die Bewohner von Woodnock war sie ein Geist. Nein, das stimmte nicht. Sie grüßten sie, manche lächelten sogar, aber sie unterhielten sich nicht mit ihr. Sie war eher eine Art Teil des Schwarms. Da, aber nicht wichtig. Eine von vielen. Diesen Leuten war es egal, wie sie aussah, sich bewegte oder sprach.

Das gefiel ihr an Woodnock. Die Bewohner waren durch die Menge an Touristen vermutlich einiges gewohnt. Da sorgte eine Frau mit vernarbtem Gesicht nicht gerade für Furore.

Ob sie in ihrer Heimatstadt Glasgow ebenso ein Teil des Schwarms gewesen wäre? Als sie noch dort gewohnt hatte, mit *ihm,* war ihr Gesicht okay gewesen. Ab und an hatte sie einen kleinen Bluterguss an der Wange oder mal ein blaues Auge gehabt, wenn er sich nicht hatte beherrschen können, aber meistens hatte er darauf geachtet, sie dort zu verletzen, wo es unbemerkt blieb.

Als er ihr das Knie mit einem Hammer zertrümmert hatte, ließ sich das schnell erklären. Ein Treppensturz, nichts weiter. Dass die Fraktur so heftig war, dass Aleen nie mehr schmerzfrei laufen konnte, war damals wohl nicht einmal ihm klar gewesen. Ihr Humpeln hatte ihn danach immer genervt.

Wenn sie vor ihm hergelaufen war, hatte er ihr oft mit der flachen Hand auf den Hintern geschlagen, als wäre sie ein Pferd, das er antrieb. Fester mit jedem Schlag, bis sie aufgeschrien hatte.

Obwohl er tot war, konnte sie sein Lachen nicht vergessen. Sie würde es in ihren Träumen hören, bis sie starb.

Jemand am Stehtisch neben ihr lachte auf, sodass sie zusammenfuhr. Um ein Haar hätte sie ihre Tasse fallen gelassen. Mit zittrigen Fingern hob sie sie an die Lippen und nippte erneut an ihrem Cappuccino.

Dieser verdammte Bastard. Selbst jetzt noch lebte sie in Angst vor ihm. Er hatte ihr alles genommen. Ihr Aussehen, ihren Sohn, ihr Zuhause. Aber wenn sie es genau betrachtete, hatte er ihr auch etwas gegeben. Den Schmerz und ihre Wut. Der Schmerz machte sie härter, er sorgte dafür, dass sie immer bei klarem Verstand blieb. Und ihre Wut trieb sie an.

Ihr Mann hatte ihr Willi genommen, doch Olivia war es, die dafür gesorgt hatte, dass sie ihn nie wiedersehen konnte. Sie hatte ihn auf dem Gewissen und dafür würde sie bezahlen.

Koste es, was es wolle.

Aleen dachte an James und daran, wie sie ihm den Schädel eingeschlagen und ihn anschließend im Moor versenkt hatte. Sie dachte an die Verzweiflung und die Hilflosigkeit in seinem Blick, als er begriffen hatte, welches Schicksal ihn erwartete.

Tränen traten ihr in die Augen, sie blinzelte, um sie zu vertreiben. James zu töten war notwendig gewesen. Freiwillig hätte er den Laden nie hergegeben und der war nun einmal Teil des Plans.

Jemanden zu ermorden sorgte nicht für Genugtuung. Ganz im Gegenteil, auch James würde sie künftig in ihren Träumen heimsuchen, aber um eine gute Tat zu vollbringen, waren manchmal böse Taten notwendig.

Und Olivia aus dem Verkehr zu ziehen *war* gut. Sie durfte nicht frei herumlaufen! Eine Mörderin! Eine Intrigantin! Nein, sie verdiente es, weggesperrt zu werden. Den Tod dagegen verdiente sie nicht. Er wäre zu gut für sie. Olivia musste zurück ins Harrison-Hill-Hospital. Nur dort war die Welt sicher vor ihr.

Natürlich hatte Aleen auch darüber nachgedacht, Olivia, nein *Scarlett,* ins Gefängnis zu bringen, doch die meisten Wärter waren Männer. Und Männer ließen sich umgarnen. Scarlett war gut darin, Männer zu umgarnen. Sie zu manipulieren und dazu zu bringen, Dinge für sie zu tun. Wie sonst hätte sie Willi überredet, erneut auf die Klippe zu steigen, an der sein Leid angefangen hatte? Wie sonst war es ihr möglich, einen so wunderbaren Mann wie Jacob an ihrer Seite zu halten?

Scarlett war das Böse in Person. Ein Gefängnis konnte sie nicht bannen, das Harrison-Hill-Hospital schon. Dort hatte man es immerhin geschafft, sie zehn Jahre lang wegzusperren. Weitere zehn Jahre wären ein Anfang, danach konnte man weitersehen.

Aleen wandte sich vom Pulk ab. Sie hatte sich einen Platz am Fenster ausgesucht, um hinausblicken zu können. Um zu sehen, wann *sie* kamen. Es fiel ihr von Tag zu Tag leichter, die ›freundliche, bemitleidenswerte Bridget‹ zu mimen.

Der Mensch gewöhnte sich wohl tatsächlich an alles. Und sie machte ihre Sache offensichtlich gut, denn Olivia erkannte sie nicht.

Scarlett!, schalt sie sich selbst. Es fiel ihr noch immer schwer, sich an den neuen Namen zu gewöhnen. Schon zweimal wäre ihr beinahe Olivia herausgerutscht, was alles zunichtegemacht hätte. Dabei hatte ihr Plan noch längst nicht seinen Höhepunkt erreicht.

Scarlett und Jacob kamen endlich in Sicht. Aleen lächelte. Er hatte im Grunde noch gar nicht richtig angefangen.

* * *

Jacob betrat als Erster das Lokal. Er warf die Arme in die Luft und brüllte etwas, das Scarlett aufgrund der Musik und des allgemeinen Geräuschpegels der sichtbar angetrunkenen Gäste nicht verstand. Sofort wandten sich ihm die meisten Köpfe zu, einige der Anwesenden applaudierten, andere – darunter die Gundersons, Singers und der alte Bertram, der anscheinend als Einziger nüchtern war –, standen von ihren Tischen auf und gingen zu Jacob, um ihm zu gratulieren. Hände wurden geschüttelt, sogar einige Umarmungen verteilt.

Scarlett hielt sich bewusst im Hintergrund. So viel Herzlichkeit war ihr zuwider. Am Fenster entdeckte sie Bridget, die ihr lächelnd zuwinkte. Sie huschte an Jacob und seinem Fanclub vorbei und gesellte sich zu ihr.

Wie immer trug Bridget schwarz und war von oben bis unten bedeckt, inklusive Handschuhe, sodass nur ein Teil ihres entstellten Gesichtes nicht verhüllt war. Normalerweise verschmolz sie mit dem Hintergrund, aber in einem Schuppen wie diesem glich sie eher einem Kaffeefleck auf einem weißen Teppich. Die meisten Leute trugen kurzärmelige Shirts und Hemden bis auf ein paar Anzugträger am Tisch neben ihr. Das waren auch so ziemlich die Einzigen – bis auf sie und Bridget natürlich – die sich nicht um Jacob versammelt hatten.

Einer der Anzugträger, fast noch ein Kind, starrte Scarlett an. Er zwinkerte ihr zu, als sie seinen Blick erwiderte und fuhr sich mit der Zungenspitze über die Oberlippe.

Sie deutete Bridget an, dass sie gleich zu ihr kommen würde, und gesellte sich stattdessen zu dem aufdringlichen Kerlchen. Der grinste anzüglich und seine Kumpane riefen »oho!« Und »schnapp sie dir, Tiger!«

Scarlett ließ den Tiger nicht aus den Augen, sie lächelte und schob sich an den anderen Kerlen vorbei, bis sie dicht vor ihm stand. So dicht, dass er ein wenig unbehaglich dreinschaute. Dann fiel ihm offensichtlich ein, dass seine Kumpel ihn beobachteten, und er straffte die Brust.

»Hi, Süße. Ich bin Jerry. Verrätst du mir auch deinen Namen?«

»Nenn mich Scary.«

Die Jungs lachten.

Jerry schnaufte nur amüsiert, wirkte aber schon wieder ein wenig verunsichert. Sie war ihm nun so nahe, dass sich ihre Körper berührten und sie zu ihm hochsehen musste. Jerry war nicht so groß wie Jacob, aber groß genug, um den Kopf neigen zu müssen. Nun streckte sie den Zeigefinger aus und winkte ihn zu sich herunter, was die Jungs zu weiteren Ausrufen anstachelte.

Jerry zögerte, dann beugte er sich vor, sodass Scarlett ihm ins Ohr flüstern konnte. »Wenn du mich weiter so anstarrst oder meiner Freundin auch nur einen schiefen Blick zuwirfst, folge ich dir heute Nacht nach Hause, besuche dich in deinem Schlafzimmer«, sie machte eine dramatische Pause, »schneide dir deinen hübschen kleinen Pimmel ab und sehe zu, wie du ihn frisst.« Sie lehnte sich zurück, um Jerry anzusehen. Er verharrte in derselben Position. Seine Kumpels waren verstummt und obwohl sie nicht gehört haben konnten, was Scarlett ihm zugeflüstert hatte, schienen sie zu bemerken, dass mit Jerry etwas nicht stimmte. »Alles klar?«, fragte Scarlett im freundlichsten Ton und klopfte Jerry mit der flachen Hand auf die Brust.

Er nickte.

»Super!« Mit diesen Worten schob sie sich erneut an den Jungs vorbei, die sich nun tuschelnd an Jerry wandten, und gesellte sich zu Bridget.

»Wie die Bekloppten«, rief Scarlett über die Musik, irgendeine alte Nummer von Shania Twain, hinweg und deutete auf die Menschentraube.

Bridget interessierte sich offensichtlich mehr für das, was da eben mit Jerry passiert war. Der taute schon wieder auf, vermied es jedoch, in ihre Richtung zu sehen. »Was war das denn?«, fragte sie.

»Oh, ich habe Jerry nur gesagt, er soll nicht so gaffen, weil ich das nicht mag.«

»Er sah verängstigt aus.«

»Ich habe so eine Wirkung auf Männer.«

Bridget sah nur weiter zu den Anzugträgern rüber.

»Also, hast du den Bekloppten da vorne schon Hallo gesagt?« Erneut deutete Scarlett auf Jacob und die anderen.

Bridget, jetzt wieder ganz sie selbst, kicherte. »Ich freue mich für Jacob. Er fühlt sich offensichtlich richtig wohl. Es ist großartig, dass sein Laden so gut angenommen wird. Und ihr als neue Einwohner natürlich auch. Normalerweise würde ich rübergehen und ihm gratulieren, aber ich warte lieber, bis der Tumult etwas abgeklungen ist.«

»Mhm, kann ich verstehen. Da drüben wird man nur zerquetscht. Man könnte glatt meinen, Jacob wäre ein Star oder so was.«

»Nun, wer Kindern ein Lachen ins Gesicht zaubert, ist auch einer. Sogar ein Held.«

Scarlett verdrehte kaum merklich die Augen. »Möglich.«

»Im Mittelpunkt zu stehen, gefällt ihm offensichtlich. Das ist sein Ding.«

Scarlett biss sich kurz auf die Lippen, um ein Zucken der Mundwinkel zu unterdrücken. Dieser lockere Satz klang aus dem Mund der Frau, die sich sonst so gewählt und steif ausdrückte, beinahe komisch. »Freude ist sein Ding. Das ist manchmal ganz schön nervtötend. Der Kerl hat nie schlechte Laune.« Sie dachte daran, wie er vom Streit mit seinem Dad nach Hause gekommen war, und grinste. »Sagen wir, fast nie.«

»Das muss wundervoll sein.«

»Na ja, Leute glücklich zu machen, ist jetzt nicht gerade mein Spezialgebiet. Ich säe lieber Chaos und Zwietracht.« Sie lachte.

Über Bridgets Gesicht huschte ein Schatten.

»War nur ein Scherz. Ein schlechter, sorry.«

Kurz schien Bridget sie zu mustern, dann lächelte sie und machte eine wegwerfende Handbewegung. »Aber nein, ich bin nur manchmal etwas langsam.«

Jacob und seine Horde gingen zur Bar, um Getränke zu bestellen. Einer von ihnen, Scarlett konnte nicht sehen, wer, brüllte so etwas wie: »Wo ist denn deine bessere Hälfte?« Der größte Teil des Satzes ging im Gebrabbel und der Musik unter.

Aber Scarlett hatte offenbar richtig verstanden, denn Jacob wandte sich suchend um, entdeckte sie und zeigte in ihre Richtung.

Na herrlich.

* * *

Ehe sie sich versah, saß Scarlett mit eben dieser Horde auf einer Bank in der Ecke der Destillerie Hermann. Links neben ihr saß Jacob, rechts Bertram. Ebenfalls auf der Bank saßen Frank und Gloria Singer, auf Stühlen Philipp ›Flip‹ und Margot Gunderson. Bridget hatte Jacob knapp gratuliert und sich anscheinend kurz darauf rausgeschlichen, denn Scarlett hatte ihr Gehen nicht bemerkt.

Während über Jacobs Spielzeuge geschwärmt wurde, entdeckte sie Harold, die wandelnde Highlands-Leiche, und winkte ihm zu. Der sah sich verstohlen um, hob ruckartig die Hand und verließ dann beinahe fluchtartig den Pub.

Die Schwärmerei fand endlich ein Ende, nachdem Margot Jacobs Angebot, im Laden zu arbeiten, bedauernd ablehnen musste, da sich die Arbeitszeit mit der im Friseurladen überschnitt.

Gloria Singer wechselte das Thema: »Kennt ihr zwei denn auch schon unsere Friendsbook-Gruppe?«

Scarlett hob eine Augenbraue. »Was soll das sein? Setzt ihr euch wöchentlich zusammen und schreibt euch kleine Nachrichten in eure Freundschaftsbücher so wie früher in der Schule?«

Jacob legte eine Hand auf ihre. »Sie macht nur Spaß. Scarlett hält nicht viel von diesen Social-Media-Plattformen. Sie besitzt nicht einmal ein Smartphone. Na ja, nicht mehr.«

Die ganze Runde wirkte ehrlich überrascht.

»Wow«, sagte Gloria, »und ich dachte immer, ich lebe hinter dem Mond.«

Alle lachten, Scarlett lächelte.

Frank Singer klopfte seiner Frau auf die Schulter. »Gloria ist mächtig stolz darauf, dass sie mit der Plattform umgehen kann. Wir hatten bis vor einer Weile nicht einmal Internet, geschweige denn Smartphones. Meine Schwester hat uns alles gezeigt und jetzt können wir gar nicht mehr ohne, so abhängig sind wir schon.«

Margot machte eine wegwerfende Handbewegung. »Ach, dieser ganze Social-Media-Scheiß geht mir auf den Sack. Immer wird so getan, als wäre das so eine tolle Sache, dabei wird da nur gemeckert und gejammert und alle sind ätzend.« Sie wandte sich an Scarlett. »Ich kann dich gut verstehen. Manchmal möchte ich den Mist auch in die Tonne kloppen, bin aber wohl doch zu abhängig von dem Schrott.«

Dieses Mal grinste Scarlett aufrichtig. Diese Margot besaß eine herrlich sympathische Ausstrahlung. All das Gefluche. Wunderbar.

Philipp dagegen blickte peinlich berührt drein. »Entschuldigt die direkte Wortwahl.«

»Ach was, Flip!«, rief Margot aus. »Das können die alle ab! Stimmt's?«

Zustimmendes Nicken und Raunen.

»Wir sind hier schließlich in Schottland, hier ist jedes zweite Wort ein beschissener Fluch!«

Alle lachten.

»Und du stammst aus ... ?«, fragte Scarlett.

»Deutschland. Aus Ostfriesland, um genau zu sein. Das liegt in Niedersachsen, aber das sagt euch sowieso nichts. Hört man nicht, was?« Sie grinste verschmitzt.

»Du hast keinen Akzent!«, sagte Jacob sichtlich beeindruckt.

»Tjaja. Übung macht den Meister. Ich lebe aber auch schon lange mit diesem Trottel hier zusammen, da waren wir beide noch Teenies.« Sie zeigte auf Philipp. »Und ich gucke viel fern. Da lernt man so einiges, was Aussprache betrifft. Aber ich lenke ab, ihr habt über Friendsbook geredet.«

Gloria nickte. »Hast du denn ein Smartphone, Jacob?«

»Hab ich«, sagte er.

»Dann musst du dir die Gruppe unbedingt mal ansehen. Fast die ganze Stadt schaut regelmäßig rein und sogar viele unserer Touristen sind aktiv. In der Gruppe erfährt man alles, was in Woodnock so passiert.«

»Oha«, sagte Scarlett, »da steppt sicher der Bär.«

Margot stieß ein dreckiges Lachen aus.

Gloria ließ sich nicht beirren. »Woodnock ist zwar klein, aber die Gruppe ist dennoch im regen Austausch. Wenn ihr wissen wollt, was es für Veranstaltungen gibt oder Angebote oder auch nur kleine Treffen organisieren möchtet – Strickabende oder Ähnliches – seid ihr da an der richtigen Stelle.«

Frank verdrehte gespielt genervt die Augen. »Sie sitzt manchmal stundenlang vor ihrem Handy und ist kaum ansprechbar, so vertieft ist sie.«

»Na ja«, sagte Scarlett, »ihr habt Jungs im Teenageralter. Mit gutem Beispiel voran, würd ich sagen.«

Alle lachten.

Während Gloria weiter über das Internet schwärmte, Frank sich darüber mokierte, Margot ihre Flüche ausstieß und Philipp sich dafür fremdschämte, lehnte Scarlett sich entspannt zurück.

Jacob neigte sich zu ihr und fragte flüsternd: »Alles okay?«

Sie nickte. »Bestens.« Und es stimmte. Sie fühlte sich tatsächlich wohl. Es geschahen noch Zeichen und Wunder.

* * *

»Jo, Jerry, was bist'n so still! Du wurdest gerade befördert und verdienst eine Menge Schotter. Auf dem Tisch tanzen solltest du.« Colin lachte auf. »Oder eine heiße Schlampe dafür bezahlen, es für dich zu tun. Vielleicht hat die Kleine von vorhin ja Bock.«

Jerry ignorierte ihn. »Lasst uns abhauen. Der Schuppen langweilt mich langsam.« Verstohlen schaute er zu der irren Blondine, die mittlerweile mit einigen Leuten an einem Tisch saß und sich zu amüsieren schien. So wirkte sie gar nicht angsteinflößend, aber heilige Scheiße, als sie vorhin vor ihm gestanden hatte, hatte er das Gefühl gehabt, sich gleich in die Hose kacken zu müssen.

Was auch immer es gewesen war, was er in ihr gesehen hatte, Jerry war sich sicher, dass sie jedes Wort ernst gemeint und dass sie umsetzen würde, was sie gesagt hatte, wenn er ihr noch einmal unangenehm auffiel. Das musste dieser irre Blick gewesen sein oder so was. Die Kleine war ganz klar nicht normal! Und er hatte keine Lust, dass diese Psychotante heute Nacht in seinem Zimmer stand, um ihm ... er schluckte. Allein bei dem Gedanken an ihre Worte spürte er, wie sich ihm die Hoden zusammenzogen.

Hoffentlich war sie nur eine Touristin. Was, wenn er ihr öfter über den Weg lief? Letztlich war er nur des Geldes wegen in dieses Kaff gezogen und weil Dad es so gewollt hatte.

»Ich will sehen, ob du das Zeug zum Geschäftsführer hast, Junge«, hatte er gesagt.

Pah! Und wie er es hatte! Diese dämliche Filiale ein Jahr lang zu leiten, würde kein Problem werden, danach konnte er endlich in die Unternehmenszentrale und den Laden übernehmen. Und er würde sich nicht so dämlich anstellen wie Dad, der die Mitarbeiter an erste Stelle setzte und alles für sie tat. Was hatte ihm das gebracht? Drei Herzinfarkte. Er war gezwungen, mit vierzig Jahren in Rente zu gehen. Nicht dass sein Vermögen ihn nicht bis ans Lebensende versorgen würde, aber Jerry hatte andere Vorstellungen. Was er ankurbeln würde, war die Wirtschaft. Scheiß auf die Mitarbeiter! Was war schon ein wenig Unzufriedenheit, wenn die Summe auf der Gehaltsabrechnung am Ende stimmte?

Jerry würde sich einfach genügend Angestellte nehmen und dann sein Leben leben, wie er es für richtig hielt. Eine Weltreise wäre geil. Dabei würde er jedes Bordell abklappern und jedes gottverdammte Striplokal. Einen Herzinfarkt würde er frühestens mit 90 erleiden, wenn ihm irgendeine heiße Braut einen Blowjob verpasste. Die Arbeit aber würde ihn nicht zugrunde richten.

Ein Knall ließ ihn zusammenfahren.

»Jemand zu Hause?« Ian hatte dicht vor seinem Gesicht in die Hände geklatscht, jetzt lachte er dreckig.

»Arschloch!«, sagte Jerry.

Sie standen nun vor der Destillerie.

Aidan knuffte ihn in die Schulter. »Jetzt mal ehrlich, Alter. Was war das eben mit der Kleinen? Du sahst aus, als hättest du einen Geist gesehen oder so, nachdem sie dir was ins Ohr geflüstert hat. Was war da los?«

Gregory nahm seinen Rucksack vom Rücken, öffnete ihn und verteilte Biere, Jerry lehnte als einziger ab.

»Nichts, die hat nur keinen Spaß verstanden und meinte gleich, die Cops rufen zu müssen, wenn ich sie weiter anstarre.«

»Prüde Zicke«, sagte Colin und löste mit einem Feuerzeug den Verschluss seiner Flasche. »Wenn Weiber für eines gut sind, dann um sie zu ficken. Der Kleinen entgeht was.« Er rülpste.

Jerry nickte. Ihm war die Lust aufs Feiern gründlich vergangen.

Alle vier Bierflaschendeckel fielen nacheinander mit leisem Pling zu Boden.

»Vielleicht hättest du mit ein paar Pfund vor ihrer Nase herumwedeln sollen«, sagte Aidan und alle lachten.

Auch Jerry mühte sich ein Lächeln ab. Am besten ließ er heute Nacht einfach das Licht an. Seinen Baseballschläger neben das Bett zu stellen, würde sicher auch nicht verkehrt sein.

Eine fremde Stimme riss Jerry aus seinen Gedanken. Er folgte dem Klang mit seinem Blick.

In einer düsteren Ecke vor einem verschlossenen Klamottenladen saß ein Penner und zeigte auf sie. »Umweltverschmutzer!«, blaffte er.

Der Kerl hatte sich eine schmuddelige Decke über die Knie gelegt und saß auf einer schmutzverkrusteten grünen Gartenstuhlauflage. Er trug eine graue Strickjacke und eine Pudelmütze. Neben ihm standen mehrere Plastiktüten.

Jerry grinste. Vielleicht versprach der Abend doch noch etwas Spaß. »Was sagst du da, Alter?«, fragte er und ging zu ihm. Die Jungs folgten ihm.

»Ihr sollt die Bierdeckel aufheben!« Der Penner lallte hörbar.

»Hier«, sagte Ian und hielt ihm seine Flasche hin, »willst du 'n Schlückchen?«

Das Gesicht des Penners glättete sich ein wenig und seine Augen weiteten sich. Mit zittrigen Fingern streckte er die Hand aus, seine Gier sorgte dafür, dass sich Speichel in seinen Mundwinkeln bildete.

Ian zog die Flasche zurück. »Igitt, mit dir teile ich doch nicht, da hol ich mir ja die Syphilis!«

Wieder lachten alle und dieses Mal musste Jerry nichts erzwingen. Der Alte war ihm schon häufiger aufgefallen. Er saß Tag und Nacht vor irgendwelchen Läden und bettelte um Geld. Nicht selten hatte er ein Bier in der Hand. Jerry wettete, dass mindestens eine von den Plastiktüten voller leerer Pfandflaschen war.

Ein beißender Geruch von ungewaschener Haut und Alkohol stieg ihm in die Nase. »Boah, Alter, du stinkst!«, rief er aus. »Kauf dir lieber mal Wasser statt Bier und wasch dich.«

Die Jungs grölten vor Lachen.

Der Penner schaute wild zwischen ihnen hin und her. »Ich kenne euch«, lallte er. »Hab euch schon oft gesehen.«

»Ja?«, fragte Jerry. »Wir riechen dich eher.«

»Genau«, sagte Aidan, »angucken wollen wir dich auch gar nicht. Da wird man ja blind!«

Auch ihm hörte man deutlich an, dass er einen zu viel über den Durst getrunken hatte. »Alter, je mehr du säufst, desto mehr verlierst du an Geistreichigkeit.«

»Das Wort gibt es nicht«, sagte Gregory.

Dämlicher klugscheißiger Student!

»Ich kenne dich!«, wiederholte der Penner.

Jerry verlor langsam wieder das Interesse an ihm und winkte ab. »Jaja. Kommt Jungs, hauen wir ab.« Er verkniff es sich allerdings nicht, eine der Tüten wegzukicken. Kein Bier, aber stinkende Unterwäsche kam zum Vorschein. Ein angebissenes Brötchen und mehrere Flachmänner kullerten heraus.

Colin stieß den Becher mit Kleingeld um.

Panisch begann der Penner, die Münzen aufzusammeln, und kroch vor ihren Füßen herum. Das brachte die Jungs nur noch mehr zum Johlen.

»Wechselbälger! Kobolde!«, heulte der Alte. Tränen standen ihm in den Augen und er versprühte Speichel.

Aus dem Augenwinkel nahm Jerry eine Bewegung wahr und schaute zur Destillerie. In ihm verkrampfte sich etwas. Die Psychotante stand vor dem Schuppen und richtete den Kragen ihres roten Mantels. Sie starrte herüber und in ihren Mundwinkeln zeichnete sich ein feines Lächeln ab.

Jerry schluckte, stieß Colin in die Rippen und sagte: »Los, kommt endlich!«

Während der Penner ihnen weiterhin hinterher brüllte, machten sie sich aus dem Staub.

* * *

Scarlett ging zu dem Obdachlosen und half ihm, die Münzen einzusammeln. Sein Gestank trieb ihr die Tränen in die Augen.

»Alles gut?«, fragte sie.

»Wechselbälger und Kobolde, das sind sie«, sagte er mit weinerlicher Stimme.

Scarlett nickte. »Da haben Sie recht, guter Mann.«

Überrascht schaute er auf, ehe sein Blick erneut misstrauisch wurde und er sein Kleingeld an sich drückte.

Sie erhob sich, griff in ihre Manteltasche und holte eine Zehn-Pfund-Note hervor. »Hier«, sagte sie und warf sie dem Mann zu. »Kaufen Sie sich was zu essen. Oder Alkohol, wenn Ihnen das lieber ist.«

Der Mann erwiderte nichts. Er hielt ihr die Handflächen hin, in denen sich der Geldschein befand und starrte sie mit offenem Mund an.

Scarlett grinste. »Wie heißen Sie?«

»Arthur.«

»Tatsächlich? Wie der König, hm?«

Wieder sagte er nichts.

Scarlett deutete mit dem Kinn in die Richtung, in die die Kerle verschwunden waren. »Gegen diese Geschöpfe sollte man was unternehmen, finden Sie nicht auch, Arthur?«

Jetzt nickte er langsam.

»Ja.« Sie sah ihm fest in die Augen. »Ja, das sollte man. Das sollten Sie.« Trällernd fügte sie hinzu: »Also dann, bis bald, König Artus.«

Grinsend machte sie sich auf den Nachhauseweg und als

sie die Logh Street erreichte, lächelte sie noch immer leicht. Der Abend war recht unterhaltsam gewesen. Sie hatte einem arroganten Mistkerl Angst gemacht, hatte ein nettes Gespräch mit einem Obdachlosen geführt und gefeiert. Sie konnte sich nicht erinnern, jemals so viel Spaß gehabt zu haben.

Obwohl ihr die gesellige Runde in der Destillerie Hermann anfangs zuwider gewesen war, hatte sie sich ungewöhnlich schnell an die Truppe gewöhnt. Sie hatte gelacht, ohne es erzwingen zu müssen und nicht einen einzigen Mordgedanken gehabt. Dieses Woodnock war erstaunlich. Dass sie, Olivia Lewis alias Scarlett Dyer, sich mal in Gesellschaft anderer Menschen so wohl fühlen würde, hätte sie nie für möglich gehalten. Hätte Jacob ihr das prophezeit, hätte sie ihn ausgelacht. Aber siehe da, sie hatte sich tatsächlich amüsiert.

Abgesehen von der Sache mit diesem Jerry hatte sie sich heute vollkommen normal benommen. Nicht die am Rande des Wahnsinns tänzelnde Scary, die pausenlos Intrigen spann. Ein seltsames Gefühl. Sie kam sich federleicht vor und auf irritierende Weise motiviert.

Trotzdem waren ihre sozialen Batterien so langsam aufgebraucht und es war an der Zeit gewesen, den Nachhauseweg anzutreten. Sollte Jacob ruhig noch ein paar Stunden weiterfeiern, die Abwechslung hatte er sich verdient.

Sie näherte sich ihrem Haus und nahm schon mal den Schlüssel aus ihrer Manteltasche. Er klimperte in ihrer Hand. Selbst dieses Geräusch löste etwas in ihr aus, das sich sonderbar warm anfühlte. Die ganze Stadt schien in ein Licht getaucht, nicht einfach nur in silbriges Mondlicht, nein, es wirkte irgendwie heller. Irgendwie schön. War das diese Zufriedenheit, dieses Glücklichsein, von dem alle Welt sprach? Konnte es wirklich möglich sein, dass ausgerechnet sie so etwas erlebte?

»Nicht zu fassen.«

Jemand kam ihr auf der anderen Straßenseite entgegen und hob grüßend die Hand. Sie erwiderte den Gruß. Es fühlte sich ganz natürlich an.

Woodnock. Passe ich wirklich hierher? Und passt du zu mir? Es sieht fast so aus.

Scarlett warf den Schlüssel in die Luft und fing ihn wieder. Ihr leichtes Lächeln wurde breiter.

Ein Neuanfang. Das erschien ihr heute Abend gar nicht mehr so fremd und unerreichbar. Vielleicht war es an der Zeit, endlich loszulassen. Vom Abgrund zurückzutreten. Ja, vielleicht. Vielleicht hatte selbst ein schlechter Mensch wie sie Vergebung und Glück verdient, wenn er sich anstrengte.

Scarlett schlenderte die Einfahrt hinauf und blickte noch einmal auf, um den vollen Mond zu betrachten. War er schon immer so bezaubernd gewesen? Sie wusste es nicht.

Als Scarlett den Blick wieder nach vorne richtete, bemerkte sie ein Päckchen vor ihrer Tür. Sie trat näher heran. Es war in braunes Versandpapier gehüllt. Wahrscheinlich hatte Jacob wieder Teile für seine Spielzeuge bestellt.

Sie nahm es in die Hand. Seltsam, ein Absender fehlte. Mit zu Schlitzen verengten Augen erhob Scarlett sich wieder. Das Päckchen war an sie adressiert. Beinahe hektisch zerriss sie das Papier und zog die Lieferung ein Stück heraus.

Sie erstarrte.

In ihrem Inneren verkrampfte sich etwas. In der Hand hielt sie ihr unfertiges Manuskript. Der Roman, den sie in St. Pit geschrieben hatte und in dem auf über 50 weißen DIN-A4-Seiten bis zu einem gewissen Punkt jedes Detail ihres Racheplans festgehalten worden war. Scarlett schluckte. In ihrem Hals klickte etwas.

Langsam wandte sie sich um und starrte die Einfahrt hinunter, in der Hoffnung, die Person zu erwischen, die ihr das Päckchen geschickt hatte. Irgendjemand lief vorbei und hob wie vorhin grüßend die Hand. Dieses Mal erwiderte sie den Gruß nicht.

Jeder konnte es gewesen sein. Jemand spielte ein Spiel mit ihr. Die eben noch angenehme Wärme in Scarletts Brust verwandelte sich in lodernde Flammen. Sie umkrallte das Manuskript. Die Stadt kam ihr nun weniger schön vor, weniger hell. Sie wirkte dunkel und hässlich.

Erneut ließ sie den Blick auf die Seiten in ihren Händen schweifen und zog das Manuskript nun vollständig aus der Versandtasche. Ein Ruck ging durch Scarletts Körper. Auf dem Deckblatt klebte ein Post-it. Und darauf stand in fein leserlichen Druckbuchstaben eine Nachricht: »Hast du es genossen?«

Kapitel 8 – Paranoia

»Sca, wenn du weiterhin so brummig guckst, verschreckst du noch die Kundschaft«, sagte Jacob, der sich mit einem schiefen Lächeln zu ihr über den Tresen gebeugt hatte. In der Hand hielt er einen Spielzeug-Lastwagen, dem ein Vorderrad fehlte. »Mr Hendricks hat mich eben schon gefragt, ob du mit dem falschen Fuß aufgestanden wärst, weil du aussiehst, als könnten jeden Augenblick Flammen aus deinen Augen schießen.«

»Wer ist Mr Hendricks?«, fragte Scarlett.

Jacob richtete sich auf, ließ den Blick einen Moment durch den Laden schweifen und deutete dann dezent zu einem Kerl in Jogginghose, mit schulterlangem, von grauen Strähnen durchzogenem, blondem Haar, der gerade eine Dose mit Schleim inspizierte. »Der da.«

Scarlett verengte die Augen zu Schlitzen. »Sieht der Typ für dich aus wie einer, der einem Drohungen vor die Tür legt?«

Jacob seufzte. »Sca, die Unterhaltung hatten wir gestern Abend schon. Nein, warte. Es war längst Nacht. Die halbe Nacht haben wir diskutiert!« Er gähnte und zeigte auf sich.

»Siehst du, was mir das gebracht hat? Ich muss einen Laden führen und darf nicht die Nächte durchmachen, weil meine paranoide Frau denkt, die Stadt habe sich gegen sie verschworen.«

»Es ist *das* Manuskript«, erwiderte sie zwischen zusammengebissenen Zähnen.

»Ich weiß«, gab er flüsternd zurück. »Aber wahrscheinlicher ist doch, dass irgendjemand aus St. Pit der Schuldige ist. Wir müssen einen kühlen Kopf bewahren ...«

»Einen kühlen Kopf?«

»... und herausfinden, wer ein Spielchen mit dir treibt. Damit ist nicht zu spaßen, aber wir dürfen auch nicht überstürzt jeden verdächtigen, der uns in den Sinn kommt. Ich werde nicht zulassen, dass jemand dein Leben zerstört.«

Nein. Nur meinen Neuanfang, dachte sie.

Jacob hielt einen Augenblick inne. »Okay, denken wir mal nach. Du hast doch alle Namen geändert, richtig? Die Polizei hat dich wegen fehlender Beweise laufen lassen. Das Manuskript wird sicherlich daran nichts ändern. Wie soll diese Person belegen können, dass es dir gehört? Sie hätte es abtippen können und nur so tun, als wäre es deins.«

»Fingerabdrücke, Mr Hobby-Detektive?«

Das hatte Jacob offensichtlich nicht bedacht, denn seine Miene verfinsterte sich kurz, ehe er erneut sein schiefes Lächeln aufsetzte. »Wir sollten das vielleicht nicht unbedingt hier besprechen.«

»Stimmt, das kann warten, nicht wahr? Ist ja nicht deine Vergangenheit, die darin festgehalten wurde, du hast leicht reden.« Sie überschaute den Laden und musterte jeden Kunden eingehend.

»Sca, hör auf damit! Wir müssen ...« Er verstummte und schaute links hinter sich. Ein Junge hatte ihn angetippt.

»Hey, Mister?«

Jacob verwandelte sich sofort wieder in die Frohnatur, die er für gewöhnlich war, und nicht zum ersten Mal fragte Scarlett sich, ob sein Getue nicht bloß Fassade war.

»Du bist doch einer der Singer-Jungs, richtig?«, fragte er.

Der Junge nickte. »Charlie, Mister.«

»Oh, nenn mich bitte nicht Mister, sonst komme ich mir furchtbar alt vor. Ich bin Jacob. Freut mich, dich kennenzulernen, Charlie. Wo ist denn dein Bruder?«

»Der hat 'ne Grippe und liegt zu Hause im Bett.«

»Oje, gute Besserung für ihn.«

»Danke. Sagen Sie, haben Sie auch einen Hund? Einen Roboter oder so was, nur, dass der echt wirkt. Mam und Dad erlauben uns keinen echten Hund, weil die meinen, wir würden uns nicht um den kümmern. So eine Scheiße.« Charlie biss sich auf die Lippen und schaute zu Scarlett. »Entschuldigung.«

Jacob machte eine wegwerfende Handbewegung. »Das ist meine Frau, Scarlett, die sagt andauernd ›Scheiße‹, das stört sie nicht.«

Charlie kicherte.

Scarlett verdrehte die Augen. Zum ersten Mal verspürte sie keine Lust »Nenn mich Scary« zu sagen.

Die Türglocke ertönte und ein schlaksiger Mann kam rein.

Er war mindestens in den Sechzigern, hatte die Hände hinter dem Rücken verschränkt und bewegte sich durch die Gänge, als würde er eine offizielle Qualitätsprüfung vornehmen. Sehr verdächtig, fand Scarlett. Der Alte sah aus, als wäre er dazu fähig, das Leben anderer Menschen zu zerstören, indem er ihnen Drohungen vor die Tür legte.

»Sca?«

»Hm?«

»Ich sagte, Charlie und ich verschwinden kurz nach hinten.«

»O Gott, willst du ihm deine Rumpelkammer zeigen? Dadrin sieht es aus wie in einem Horrorfilm. Kopflose Puppen und so 'n Zeug. Man könnte meinen, der Kram wird jeden Augenblick lebendig.«

Charlies Augen strahlten.

Jacob schüttelte nur den Kopf, legte eine Hand auf die Schulter des Jungen – der erstaunlich klein für seine dreizehn Jahre war, wie Scarlett fand – und führte ihn zur schmalen Tür, die mal zur Wohnung des Vorbesitzers geführt hatte.

Vor dem Schaufenster entdeckte Scarlett Bridget und winkte ihr zu. Die hob ebenfalls grüßend die Hand und ging weiter.

Es gab nur einen Menschen in dieser Stadt, dem Scarlett nicht zutraute, das Manuskript vor ihre Tür gelegt zu haben. Bridget.

Eventuell noch Harold, dem Bestatter. Der Kerl schien ihr zu verschroben und zu beschäftigt mit sich selbst, obwohl er zumindest ein Motiv hätte. Schließlich hatte sie ihn bei seinem seltsamen Hobby erwischt. Trotzdem. Irgendwie traute sie ihm die Sache mit dem Manuskript nicht zu. Aber um ganz sicherzugehen, würde sie seinem Bestattungsinstitut in der Mittagspause einen Besuch abstatten und ein Treffen mit ihm vereinbaren.

Der schlaksige Alte näherte sich dem Tresen. Ein Spielzeug für einen möglichen Enkel hielt er nicht in der Hand.

»Guten Tag, Mrs …?«

»Dyer.«

»Mein Name ist Clark McDuff. Meinem Bruder …«

»… gehörte der Laden hier«, vollendete Scarlett den Satz.

McDuff nickte.

Erst jetzt bemerkte sie die lilagrauen Ringe unter seinen Augen. Der Kerl hatte nicht die Qualität der Spielzeuge überprüft, sondern, was aus dem Geschäft seines Bruders geworden war. »Wenn Sie es sich anders überlegt haben und den Laden nun doch …«

»Nein, nein, deshalb bin ich nicht hier.«

Langsam ging es Scarlett auf die Nerven, dass sie sich gegenseitig immer wieder unterbrachen.

McDuff beäugte die Tür, durch die Jacob und der Singer-Junge verschwunden waren. »Mein Bruder und ich haben uns nicht sonderlich gut verstanden.« Er schien mehr mit sich selbst zu sprechen.

»Hab davon gehört. Sie wollten Ihr eigenes Ding machen, was? Jacob ist genauso. Sein Dad will auch, dass er später die Firma übernimmt, aber Jacob ist ein Dickkopf und hat beschlossen, ein eigenes Geschäft auf die Beine zu stellen. Ist ihm ganz gut gelungen bisher. Nur auf Daddys Geld muss er von nun an verzichten.« Während Scarlett das aussprach, wurde ihr zum ersten Mal so richtig bewusst, was das bedeutete.

Vorher hatte sie nicht arbeiten müssen, da Jacob das Geld nach Hause gebracht hatte. Jetzt aber hatte er dafür gesorgt, dass ihm der Geldhahn abgedreht wurde. Er hatte alles in diesen Schuppen investiert. Wenn der nicht lief, was blieb ihnen dann?

»Scheiße«, entfuhr es ihr.

McDuff musterte sie kurz. Er löste die Verschränkung seiner Hände und legte sie auf dem Tresen ab. Seine Fingerkuppen waren voller Farbe. Er beugte sich ein wenig vor. »Haben Sie etwas von James gehört?«

»Bedaure. Sie etwa auch nicht?«

McDuff schüttelte den Kopf. »Wie ich schon sagte, wir verstehen uns nicht sehr gut. Der Kontakt zu meiner Familie ist vor vielen Jahren abgebrochen. Ich wollte mich nur erkundigen, ob es meinem Bruder gut geht.«

»Bedaure, wir wissen auch nicht, wo er ist. Von dem Laden haben wir erst nach seinem plötzlichen Verschwinden erfahren.«

McDuff lehnte sich wieder zurück und nahm die Hände vom Tresen, um sie erneut hinter dem Rücken zu verschränken. »Verstehe.« Nach einer kurzen Pause, in der er ein weiteres Mal die Tür musterte, fügte er hinzu: »Sollten Sie etwas von ihm hören ...«

»... dann melden wir uns.«

»Ich danke Ihnen, Mrs Dyer.«

»Nennen Sie mich Scary.« Sie grinste.

McDuff kräuselte die Stirn. »Wie dem auch sei. Ich gehe besser, bevor es noch Gerede gibt. Schließlich habe ich den Laden meines Bruders nicht einmal zur Neueröffnung der Holzschnitzerei betreten.«

Also gab es doch Tratsch in Woodnock. Wäre ja auch zu schön gewesen, wenn nicht.

»Ich wollte nur … gut, dass Sie und Ihr Mann etwas aus dem Geschäft gemacht haben. Es hätte mich tangiert, hätte es nun leer gestanden oder wäre gar abgerissen worden. Ganz gleich, dass ich es nicht habe übernehmen wollen, es besitzt doch einen sentimentalen Wert.«

Scarlett nickte, als verstünde sie, wovon der alte Mann da faselte.

»Bitte geben Sie mir Bescheid, sobald Sie etwas von James hören. Auf Wiedersehen.«

Sie hob zum Abschied die Hand, doch Clark McDuff hatte sich bereits von ihr abgewandt und trottete aus dem Laden.

* * *

Aleen ließ den Laden hinter sich und eilte mit gesenktem Kopf durch die Fußgängerzone.

Irgendetwas lief nicht nach Plan. Als sie Olivia, nein Scarlett, eben durchs Fenster beobachtet hatte, hatte sie einen Schatten auf ihrem Gesicht bemerkt. Wohin war das Leuchten der letzten Tage verschwunden? Möglicherweise war es so durchtriebenen und abgrundtief bösen Menschen nicht möglich, zufrieden oder gar glücklich zu sein.

Das war ärgerlich, doch immerhin hatte sie deutliche Zuneigung in ihren Augen gesehen. Scarlett hatte etwas für Jacob übrig, so viel war klar. Es war keine Liebe, die sie empfand, Aleen war sich sicher, dass Scarlett zu solchen Gefühlen keinesfalls fähig war, doch Zuneigung war besser als nichts.

Sie ließ Woodnock hinter sich und lief ein Stück durch die Highlands, bis sie das stete Rauschen des Firth of Clyde hörte. Vor dem abschüssigen Kieselsteinweg hielt sie einen Moment inne und starrte auf den Meeresarm hinaus. Der Wind peitschte ihr ins Gesicht und feiner Nieselregen benetzte ihre Haut.

Die härteste Aufgabe lag noch vor ihr. In ihrem Magen schien sich ein Klumpen zu formen.

Aleen stieg den Abhang hinab und ging am Wasser entlang, bis sie ihren Unterschlupf erreichte. Die Meereshöhle tat sich vor ihr auf wie ein klaffendes Maul. Sie trat hinein. Der Wind stimmte ein Klagelied an, während Aleens Schritte auf dem wässrigen Film geisterhaft von den Wänden widerhallten.

Sie ging so tief hinein, wie das Tageslicht reichte, und setzte sich auf ihren Koffer, der als provisorischer Stuhl diente. Daneben hatte sie fein säuberlich ihre Wolldecke abgelegt und davor lag die ausgebrannte Lagerfeuerstelle. Die Tasche mit Nahrungsmitteln leerte sich zusehends, sie würde später noch einkaufen müssen und anschließend würde sie sich ein ausgiebiges Bad im Firth of Clyde genehmigen. Die Kälte des Wassers betäubte ihre Glieder, doch auch dieses Leid war ein Teil ihrer Prüfung. Ein Teil ihrer Mission. So wie die nächste Aufgabe, die sie erledigen musste.

Aleen hob die Wolldecke auf, wickelte sich darin ein und nahm einen zittrigen Atemzug.

Sie hatte die beiden verschwinden sehen, Jacob und den Jungen, und wusste, was sie als Nächstes zu tun hatte.

Alles in ihr wollte sich dem widersetzen, aber sie wusste, dass es keinen anderen Weg gab. Für das Gute war es manchmal nötig, etwas unaussprechlich Böses zu tun. Mit einer behandschuhten Hand wischte sie sich die Tränen fort.

* * *

Nach Feierabend wollte Scarlett ein paar Einkäufe erledigen und betrat dafür den *Dali UK* in der Niebel Street, eine der Abzweigungen hinter der Fußgängerzone. Da er der größte Supermarkt in Woodnock war – und bislang der einzige, den Scarlett gefunden hatte – herrschte viel Betrieb. Sie schlängelte sich mit ihrem Einkaufskorb durch die viel zu engen Gänge, vorbei an Rentnern und Familien mit überfüllten Einkaufswagen, und fluchte innerlich.

Nachdem sie endlich alle auf ihrer Liste vermerkten Lebensmittel im Korb verstaut hatte, bewegte sie sich schnurstracks Richtung Kasse, wurde jedoch von Margot Singer aufgehalten, die ohne Vorwarnung aus einem der Gänge schoss – so kam es Scarlett jedenfalls vor – und ihr den Weg versperrte.

»Scary! Hi, trifft man dich hier auch mal?«

»Na ja, wir alle müssen mal essen, nicht wahr?«

Margot lachte. Flip ging von hinten an Scarlett vorbei und grüßte nur knapp, wie es sich für einen guten Briten gehörte.

Mit einer Hand schob er einen halb vollen Einkaufswagen, an der anderen hielt er seine Tochter, die ohne Unterlass plapperte. Scarlett konnte sie noch hören, als die beiden bereits in den nächsten Gang eingebogen waren.

»Isla ist jetzt in dem Alter«, sagte Margot, als hätte Scarlett danach gefragt. »Plapper, plapper, plapper, ich weiß gar nicht, woher sie diese nervtötende Angewohnheit hat.« Sie zwinkerte und lachte wieder.

»Muss das deutsche Blut in ihren Adern sein«, sagte Scarlett und zwinkerte bewusst übertrieben zurück.

»Ja, wir Deutschen sind ein wenig gesprächiger als ihr Briten, nicht?«

»Es gibt Ausnahmen.« Sie dachte an St. Pit und ihre neugierigen redseligen Nachbarn.

»Flip hat mich damals vorgewarnt, als ich zu ihm nach Bristol gezogen bin, aber so richtig glauben konnte ich es da noch nicht. Er nennt mich immer seine kleine Quasseltante. Ich hielt Flip damals schon für scheißstill, aber dann hab ich begriffen, dass ich einfach nur verdammt viel rede. Den Spitznamen trage ich also zu Recht.« Sie klopfte sich gegen die Brust, als wäre das etwas, worauf man stolz sein konnte. »Du wirst dir denken können, was für eine Umstellung das für mich war, als wir vor einem halben Jahr hierher gezogen sind. Verglichen mit den Schotten hat Flip schon fast Sprechdurchfall.« Sie legte eine Hand an den Mundwinkel. »Nicht dass du meinst, ich würde in Schubladen denken.« Erneut lachte sie.

Margot war an sich eine nette Frau, aber Scarlett konnte

sie nicht ständig um sich haben. Der Abend in der Destillerie Hermann war lustig gewesen, Margot war ihr sogar irgendwie ans Herz gewachsen mit ihrer saloppen Art, aber jetzt hatte sie andere Dinge im Kopf, als ein Schwätzchen zu halten.

»Sag mal, Margot«, sagte Scarlett und setzte ihr freundlichstes Lächeln auf, »hast du in letzter Zeit ein gutes Buch gelesen?«

»Oh, ich lese nicht so gern. Ich fläze mich lieber vor den Fernseher. Du weißt schon, Binge-Watchen und so was, da muss man weniger das Hirn anschalten. Das hat mir geholfen, meinen Akzent größtenteils verschwinden zu lassen. Habe ich das schon mal erzählt?« Sie lachte. »Scheiße, ich habe ein Hirn wie ein Sieb. Flip ist die Leseratte in unserer Familie. Er liest Isla jeden Abend etwas vor. Das mag sie sehr.«

»Hat er in letzter Zeit mal irgendwas auf DIN-A4-Papier Gedrucktes gelesen?«

Margot legte den Kopf schief. »Nein.« Das Wort zog sie in die Länge. »Ich denke nicht. Wie kommst du darauf?«

»Ach, nur so. Das ist gerade im Trend, weißt du? Die Leute lesen Fanfiction, die sie im Internet finden und sich dann selbst ausdrucken. Ich dachte, dein Mann hätte vielleicht eine gute für mich.«

»Ach so! Ich kann ihn gerne fragen.«

»Nein, nein, lass nur, ist nicht so wichtig. Ich habe genug Lesestoff.« Scarlett fiel auf, dass sie noch immer ein Lächeln aufgesetzt hatte, was wohl langsam ein wenig manisch wirkte, da Margot leicht die Stirn kräuselte, also entspannte sie ihr eingefrorenes Gesicht.

»Also, dann. Ich sollte …«, setzte sie an.

»Kommt doch mal auf einen Kaffee oder Tee vorbei. Wie wäre es nächsten Samstag?«

In einem Gang rechts von ihr bemerkte Scarlett Bridget, die sich ein Fertiggericht unter den Arm geklemmt hatte. Sie hob grüßend die freie Hand.

»Wir reden später weiter, ja?«, sagte Scarlett. »Da vorne ist meine Freundin Bridget, wir sind verabredet und ich möchte mich ungern verspäten.«

»Oh, natürlich. Bis bald, Scary!«

Sie eilte zu Bridget, hakte sich bei ihr unter und zog sie Richtung Kasse.

Bridget versteifte sich abrupt und riss sich los.

»Sorry.« Scarlett hob abwehrend die Hände. Mit so einer Reaktion hatte sie nicht gerechnet. Ganz schön dumm von ihr, schließlich war Bridget das Opfer eines gewalttätigen Ehemannes.

»Nein, mir tut es leid. Ich wollte nicht … Ich bin erschrocken.«

»Vergessen wir das. Begleite mich kurz, ja? Wir müssen so tun, als hätten wir ein Date, sonst hört Margot Singer nie auf zu reden.«

Bridget gluckste, während sie gemeinsam zur Kasse gingen. »Ach ja, die liebe Margot. Sie hat das Herz am rechten Fleck, aber ihre Ausdrucksweise ist ein wenig gewöhnungsbedürftig.«

Ihre Stimme klang belegt. »Alles okay?« Jetzt, wo Scarlett sie ansah, bemerkte sie, dass ihre Augen leicht gerötet waren.

»Bestens. Da wären wir.«

Sie hatten die Kasse erreicht.

»Hast du geweint?«, fragte Scarlett.

Bridgets Augen zuckten. »Ich hatte vorhin was im Auge. Eine kleine Fliege oder so etwas.« Sie war eine schlechte Lügnerin. »Ich muss noch Getränke einkaufen, kann ich dich alleine lassen?«

Hinter Scarlett traten zwei weitere Kunden, sodass Margot sie hoffentlich nicht mehr sehen konnte. »Passt. Danke, dass du mich gerettet hat.«

»Immer gern.« Sie hob halbherzig die Mundwinkel und wandte sich ab, um zu den Getränken zu gehen. Scarlett sah ihr hinterher. Bridget hatte eindeutig geweint.

Nachdem sie bezahlt und ihre Einkäufe in einem Beutel verstaut hatte – die ihr angebotene Plastiktüte hatte sie abgelehnt – wollte Scarlett gerade den Markt verlassen, als der Alarm losging. Mitten im Schritt verharrte sie und drehte sich überrascht um. Sofort kam ein Mitarbeiter angerannt.

»Entschuldigen Sie, Miss. Haben Sie alle Waren aufs Band gelegt?«, fragte er.

»Ihnen auch einen guten Tag. Ja, habe ich.«

»Darf ich?« Er streckte die Hand aus und Scarlett reichte ihm ihren Einkaufsbeutel. Sie bemerkte, wie einige der Kunden, darunter auch Margot, sie anstarrten. Sofort musste sie an ihr Manuskript denken, das sie vor der Haustür gefunden hatte. Verpackt und mit der Notiz darauf: »Hast du es genossen.«

Sie wandte den Gaffern den Rücken zu.

Der Mitarbeiter spazierte mit dem Beutel an den RF-Systemen vorbei, ohne einen Alarm auszulösen. »In Ordnung. Würden Sie noch einmal hindurchgehen?«

Scarlett tat, wie ihr geheißen. Sofort plärrte erneut der Alarm los.

»Würden Sie bitte Ihre Taschen leeren, Miss?«

»Da ist nur mein Haustürschlüssel drin.«

»Leeren Sie bitte Ihre Taschen.«

Scarlett seufzte, dann griff sie in ihre Manteltaschen. Die linke war tatsächlich leer, doch in ihrer rechten berührte sie mit den Fingerspitzen einen Gegenstand. »Was zum …« Sie zog ihn heraus.

Es handelte sich um eine SD-Karte.

»Hatten Sie vor, die zu entwenden, Miss?«, fragte der Mitarbeiter.

Scarlett starrte die Karte an, dann sah sie empört auf. »Natürlich nicht!«

Er wirkte nicht überzeugt.

»Warum zum Teufel sollte ich eine dämliche Speicherkarte stehlen?«

»Das müssen Sie mir sagen«, antwortete er.

»Das ist doch lächerlich. Jemand hat mir das Ding in die Tasche gesteckt.« Ruckartig wandte Scarlett sich um und betrachtete die Gaffer mit zu Schlitzen verengten Augen. Darunter Margot und Flip. Die meisten hörten auf zu starren und widmeten sich wieder ihren Einkäufen.

»Vielleicht sollten wir das mit einem Officer besprechen.«

»Jetzt hören Sie aber auf. Hier, nehmen Sie das verfluchte

Ding.« Sie drückte es dem Mann in die Hand. »Ich hab den Rest doch bezahlt, oder etwa nicht?«

Widerstrebend nickte er.

»Also. Das hier ist ein Missverständnis. Darf ich jetzt bitte gehen?«

Eine Weile zögerte der Mitarbeiter. »Ich muss das erst mit meinem Chef …«

»Ja, dann mal los. Holen Sie ihn, ich möchte gerne nach Hause.«

Während der junge Kerl ein Mobiltelefon zückte, wandte Scarlett sich erneut der Kundschaft zu. Einige gafften noch immer.

* * *

»Das ist kein verdammter Zufall, Jacob.« Scarlett warf die Packung Milch regelrecht in den Kühlschrank und knallte die Tür zu.

»Beruhig dich erst mal.«

»Erst das Manuskript und jetzt das. Irgendein kleiner Jock versucht, mich zu verarschen. Aber nicht mit mir, hörst du?«

»Sca, bitte, komm runter. Setzen wir uns und reden in Ruhe darüber.«

»Ich. Bin. Ruhig.«

»Klar.«

»Du hast leicht reden. Hättest mal die Blicke der Leute sehen sollen. So müssen sich die«, sie formte Anführungszeichen in der Luft, »Hexen in Salem gefühlt haben. Die haben mich nicht nur für eine Ladendiebin gehalten. Da war Verachtung in ihren Blicken. Ich sage dir, die hecken was aus.«

»Das ist ganz schön verrückt. Die beiden Ereignisse passen einfach nicht zusammen.«

»Ich habe die Person nicht gesehen, die mir das Ding in die Tasche gesteckt hat, aber ich sehe, dass es jemand auf mich abgesehen hat.«

»Sca ...«

»Was, Jacob? Erleuchte mich, was denkst du, geht hier vor?«

Er zögerte.

»Na, los, verrat's mir.«

»Ich sage nicht, dass das alles nicht besorgniserregend ist, aber ... Hast du dir schon mal durch den Kopf gehen lassen, dass es wirklich Zufall sein könnte? Es waren doch auch Kinder im Laden, nicht? Vielleicht hat dir irgendein Witzbold die Speicherkarte in die Tasche gesteckt, ohne über die Konsequenzen nachzudenken. Nur weil das alles so kurz hintereinander passiert ist, heißt das nicht unbedingt, dass es zusammenhängt.«

Scarlett betrachtete ihn mit erhobener Augenbraue. »Das ist deine Meinung dazu?«

»Ich sage nur, dass du nicht gleich den Teufel an die Wand malen musst. Es geht um eine Speicherkarte, die wie viel gekostet hat? Zwanzig Pfund? Kommt dir das nicht auch seltsam vor? Das Manuskript könnte dir ernsthaft schaden, aber ein kleiner Diebstahl? Es wurde doch nicht mal die Polizei gerufen.«

»Die Polizei kam nicht, weil ich den bierbäuchigen Filialleiter mit meinem Charme davon überzeugen konnte, sie nicht zu rufen. Ein Zufall, Jacob? Ich glaube nicht an Zufälle. Ich finde schon noch heraus, wer dahintersteckt.«

Jacob rieb sich über die Stirn, als hätte er Kopfschmerzen. »Ich will nur nicht ...« Er sah sie wieder an. »Lass dich einfach nicht verrückt machen, okay? Ich kenne mittlerweile ziemlich viele Leute hier. Gib mir ein bisschen Zeit, darüber nachzudenken, wer infrage käme, dir etwas anhängen zu wollen. Das alles ist so ... Ich wünsche mir bloß, dass du endlich mit allem abschließen kannst. Du hast genug durchmachen müssen. Schon als Mädchen und dann die Erlebnisse in St. Pit. Ich weiß, dass du immer noch von Willi träumst, und versuch jetzt nicht, das zu leugnen.«

Scarlett wich seinem Blick aus.

»Die Tabletten helfen gegen die Schlaflosigkeit, nicht gegen die Träume.« Er ging zu ihr und legte die Hände auf ihre Schultern. »Ich will, dass es dir gut geht. Du sollst endlich auch mal glücklich sein. Es tut mir im Herzen weh, dass du so viel Wut in dir trägst und so viel Misstrauen. Und jetzt kommt so ein Arschloch daher und will alles kaputtmachen, was du dir aufgebaut hast. Was wir uns aufgebaut haben. Lass mich dir helfen, Sca. Lass mich dir was von meinem Glück abgeben.«

Sie erwiderte nichts, wich nur weiter seinem Blick aus.

»Ich bin für dich da, okay? Ich hoffe, das weißt du.«

»Du nervst«, sagte sie, ohne es so zu meinen, was an ihrer kleinlauten Stimme deutlich zu hören war.

Jacob grinste. »Ich weiß.«

»Du wirst noch Ehrenbürger oder so etwas. Ganz Woodnock liebt dich, ist ja widerlich. Du lässt dich gehen. Irgendwann wirst du noch fett.«

»Ich weiß, was du da tust«, sagte er in einem beinahe priesterlichen Sprechgesang. »Aber es klappt nicht, wir haben gerade einen Moment, Liebling und der geht nicht kaputt.«

»Ich kann alles kaputtmachen. Von so viel Süßholzraspelei muss ich sonst kotzen.«

Er lachte und gab ihr einen Kuss auf den Haaransatz, dann ließ er von ihr ab. »Ich liebe dich auch.«

Jetzt wandte sie sich ihm mit leicht erhobenen Mundwinkeln zu. »Und ich wüsste wirklich gern, wieso, Mr Undurchschaubar.«

Er zwinkerte und schnalzte zweimal mit der Zunge. »Ich werde uns jetzt was zu essen machen und danach können wir darüber nachgrübeln, wer es auf dich abgesehen hat.«

Scarlett wollte von der Küche ins Wohnzimmer gehen, aber er hielt sie noch einmal zurück.

»Du hast dich jetzt etwas beruhigt, richtig? Und wenn du wieder meinst, die Welt hat es auf dich abgesehen, sprichst du mit mir, ja?«

Sie lächelte. »Das mach ich.«

»Ja?« Er musterte sie kurz, dann nickte er zufrieden. »Super, wir werden noch zu einem dieser normalen Kleinstadtehepaare, was auch immer das bedeutet. Na, wir werden es schon herausfinden.«

Scarlett ging aus der Küche.

Sie ließ die Mundwinkel sinken.
Normal. Von wegen.

Kapitel 9 – Hinter den Puppenaugen

Harold war an diesem Sonntagmorgen schon gegen vier Uhr aufgestanden, weil er die Aufregung einfach nicht mehr ertrug. Sie hatte ihm wenig Schlaf beschert, also hatte er beschlossen, für ein paar Stunden in den Keller zu gehen, ehe Tante Martha aufwachte. Die Zeit dort unten hatte ihn zumindest ein klein wenig beruhigen können.

Nach einer ausgiebigen Dusche ging Harold in die Küche, wo Tante Martha das Frühstück vorbereitete. Während Harold seine Spiegeleier auf Toast aß – Appetit hatte er keinen, doch wenn er nichts aß, würde Martha Fragen stellen – schielte er immer wieder zur Uhr.

Bald war es so weit.

Er wusste nicht, ob er sich schon jemals mehr vor einem Besuch gefürchtet hatte. Allein der Gedanke daran ließ seinen Fuß unkontrolliert wippen. Harold leckte sich über die trockenen Lippen, dann schob er widerstrebend den letzten Bissen Toast in den Mund und kaute langsam und lange darauf herum. Sein Magen gab ein Blubbern von sich und er spülte die aufkeimende Übelkeit mit einem großen Schluck Kaffee runter.

»Hat's geschmeckt?«, fragte Martha.

»Ja, sehr lecker, danke.«

»Hast ja kaum was angerührt, Junge.«

»Ich habe keinen großen Hunger, außerdem bekomme ich gleich Besuch.«

»So?«

»Ja, eine ... eine Freundin kommt vorbei.«

Martha sah auf. »Ein Mädchen?«

»Sag das nicht so seltsam.«

Statt darauf etwas zu erwidern, steckte Tante Martha sich ein Stück Bacon in den Mund, dann erhob sie sich und begann, den Tisch abzuräumen.

Je älter Martha wurde, desto schweigsamer wurde sie. Anfangs hatte sie ihn wegen seiner ... Neigungen noch regelmäßig ausgeschimpft, mittlerweile schienen sie ihr egal zu sein. Besser so. Harold hatte es satt, sich wie ein Freak zu fühlen und sich selbst in seinem eigenen Zuhause verstecken zu müssen.

Das musste er nun nicht mehr, obwohl es ihn hin und wieder störte, dass Martha gar nicht mehr reagierte, wenn er vor ihren Augen seinen Tod inszenierte.

Aber vielleicht würde er ohnehin bald auffliegen.

Erneute Übelkeit stieg in ihm auf.

Es war möglich, dass die Stadt bereits Bescheid wusste. Womöglich hatte Scarlett schon herumerzählt, was sie gesehen hatte. Harold spürte fast die Blicke der Leute auf sich. Hörte ihr Tuscheln hinter vorgehaltener Hand. Bemerkte, wie sie ihn mieden.

Kam sein Geheimnis ans Licht, war sein Leben zerstört.

Und seine Karriere. Wer würde schon seine geliebten verstorbenen Angehörigen zu einem Thanatopraktiker bringen, der sich selbst regelmäßig als Leiche ausgab? Niemand, ganz klar.

Ihm blieb nichts anderes übrig, als abzuwarten. Scarlett hatte auf ihn nicht den Eindruck einer geschwätzigen Person gemacht, sie wirkte eher interessiert. Als sie ihn in den Highlands ertappt hatte, schien sie von einem düsteren Licht umgeben gewesen zu sein. In dem Moment hatte er geglaubt, dass auch sie ein dunkles Geheimnis verbarg. Aber er kannte sie nicht. Es war durchaus möglich, dass er sie vollkommen falsch einschätzte.

An der Tür läutete es und Harold fuhr zusammen. Abwesend schaute er zu Tante Martha, die mit dem Abwasch beschäftigt war und die Türklingel entweder überhört hatte oder sich nicht dafür interessierte.

Erneut läutete es.

Mit einem Schlag war Harold hellwach. *Das ist sie!* Er sprang auf, wobei er beinahe seinen Stuhl umwarf, und eilte zur Tür.

Mit klopfendem Herzen streckte er die Hand aus, um die Klinke zu umfassen. Durch das Milchglas sah er ihre Umrisse, das geschmeidige Haar, den zierlichen Körperbau. Harold nahm einen tiefen Atemzug und öffnete ihr.

Einen Augenblick lang starrten sie sich einfach nur an. Harold glaubte, in Scarletts Gesicht einen prüfenden Ausdruck zu erkennen und in diesem scheinbar endlosen Moment wusste er, dass er aufgeflogen war. Das Entsetzen schoss durch seinen Körper wie ein Stromstoß.

Dann hellte sich ihre Miene plötzlich auf und sie grinste breit. »Hi, Harold!«

»H-Hallo. Hallo, Scarlett.«

»Ich sagte doch schon, du darfst mich Scary nennen.«

»Natürlich. Scary.«

Eine unangenehme Pause entstand.

»Lässt du mich rein?«, fragte sie.

Wieder fuhr Harold zusammen. Was war er nur für ein Idiot. »Natürlich! Kommen Sie ... komm rein.« Er trat zur Seite und ließ sie vorbei. Dann schloss er die Tür und lief voraus.

Sie gingen an der Küche vorbei, wo Tante Martha ihnen zugewandt einen Becher abtrocknete. Sie machte keine Anstalten, Scarlett zu begrüßen, sondern starrte sie nur auf unangenehme Weise an, also beschloss Harold, sich nicht die Mühe zu machen, die beiden einander vorzustellen, und steuerte direkt die Treppe zu seinem Schlafzimmer an.

Hatte er jemals ein Mädchen in sein Schlafzimmer geführt? Sein Herz schlug noch schneller. Nein, wieso auch? Bisher hatte er schließlich kein Interesse an den Lebenden verspürt. Aber Scarlett, Scarlett war anders. Und sie war kein Mädchen, sie war eine Frau.

Harold zitterte, als er die Tür öffnete und erneut Platz machte, um Scarlett eintreten zu lassen.

»Danke«, sagte sie, den Rücken zu ihm gewandt.

Sie stand mitten in seinem kleinen, trostlosen Zimmer, den Blick zum Fenster, links von ihr sein Bett, rechts der Kleiderschrank aus Eichenholz.

Scarlett passte in etwa zu dem Raum wie ein goldener Kronleuchter in einen muffigen Keller. Sie war schön und elegant und auffällig in ihrem roten Mantel, den sie nun abstreifte und über ihren Arm legte. Ihr blondes Haar fiel auf ihre schmalen Schultern. Durch das einfallende Licht der Morgensonne schien es, nein, schien *sie* regelrecht zu strahlen. Sie war das Schönste, was Harold je gesehen hatte. Sie war seine Maude.

Mit einem Mal machte Scarlett eine Art Pirouette und strahlte ihn an. »Also«, begann sie, »du spielst gerne Leiche, was?«

Harold bemerkte, dass die Zimmertür noch immer offen stand. Er trat in den Raum und schloss sie. Nun wich er Scarletts Blick aus und nickte kaum merklich.

Sie ging zum Bett und ließ sich darauf plumpsen. »Warum?«

»W-wie bitte?«

»Du hast mich schon verstanden, Harry. Darf ich dich Harry nennen?« Sie wartete keine Antwort ab. »Was ist es, das dich dazu bringt?«

Nun ließ sie den Blick schweifen, als hoffte sie, durch die Einrichtung seines Zimmers etwas über ihn in Erfahrung zu bringen. Als sie an seinem Kleiderschrank hängen blieb, begann er zu schwitzen. Darin befanden sich nicht nur seine Klamotten, sondern auch einige Kleider seiner Mutter.

»Übst du etwa?«

Harold kräuselte verständnislos die Stirn.

»Hast du es schon mal getan?«

»Was getan?«

»Jemanden getötet natürlich.«

»Nein!« Harold fuhr bei der Lautstärke seiner eigenen Stimme zusammen und wiederholte noch einmal leiser »Nein.«

Scarlett musterte ihn. »Also ist es doch eine Übung. Du schaust, welche Todesart dir am meisten Spaß macht, indem du sie nachstellst. Damit dein erster Mord ein richtiger Knaller wird, stimmt's?«

Mit jedem weiteren Wort von ihr überschlugen sich Harolds Gedanken mehr, ihm wurde schwindelig.

»Was ich allerdings noch nicht verstehe, ist der Lippenstift. Soll dein erstes Opfer eine Frau ...«

»Das ist ...«, unterbrach er sie in demselben hysterischen Tonfall wie vorhin. Er fuhr sich über die Lippen, dann ruhiger: »Das ist es nicht. I-ich plane nicht, jemanden zu töten. Ich will niemanden umbringen! Auf keinen Fall.« Erneut wurde er lauter, also biss er sich auf die Lippen.

Wieder betrachtete Scarlett ihn nur.

Er lauschte, ob er von draußen Schritte hören konnte, doch Tante Martha gab keinen Mucks von sich.

Harold tat einen Schritt auf Scarlett zu, hielt dann aber inne. Statt sich neben sie zu setzen, faltete er die Hände wie zum Gebet und senkte demütig den Kopf. »Bitte, verrate es niemandem, Scarlett. Wenn herauskommt, was ich mache, geht alles in die Brüche. I-ich bin angesehen in Woodnock. Ich wohne schon sehr lange hier, anders als die meisten. Die Leute kennen mich. Ich bin kein schlechter Kerl, ich habe nur ...«

»Ein Hobby«, sagte Scarlett.

»J-ja, vielleicht ist es das. Ich tue alles. Sag mir, was du willst, und ich gebe es dir. Willst du Geld? Ich habe Geld.«

»Jacob hat jede Menge davon. Oder hatte. Das wird sich noch zeigen.«

»O-okay, was dann? Ich habe viele Kontakte. Zu Ärzten, zu Polizisten, zu Rechtsmedizinern, zu ... zu allen wichtigen Personen.« Er sah auf. »Drogen! Ich kann dir welche beschaffen.« Nach kurzem Zögern fügte er hinzu: »O-oder soll jemand verschwinden?«

Eben noch hatte Scarlett ihm mit erhobenen Augenbrauen gegenübergesessen, jetzt hoben sich wieder langsam ihre Mundwinkel weiter und weiter, bis sie erneut strahlte. »Harold!« Sie lachte.

Er sah sie an. Schweiß lief ihm in das linke Auge und brannte. Er wischte ihn weg. Sein Herz schlug so wild, dass er befürchtete, seine Beine könnten jeden Moment nachgeben.

»Ich wusste gar nicht, was für ein Goldstück du bist. Dich muss ich unbedingt behalten.«

Wieder verstand er kein Wort.

»Ich will kein Geld, keine Drogen und nein, du sollst auch niemanden für mich umbringen ... Verzeihung, wir drücken uns kultivierter aus, verschwinden lassen. Sagen wir, vorerst.«

Jetzt musste er sich wirklich an der Wand abstützen. »Aber, was willst du dann?«

Sie klopfte neben sich auf die Matratze. Er starrte auf die Stelle, sein Kopf war nun vollkommen leer. Wieder klopfte sie. »Komm her.«

Zögernd trat er zu ihr ans Bett, blieb aber stehen.

»Jetzt setz dich schon hin!«

Der Befehlston in ihrer Stimme sorgte dafür, dass er sich regelrecht fallen ließ. Fast hätte er sich neben das Bett gesetzt, doch es gelang ihm, ungeschickt bei Scarlett Platz zu finden. Er wagte es nicht, sie anzusehen. Stattdessen starrte er auf seine Finger, mit denen er nervös in seinem Schoß herumspielte.

Harold spürte, wie Scarlett ihre Hand auf seine Schulter legte und verkrampfte sich.

»Du brauchst nicht nervös zu sein.«

Ihre Stimme war nun sanft und leise.

Vorsichtig drehte er den Kopf zu ihr.

»Es gibt aber etwas, das du für mich tun kannst.«

Er schluckte. »Alles.«

»Verrate es mir. Verrate mir, warum du immer wieder vorgibst, tot zu sein.«

»Wieso?«, krächzte er.

»Ich möchte dich nur verstehen.«

* * *

Nachdem Harold für sie beide Kaffee geholt hatte, setzte er sich erneut neben Scarlett aufs Bett.

Seine Panik hatte sich gelegt, trotzdem spürte er noch immer ein dumpfes Pochen in sich, seine Nervosität, die ihn pausenlos fragte, ob sie wirklich nur neugierig war oder doch bei nächster Gelegenheit alles ausplaudern würde. Eine Weile saßen sie schweigend nebeneinander und tranken. Harold spürte mit jeder verstreichenden Sekunde, wie Scarlett ungeduldiger wurde. Sie klopfte mit den Fingern ihrer linken Hand zunächst in langen Intervallen, nun in immer kürzeren auf die Tasse.

Als sie zu einem entnervten Seufzer ansetzte, brach Harold endlich das Schweigen. »Kennst du den Film ›Harold und Maude‹? Es ist eine schwarze Komödie aus den Siebzigern. 1971, um genau zu sein. Darin geht es um einen jungen Mann, der so wie ich Schein-Suizide inszeniert. Er möchte damit die Aufmerksamkeit seiner Mutter erregen, zu der er ein gestörtes Verhältnis hat. Später trifft Harold auf eine alte, lebensfrohe Frau namens Maude, in die er ... Das ist nicht so wichtig. Ich habe den Film in sehr jungen Jahren gesehen und er hat mich seitdem nicht mehr losgelassen.«

»Und die Figur heißt Harold, ja?«

Harold nickte. »Das ist nicht mein richtiger Name. Ich hieß früher Scott. Hab meinen Namen ändern lassen, als ich Anfang zwanzig war, in etwa so alt wie die Figur aus dem Film.« Er lachte auf. »Mann, hat das gedauert, bis Martha sich daran gewöhnt hat.«

Scarlett ließ die Worte ein paar Sekunden auf sich wirken. »Ich kenne den Film nicht, allerdings wandert der direkt mal auf meine Watchlist, wenn der solch einen Eindruck bei dir hinterlassen hat.«

»Er ist wirklich gut.«

»Also willst du, dass deine Mum dich beachtet, ja? Das ist alles?«

»Was?«

Scarlett nickte zur Tür. »Na, die Dame da unten. Sie ist deine Mutter.« Es war keine Frage.

Harold lachte auf, er konnte gar nicht anders. »Martha? Nein, sie ist meine Tante. Nicht einmal das, ich nenne sie nur so. Sie hat mich adoptiert, da war ich sechs, nein sieben.«

»Deine Mum ist tot?«

»Mam und Dad. Sie wurden ermordet.«

Scarlett ließ ihre Tasse sinken. Statt der erwarteten Bestürzung zeichnete sich ein leichtes Lächeln auf ihren Lippen ab. »Es ist ihr Lippenstift, richtig? Der, den du in den Highlands getragen hast, als ich dich erwischt habe. Es war ihrer.«

Harold nickte. »Manchmal trage ich ihren Lippenstift, mal ihre Kleider. Ich fühle mich ihr damit näher, verstehst du?«

»Absolut!« Die Euphorie in ihrer Stimme machte ihn wieder nervös.

Scarlett bemerkte das offensichtlich, sie räusperte sich. »Sorry.« Kurz darauf fuhr sie fort: »Wie sind sie gestorben?«

»Jemand ist in unser Haus eingebrochen. Ich bin von den Schreien wach geworden.«

Scarlett richtete sich auf. »Du hast es mit angesehen.«

Harold nickte.

»Ist der Täter gefasst worden?«

»Ein paar Häuser weiter, ja. Eine Nachbarin mit unregelmäßigem Schlaf hatte gesehen, wie er sich unserem Haus näherte, und rief die Polizei. Tja, nur kamen die zu spät.« Harold nahm seine Tasse vom Nachttischchen und trank einen Schluck Kaffee.

Seine Hände zitterten, aber nicht vor Angst oder Wut, sondern vor Aufregung. Er erinnerte sich genau an das Gefühl, als er sich neben seine Eltern gekniet hatte. Was er gesehen hatte. Erkannt hatte.

»Weißt du, Harrylein, irgendetwas sagt mir, dass dich der Tod deiner Eltern nicht so entsetzt hat, wie man es vermuten könnte.«

»Es hat mich entsetzt.« Er tippte mit dem Zeigefinger gegen seinen Becher und beobachtete die konzentrischen Kreise, die sich an der Kaffeeoberfläche bildeten.

»Aber das ist nicht alles, stimmt's? Etwas ist damals mit dir passiert. Was war es, Harold? Was hast du gesehen?«

»Gesehen«, wiederholte er. Scarletts Stimme hatte wie aus weiter Ferne geklungen.

Sie packte ihn am Oberarm und riss ihn so aus seiner Trance. »Verrate es mir!«

»Ich habe *ihn* gesehen.«

Scarlett ließ von ihm ab. »Ihn?«

Harold nickte. Jetzt gab es kein Zurück mehr. Er konnte sich nicht mehr stoppen, selbst wenn es ein Fehler sein mochte, weiterzureden. Er musste von jener schicksalhaften Nacht erzählen. Er konnte gar nicht anders.

fich wollte ihn

»Den Tod«, flüsterte er.

Dann stellte er den noch halb vollen Becher Kaffee auf den Nachtisch und begann seine Geschichte.

* * *

In jener Nacht hatte ich einen furchtbaren Albtraum. Ich erinnere mich nicht mehr an ihn, außer, dass ich von schreienden Menschen umgeben war. Daher hielt ich die Schreie meiner Mam zunächst für einen Teil davon. Es dauerte eine Weile, bis ich realisierte, dass sie von unten kamen und ihre waren.

Ich war mit einem Schlag hellwach, schlug die Decke zurück und schwang die Beine aus dem Bett. Als meine Füße den kalten Boden berührten, überzog sich meine Haut mit einer Gänsehaut, die sich seltsam anfühlte. Ich erinnere mich so genau daran, weil mir der Rest meines Körpers weich und knochenlos vorkam, als hätten sich meine Beine in gekochte Spaghetti verwandelt. Aber die Gänsehaut machte meine Haut irgendwie ... starr. Also bewegte ich mich auf weichen und zugleich starren Beinen zur Tür. Außerdem weiß ich noch, wie meine Hand zitterte und wie kalt sich die Türklinke anfühlte.

Als die Tür aufschwang, drang das Gekreische meiner Mutter so laut zu mir, als wäre ich gegen eine Wand gerannt. Sie sprach mit jemandem, aber ich konnte nicht verstehen, was sie sagte. Ihre Worte waren tränenerstickt und so schrill, dass beinahe jede Silbe unterging.

Auf nackten Füßen bewegte ich mich Stufe für Stufe auf den Lärm zu, dabei hielt ich mein Lieblingsstofftier, meinen sibirischen Tiger »Safari«, fest im Arm. Ich blieb etwa auf der dritten Stufe von unten stehen. Dass ich am Daumen lutschte, was ich seit bestimmt drei Jahren nicht mehr getan hatte, bemerkte ich nur am Rande.

Meine Mam stand mit erhobenen Händen da. Sie war so weit zurückgewichen, dass sie sich mit dem Rücken gegen die Wand presste. Vor ihr stand ein Mann. Er war etwa einen Kopf größer als sie, vollkommen vermummt und hielt ein Messer in die Höhe, an dessen Klinge Blut klebte. Erst da entdeckte ich Dad, der auf dem Boden lag und mühsam nach Atem rang. Sein Blick war zur Decke gerichtet, eine Hand lag auf der Stelle, wo ihn das Messer erwischt hatte. Doch es gelang ihm nicht, genügend Druck auszuüben. Das Blut quoll zwischen seinen Fingern hindurch.

Damals wusste ich nicht, was vor sich ging, und irgendwie wusste ich es doch. Ich war sechs Jahre alt. Meine Eltern hatten mir erklärt, was ›Sterben‹ bedeutet, weil meine Oma an meinem vierten Geburtstag gestorben war, aber der Ausdruck war mir bis dahin abstrakt vorgekommen, unwirklich. Selbst da noch, in diesem Moment, wo ich meinen Dad dabei beobachtete, wie er verblutete und langsam das Leben aus ihm wich, begriff ich nicht ganz, was gerade passierte.

Aber was ich verstand, war, dass etwas Schlimmes geschah, deswegen weinte ich und pisste mir in die Hose. Am meisten machte mir der Mann Angst, der so groß und dunkel in unserem Flur stand, als wäre er ein Schreckgespenst aus einem Buch. Ich weiß, eigentlich hätte ich mehr auf meine Eltern fokussiert sein müssen, doch ich konnte nicht. Vielleicht ahnte ich damals schon, dass ich der Nächste sein könnte.

Es ist schwer zu sagen, zu welchen Gedankengängen kleine

Kinder fähig sind. Eine Nachbarin hörte ich später zu einem Officer sagen, dass der kleine Scott zum Glück ja noch so jung sei und deswegen sicher keinen bleibenden Schaden davontragen würde. In ein paar Wochen hätte ich größtenteils vergessen, was geschehen war.

Nun, diese Dame hatte mit Kindern nicht viel am Hut, sie besaß nicht einmal ein Haustier, aber ich kann sagen, dass ich mich bis zum heutigen Tag noch lebhaft an alles erinnere.

Ich trat auf die nächste Stufe und erst da bemerkte Mam mich. Sie schrie mich an.

»Mummy? Mummy, was ist hier los?«, fragte ich, doch sie kreischte nur weiter. Sagte, ich solle sofort nach oben gehen – so viel konnte ich verstehen. Mams Geschrei war noch hysterischer geworden und absurderweise dachte ich, dass Mummy morgen früh bestimmt ganz dolle Halsschmerzen haben würde.

Doch dazu kam es nicht. Der Eindringling sah mich kurz an, dann machte er einen großen Satz und stach das Messer mitten in Mams Brust. Sie schrie auf und sackte zu Boden. Nun floss auch aus ihr Blut. Sie landete bäuchlings neben Dad, das Gesicht zu mir gewandt. In einem letzten Versuch, mich zu erreichen, streckte sie die Hand nach mir aus, die noch stärker zitterte als meine, dann fiel sie kraftlos zu Boden.

Ich weinte stumm und behielt weiter das Schreckgespenst im Blick. Jetzt wandte er sich mir erneut zu. Er zwinkerte. Dann drehte er sich um und verschwand nach draußen, ohne die Tür hinter sich zu schließen.

Ich meine, in der Ferne Sirenen gehört zu haben, aber das

könnte auch ein Streich meiner Erinnerung sein. Jedenfalls wurde der Mann schon nach kurzer Zeit gefasst.

Ich blieb noch eine Weile stehen, wo ich war, dann ging ich auch die letzten Stufen hinunter und kniete mich neben den Kopf meiner Mam.

Ihre Augen waren offen, sie blinzelte nicht, starrte nur irgendeinen Fleck an, der mir verborgen blieb. Ihr Blick war glasig, aus ihrem Mundwinkel floss ein Rinnsal Blut.

Dann kniete ich mich neben Dad. Er lag auf dem Rücken, sein Brustkorb hob und senkte sich nicht länger. Auch ihm klebte Blut am Mund, trocknete aber bereits.

Ich richtete mich auf, um ihm in die Augen sehen zu können. Sein Blick war genauso glasig wie der von Mam. Das sah irgendwie unecht aus. So als wären es die Augen einer Puppe. Und da entdeckte ich ihn. Einen Schatten, der innerhalb dieser glasigen Puppenaugen entlang huschte. Eine Gestalt, genauso dunkel wie das Schreckgespenst, und doch jagte sie mir keine Angst ein. Im Gegenteil, ich fühlte mich zu ihr hingezogen. Ich wollte wissen, welche Welt hinter diesen Puppenaugen lag. Es wirkte, als befände ich mich in einem U-Boot und sah ins finstere Meer hinaus, sah einen Hai, wie er vorbeischwamm.

Obwohl ich noch lange wartete, entdeckte ich den Schatten nicht wieder. Also kniete ich mich erneut vor Mam. Das Blut an ihrem Mundwinkel begann nun ebenfalls zu trocknen. Ich lehnte mich vor, ging mit meinem Gesicht ganz nah an ihres. Der metallische Geruch des Blutes gefiel mir nicht, er sorgte dafür, dass sich mein Magen überschlug, doch das war mir im Moment egal. Ich wollte ihn noch einmal sehen. Ich streckte meinen Finger aus und berührte Mams Puppenauge. Es fühlte sich aber nicht wie Glas an, sondern schleimig, also zog ich den Finger schnell wieder weg. Den Schatten erblickte ich kein weiteres Mal. Doch ich saß da, bis die Polizei kam, und starrte in das offene Meer, in der Hoffnung, zu erkennen, was sonst niemand sah. Ich wollte die Welt sehen, in die meine Eltern gegangen waren. Die Welt hinter den Puppenaugen. Das Totenreich.

* * *

Erneut saßen sie schweigend nebeneinander. Auf Scarletts Gesicht lag ein seltsamer Ausdruck, den Harold nicht zu deuten wusste. Doch er glaubte, ihn benennen zu können. Sie hielt ihn für verrückt. Natürlich tat sie das, wer würde das nicht? Die meisten Menschen hielten einen für verrückt, wenn man einem Glauben anhing, den sie nicht teilten.

Er hatte in jener Nacht den Tod gesehen, aber er wusste von Berufs wegen, dass die Menschen nicht gerne über ihn nachdachten. Sie mieden ihn, wollten nichts mit ihm zu tun haben. Und wenn sie gezwungen waren, es doch zu tun, dann nur widerstrebend. Die meisten Menschen hassten den Tod, weil er ihnen nahm, was sie liebten. Freunde, Familie, das eigene Leben.

Aber Harold hatte in jener Nacht etwas erkannt. Der Tod bedeutete nicht Leid, er bedeutete Erlösung. Hätte er seine Eltern nicht geholt, wären sie von unvorstellbaren Schmerzen gequält worden. Nein, er hatte sie in sein Reich geholt, damit sie nicht länger litten, damit sie bei ihm in Frieden leben konnten.

Doch wie sah sie aus, seine Welt? Welche Geheimnisse lagen dort verborgen? Besaßen seine Eltern noch immer ihre Gestalt oder waren sie Lichter, die über Wiesen schwebten? In jener Nacht meinte er, einen flüchtigen Blick auf jene Welt erhascht zu haben. Sie strahlte im weißen Licht, aber auch Konturen hatte er erkannt. Etwas, das er Scarlett nicht verraten hatte. Dieses Detail war nur für ihn bestimmt.

Erneut betrachtete er Scarlett. Sie schien weiterhin wie in Trance. Es war vorbei. Sie würde allen seine Geschichte erzählen. Und wenn sie das getan hatte, würde er seinen Eltern freiwillig in jene Welt folgen.

Bisher hatte er sich nicht getraut. So wundersam und schön er sie sich auch vorstellte, so hatte er doch Angst davor, hinüberzuwechseln. Er hatte sie einfach nur sehen wollen, bevor seine Zeit gekommen war, doch dieser Wunsch blieb ihm offenbar verwehrt.

»Das«, begann Scarlett plötzlich und suchte nach den passenden Worten, »war wirklich schön.«

Harold klappte die Kinnlade runter. »Wie bitte?«

»Harry!«, rief sie aus, drehte sich ihm zu und legte beide Hände auf seine Schultern. »Du hast dich mir geöffnet! Wir haben etwas miteinander geteilt. Das war sehr emotional, findest du nicht?«

»Äh, ja.«

»Ja! Danke, Harrylein.« Sie ließ von ihm ab. »Also begehst

du diese Schein-Suizide in der Hoffnung, erneut den Schatten des Todes zu sehen, ja?«

Alle Nervosität, alle Zweifel fielen von ihm ab. »Um ihn zu sehen. Und seine Welt. Ich möchte wissen, was uns nach dem Tod erwartet.«

»Und deswegen bist du Bestatter geworden.«

»Thanatopraktiker.«

»Genau. Da gibt es genug Leichen, um ihnen in die Augen zu sehen.« Sie lächelte aufrichtig.

»Ich schaue mehr dahinter.«

»Mein ich doch. Hinter die Puppenaugen, um *ihn* zu sehen. Und die Welt, in der er lebt.«

Konnte das sein? Verstand sie ihn? Tolerierte sie, was er tat? Harolds Herz klopfte mit einem Mal wild in seiner Brust.

»Und du hast tatsächlich noch nie jemanden getötet?«, fragte sie dann.

»Nie.«

Scarlett nickte und verzog anerkennend die Lippen. »Nicht zu fassen. Da fragt man sich doch, was geschehen wäre, hättest du deinen Job nicht.« Sie wartete keine Reaktion ab, sondern machte eine wegwerfende Handbewegung. »Ist ja auch egal. Ich glaube, Harry, wir werden gute Freunde.«

Harold war zu perplex, um zu antworten.

»Du bist ein bisschen irre. Das mag ich. Ich bin es nämlich auch.« Ihr Ausdruck veränderte sich plötzlich, wurde ernster. »Sag mal, wüsstest du jemanden, der etwas gegen mich haben könnte? Du kennst die Leute hier schließlich. Hat zufällig jemand was von einem Päckchen erzählt?«

Harold überlegte, er verstand kein Wort, seine Gedanken überschlugen sich noch immer vor Aufregung. »Ähm, nein.«

Erneut musterte sie ihn, als prüfte sie, ob er die Wahrheit sagte, dann zuckte sie die Achseln. »Belassen wir es vorerst dabei. Also, ich sollte mich langsam auf den Weg machen. Lass uns bald mal wieder quatschen, ja? Erzähl mir gerne mehr von deinem Wahnsinn.« Sie lachte und zwinkerte.

Dann erhob sie sich, nahm ihren Mantel und streifte ihn über. Harold saß einfach nur da und starrte sie an, während sie zur Tür ging.

Im Türrahmen drehte sie sich noch einmal zu ihm um. »Warum glaubst du, hat er dich verschont? Das Schreckgespenst, meine ich.«

Harold zuckte die Achseln. »Ich weiß es nicht.«

»Vielleicht hatte er *ihn* auch gesehen und wollte ihn dir zeigen.«

Ihre Worte vertrieben das Chaos in seinem Kopf und füllten ihn vollständig aus. »Du meinst, er könnte wie ich gewesen sein?«

»Wäre doch denkbar. Unwahrscheinlich, aber denkbar.«

Bei Scarletts Anblick wurde Harold ganz warm ums Herz. Es gab keinen Zweifel. Er hatte seine Maude gefunden. »Ich möchte dir gerne etwas zeigen.«

»So?«

Jetzt drehte sie sich noch einmal komplett zu ihm um. Wieder schien sie von einem sonderbaren dunklen Licht umgeben zu sein, wie an jenem Tag in den Highlands. Er und sie. Harold und Maude.

Da beschloss er, sich ihr vollständig zu öffnen.
»Komm mit«, sagte er. »Es ist im Keller.«

Kapitel 10 – Das Gerücht

Am nächsten Morgen gab Scarlett vor, sich eine Erkältung eingefangen zu haben, und ließ Jacob allein zur Arbeit gehen.

Etwa eine Stunde, nachdem er das Haus verlassen hatte, streifte sie sich ihren Mantel über und ging ebenfalls.

Sie war töricht gewesen zu glauben, dass ihr in Woodnock ein Neuanfang vergönnt sein würde. Dass sie einfach alles, was in St. Pit passiert war, vergessen konnte. Dass die Stadt es vergaß und sie in Ruhe ließ. Scarlett hatte nie die Möglichkeit gehabt, unbeschwert zu leben, wieso sollte das nun anders sein, nur weil sie in eine neue Stadt gezogen war? Nein, die Vergangenheit war wie die Schatten, die der untergehenden Sonne folgten. Sie wurden länger und länger, bis sie alles verdeckten und jedes Sonnenlicht verschlangen. Jedes Fünkchen Hoffnung.

Es war ihr nicht vergönnt, glücklich zu sein.

Aber das machte nichts. Immerhin hatte sie nun wieder ein Ziel im Leben: Die Person finden, die es auf sie abgesehen hatte. Olivia Lewis hätte sich das Spielchen gefallen lassen, nicht aber Scarlett Dyer.

Heute würde sie einfach nur beobachten. Sich umsehen und umhören, um der Person – ihr kam das vermummte Schreckgespenst aus Harolds Geschichte in den Sinn – auf die Schliche zu kommen. Vielleicht nicht heute, aber bald, dafür würde sie sorgen.

Bertram kam ihr auf der anderen Straßenseite entgegen. Scarlett hob die Hand und wollte ihn grüßen, hielt dann aber mitten in der Bewegung inne. Er schaute in die andere Richtung und bemerkte sie entweder nicht oder tat so, als sähe er sie nicht. Seltsam, er war doch sonst so geschwätzig.

Sie schaute über ihre Schulter, nachdem sie aneinander vorbeigegangen waren, Bertram schien noch immer von irgendetwas fasziniert. Als er in seine Einfahrt einbog, richtete Scarlett den Blick wieder geradeaus.

Dabei blieb es nicht. Jede Person, die ihr entgegenkam, wich entweder ihrem Blick aus oder wandte sich tuschelnd einer Begleitung zu. Manche starrten sie an, als wäre sie ein Wesen aus einer anderen Welt. Die einzigen, die sie in gewohntem Maße ignorierten oder auch mal kurz grüßten, waren Touristen mit Koffern und Rucksäcken und langen Regenmänteln.

Was zum Teufel ging in dieser Stadt nur vor sich? Woodnock legte es ja schon fast darauf an, in Feuer und Rauch zu enden.

Hatten sich nun alle wegen eines vermeintlichen Diebstahls gegen sie verschworen? Wegen einer dämlichen Speicherkarte? Das konnte unmöglich alles sein.

Die Leute, die sie ignorierten, starrte Scarlett bewusst durchdringend an. Manche wurden davon richtig nervös und zogen die Schultern hoch und die Köpfe ein. Wer sie anstarrte, erhielt ein strahlendes, eingefrorenes Lächeln, was ebenfalls mit Nervosität quittiert wurde. Es tat gut, die Kontrolle zurückzugewinnen. Es war besser, von den Leuten für seltsam gehalten oder gar gefürchtet, als zu einem Opfer degradiert zu werden, hinter dessen Rücken pausenlos getuschelt wurde. Die Menschen nervös zu machen, brachte ihr wenigstens Freude und die vertrieb die lästige Unsicherheit, die Scarlett, seitdem sie das Haus verlassen hatte, in hartnäckigen Wellen durchflutete.

Sie erreichte die Fußgängerzone, hielt sich aber von Jacobs Laden fern, damit er sie nicht sah. Sollte ihm jemand von ihrem kleinen Ausflug erzählen, würde sie einfach sagen, dass sie etwas frische Luft gebraucht hatte.

Sie blieb mitten auf dem Gehweg stehen und ließ den Blick schweifen. Alle benahmen sich verdächtig. Jeder Einzelne in dieser gottverdammten Stadt. Wie sollte sie da das *Schreckgespenst* finden? Scarlett drehte sich einmal im Kreis. Mit einer Hand fuhr sie sich durch das Haar, umkrallte ein paar Strähnen und zog kurz daran, während sie einen frustrierten Laut ausstieß.

Einige Passanten beäugten sie, als hätte sie im Nachthemd das Haus verlassen, doch niemand sah sie *wirklich* an. Der Unsicherheit mit starrem Blick entgegenzugrinsen, half nicht mehr.

Sie brauchte einen kühlen Kopf.

Mit zu Fäusten geballten Händen steuerte Scarlett nun doch auf Jacobs Laden zu. Sie platzte förmlich hinein, entdeckte ihn am Tresen – Jacob warf ihr einen überraschten

Blick zu – packte ihn am Kragen und zog ihn mit nach hinten durch die schmale Tür.

»Bin gleich wieder da«, rief er der Kundschaft zu.

Scarlett schloss die Tür hinter ihnen.

»Sca, was zum Teufel machst du hier? Ich dachte, du wärst krank.«

»Sei still. Was ist hier los?«

Er sagte nichts, stattdessen wich er auf die gleiche nervöse Art ihrem Blick aus wie die Leute vorhin.

»Jacob, ich frag dich nur noch einmal, was zum Henker ist hier los? Die Leute meiden mich, sogar Bertram hat sich in den gottverdammten Roadrunner verwandelt, um regelrecht vor mir zu flüchten. Wollen wir noch mal über deine ach so tolle Zufallstheorie reden?«

»Mr Stevenson hat es mir eben erzählt.«

Scarlett machte sich nicht die Mühe, zu fragen, wer dieser Mr Stevenson war. »Was erzählt?«

»Jemand hat etwas in der Woodnock-Friendsbook-Gruppe gepostet.«

Erneut packte sie ihn am Kragen. »Wer? Was gepostet? Ich habe kein Smartphone mehr, wie du weißt.«

»Hier«, er zog sein Handy aus der Hosentasche, tippte und wischte kurz darauf herum und reichte es ihr. »Sieh selbst.«

Als Scarlett den Namen las, war ihr, als hätte ihr jemand den Boden unter den Füßen weggezogen.

»Willi«, flüsterte sie.

Jacob atmete hörbar ein und aus. »Lies, was er geschrieben hat.«

Sie bemerkte, dass ihr Zeigefinger zitterte, als sie zum Scrollen ansetzte, und presste die Lippen aufeinander, um sich zu konzentrieren. *Schwäche,* dachte sie voller Verachtung. *Zeige niemals Schwäche.* Sie scrollte so weit, dass sie den Eintrag von Willi lesen konnte. Er war mitten in der Nacht erstellt worden.

Willi
Vor sechs Stunden
Hallo in die Runde! Ich war mir nicht sicher, ob ich das posten soll, habe mich jedoch dafür entschieden. Ich finde, ihr solltet das wissen. Vor ein paar Wochen ist eine Frau in unsere Stadt gezogen, die unter Verdacht steht, mehrere Menschen auf dem Gewissen zu haben. Hier, lest selbst!
Willi.

Unter dem Eintrag befand sich ein Link zu einem Zeitungsartikel. Scarlett kannte ihn bereits. Darin war von den Vorkommnissen in St. Pit die Rede – und der Reporter hatte ein Bild von ihr eingebettet mit dem Untertitel: Scarlett Dyer – brave Bürgerin oder ruchloser Racheengel?

Es hatte sie gestört, dass sowohl ihr Name als auch ihr Foto verwendet worden waren. Um nicht weiter für Aufsehen zu sorgen, hatte sie nichts dagegen unternommen. Das hatte sie jetzt davon. Verdammter Mist!

Ein seltsames Gefühl überkam sie, das Herzklopfen, leichten Schwindel und Druck auf der Brust mit sich brachte. Das Atmen fiel ihr schwerer.

»Sca?«, fragte Jacob. »Alles okay? Du siehst nicht gut …«

»Wer ist das?«

»Ich weiß nicht.«

Das Profilbild gab wenig preis. Es zeigte lediglich … ja, was? Es war unscharf, so wie Fotografen manchmal den Hintergrund verschwimmen ließen, um den Fokus auf eine Person oder einen Gegenstand zu lenken. An diesem kleinen runden Bild war alles unscharf. Es zeigte etwas Kantiges. Und … Wasser?

War das eine Klippe?

Hast du es genossen?

»Es ist nicht Willi!« Der Nachdruck in ihrer Stimme überraschte sie. Was stimmte nicht mit ihr? Das seltsame Gefühl wurde immer schlimmer. Sie zwang sich, ruhiger zu atmen.

»Nein, er ist es nicht. Komm, Sca, setz dich kurz hin, sonst kippst du mir noch um.«

»Ich bin nicht schwach!«, schrie sie ihn an.

Jacob warf einen Blick zur Tür, dann sah er wieder sie an. »Das sagt auch niemand, ich möchte nur, dass du dich kurz hinsetzt. Komm schon, tu mir den Gefallen.«

Sie ließ sich von ihm führen, ohne den Blick von seinem Smartphone zu nehmen.

Willi.

Wer zum Teufel war der Kerl?

Jacob drückte sie an den Schultern nach unten und Scarlett setzte sich. Flüchtig sah sie sich um. Vermutlich befanden sie sich im ehemaligen Wohnzimmer von McDuff. Der Raum war groß und leer, hier gab es nur den alten Stuhl, auf dem

Jacob sie platziert hatte. Der gab ein lautes Ächzen von sich, als sie die Position änderte, die Holzlehne war schrecklich unbequem.

»Wer ist das, Jacob? Wer versucht, mich zu verarschen?«, fragte sie und betrachtete weiterhin den Namen und das seltsam unscharfe Profilbild.

Willi.

»Finden wir es heraus.« Jacob machte Anstalten, ihr das Smartphone aus der Hand zu nehmen, aber Scarlett ließ ihn nicht. Er beugte sich neben ihr über das Handy und tippte auf den Namen.

Willi.

Er ist es nicht.

Natürlich ist er es nicht. Willi ist tot.

Am liebsten hätte Scarlett sich eine Ohrfeige gegeben. Hier saß sie nun, vollkommen verängstigt und glaubte, eine Nachricht aus dem Jenseits erhalten zu haben. Was für eine Idiotin sie doch war!

Die App lud quälend langsam. Als Jacob auf den Namen gedrückt hatte, war das Display weiß geworden und ein grüner Balken bewegte sich am oberen Rand des Bildschirms im Schneckentempo von links nach rechts.

Er wurde schon wieder nervös. »Hier ist schlechtes Netz, sorry. Geht gleich weiter.«

Zu dem schrecklichen Gefühl gesellte sich Zorn, der Scarlett dazu bringen wollte, das dämliche Smartphone gegen die nächste Wand zu werfen. Doch sie zügelte sich, zwang sich, ruhiger zu atmen.

Es half, das Profilbild nicht länger sehen zu können, der Druck auf ihrer Brust hatte ein wenig nachgelassen.

Eine Klippe. So ein Unsinn. Sicher war es nur …

Es *war* eine Klippe. Das Profil von Willi war endlich geladen worden. Er hatte sein Profilbild vor einem Tag hochgeladen, es zeigte den Bristolkanal, wie Scarlett vermutete, und den Teil einer Klippe. Das gesamte Foto war mit Weichzeichner unscharf gemacht worden. Es gab keinen Fokus.

Wieso verwendete man so ein Profilbild? Um etwas Vergangenes darzustellen? Eine verblasste Erinnerung?

So ein Schwachsinn! Wer auch immer der Kerl war, er war nicht William Gibbs!

»Das Profil ist ganz neu«, murmelte Jacob. »Gestern erstellt.«

»Es ist jemand, den ich kenne.«

»Ich fürchte auch.«

»Der Name. Das Bild mit der Klippe. Das ist eindeutig jemand, der weiß, was mit Willi geschehen ist, und auch, dass ich etwas damit zu tun hatte. Sonst gäbe es diesen Post nicht.«

»Meinst du nicht …«

»Wenn du mir jetzt wieder mit einem Zufall kommst, ramme ich dir dein beschissenes Handy in den Rachen.«

»Ich wollte nicht Zufall sagen. Nur, ob wir vielleicht die Polizei einschalten sollten. Das macht mir langsam wirklich Angst.«

»Die Polizei? Damit schon wieder in meiner Vergangenheit herumgegraben wird? Was denkst du, werden sie finden, Jacob? Beweise gegen mich mag es nicht geben, verdächtigt werde ich aber immer noch. Zumindest von diesem Masters, hast du den schon vergessen? Sei kein Idiot, die Polizei wird uns nicht helfen.«

Jacob nickte langsam. »Wer, glaubst du, könnte das gewesen sein? Alles, meine ich.«

Scarlett überlegte. »Ich habe keine Ahnung. Es könnte jeder sein. Fast jeder.«

»So groß ist St. Pit nicht. Wir …«

»Ich spreche nicht von St. Pit.«

»Du glaubst immer noch, jemand aus Woodnock wäre dafür verantwortlich? Wieso?«

»Niemand ist unschuldig, Jacob.«

»Was soll das jetzt wieder bedeuten? Was hast du vor, Sca?«

Sie studierte erneut das Profil von Willi. Die Person hatte keinerlei persönliche Details angegeben, aber als Wohnort war Woodnock vermerkt, das genügte ihr als Beweis.

»Sca? Was hast du jetzt vor? Du kannst unmöglich sicher sein, dass die Person aus dieser Stadt kommt. In St. Pit leben deutlich mehr Menschen, die dich kennen, und zwar nicht nur Scarlett, sondern auch Olivia. Denkt doch mal nach. Es macht viel mehr Sinn, dass jemand von dort es dir heimzahlen will. In St. Pit hast du schlimme Dinge angestellt, nicht hier.«

Sie erhob sich. »Noch nicht.«

»Sca!«

»Jacob, hör auf, so eine Panik zu schieben, und lass mir etwas Luft, okay? Ich muss nachdenken. Dann werde ich sehen, was ich dagegen mache.« Er sagte nichts, doch Scarlett konnte deutlich seine Anspannung spüren.

»Ich lasse mich jedenfalls nicht verarschen«, sagte sie.

»Bitte setz nicht alles aufs Spiel, was du dir aufgebaut hast.«

»Keine Sorge, Liebling, Willi hat schon dafür gesorgt.«

»Es ist ein Post. Wir können ihn melden.«

Scarlett schnaufte. »Und dann? Holen wir die Men in Black und lassen sie die Leute blitzdingsen? Ich regel das schon.«

»Ich weiß, dass du das tust, und genau das macht mir Sorgen.«

Darauf wusste sie nichts mehr zu erwidern, also setzte sie sich einfach wieder hin. Nachdenken, sie musste nachdenken.

* * *

Eine Nacht zuvor

Aleen Gibbs drückte auf »posten«, verschränkte die Hände hinter dem Kopf und lehnte sich zurück. Sie lächelte. Nachdem sie den ganzen Abend immer mal wieder in Tränen ausgebrochen war, ob der schrecklichen Dinge, die sie zu tun hatte, fühlte sich dieses Lächeln einfach großartig an. Es hatte nicht lange gedauert, einen passenden Artikel zu finden, der Olivias wahre Natur zeigte. Und es hatte noch weniger Zeit in Anspruch genommen, dieses Profil zu erstellen und den Post zu verfassen. Sie freute sich schon auf die Reaktionen der Leute. Und vor allem auf Olivias Gesicht. Aleen hoffte, einen Blick darauf erhaschen zu können, wenn sie den Beitrag las.

Aleen hatte dafür gesorgt, dass Olivia sich immer wohler in Woodnock fühlte. Jetzt war es an der Zeit, ihr alles zu nehmen. Alles und mehr. Sie sollte wissen, wie es sich anfühlte, das zu verlieren, was einem wichtig war. Und zwar nicht nur eine Sache, nein, alles!

Der Wind heulte auf und ein kalter Luftzug ließ Aleen erschauern. Ihr Hals kratzte seit ihrem letzten Bad im Firth of Clyde und sie fühlte sich ein wenig schlapp, aber das war ihr egal. Wenn sie sich in dieser zugigen Höhle eine Grippe einfing, dann war es das wert. Immerhin wohnte sie hier umsonst und musste sich lediglich um Verpflegung kümmern.

Dank ihrer regelmäßigen Spaziergänge durch Woodnock kaufte ihr jeder ab, dass sie in der Stadt wohnte und nicht in einer abgeschiedenen Meereshöhle in den Highlands. Hier war sie sicher. Niemand würde sie hier vermuten. Früher oder später würde die Polizei ins Spiel kommen und irgendwann würden sie eine Spur zu ihr finden. Aber bis die herausgefunden hatten, dass sie sich die ganze Zeit über hier versteckt hatte, war sie längst verschwunden.

Wie sie diese Welt verlassen sollte, wusste sie noch nicht. Aber das Wie war nebensächlich. Wenn ihre Aufgabe erfüllt war, würde sie gehen. Zu ihm. Zu Willi.

Kapitel 11 – Der Stein

Jacob hatte zurück in den Laden gemusst und Scarlett war ihm nach kurzer Zeit gefolgt. Sie hatte die Stille nicht ertragen können. Zu ihrer Erleichterung befand sich kein einziger Kunde mehr im Laden, was ihr das lästige Kassieren ersparte, und bis zur Mittagspause kam auch niemand.

Während sie nun ziellos durch Seitenstraßen spazierten, sprachen Scarlett und Jacob kaum miteinander. Beide waren zu sehr in ihre Gedanken und Sorgen vertieft.

Auf dem Rückweg zum Laden hielt Scarlett den Blick ununterbrochen auf den Boden gerichtet. Ihr war nicht danach, das Starren der Leute zu erwidern.

Plötzlich keuchte Jacob auf. »Scheiße, was zum …«

Sie hob den Blick.

Eine Scheibe des Ladens war eingeschlagen worden. Mitten im Glas befand sich ein sternförmiges Loch, von dem sich kleine Risse ausbreiteten wie eingefrorene Blitze. Jacob rannte hin, betrachtete das Loch eine Weile, dann schloss er den Laden auf und eilte hinein.

Scarlett folgte ihm. Er hielt einen Stein in der Hand, an dem etwas befestigt war.

»Was ist das?«, fragte sie.

Wortlos hielt er ihr den Stein hin. Jemand hatte einen Zettel darum gewickelt und festgebunden. Ein Wort stand darauf geschrieben.

»Kinderficker«, las Scarlett.

Jacob ließ den Stein fallen. »Wer macht so was?«

»Wichtiger ist, warum schreibt jemand so etwas und wirft ausgerechnet diese Notiz durch deine Scheibe.«

Er betrachtete sie nachdenklich, ohne sie wirklich anzusehen, dann zückte er sein Handy.

»Was tust du?«

Schweigend begann er zu tippen und zu scrollen. Sie wartete geduldig.

Nach einer Weile weiteten sich Jacobs Augen. »Scheiße.«

»Was?« Scarlett ging zu ihm.

Willi hatte sich erneut zu Wort gemeldet.

Willi

Vor 2 Stunden

Nachdem ihr jetzt alle über Scarlett Bescheid wisst, solltet ihr noch etwas erfahren. Ihr Mann Jacob Dyer ist ebenfalls nicht der, der er vorgibt zu sein. Seid wachsam und lasst ihn nie mit euren Kindern allein.

Dieses Mal gab es keinen Link.

»W-was soll das?« Jacob wirkte, als wäre er geschrumpft und bräche jeden Moment in Tränen aus. Von ihrem kindlichen, fröhlichen Mann war nichts mehr zu sehen.

»Dieser verdammte Wichser!« Scarlett hatte endgültig die Schnauze voll von diesem Schreckgespenst, das sich als Willi Gibbs ausgab. Jetzt hatte er es eindeutig zu weit getrieben.

Sie legte eine Hand auf Jacobs Schulter. »Komm, ich ruf einen Glaser an und zu Hause überlegen wir, was wir gegen dieses Arschloch unternehmen.«

»Und der Laden?«

»Wir schließen heute früher. Ich hänge einen Zettel in die Tür.« Sie sah nach draußen und bemerkte einige Passanten, die tuschelnd vorbeigingen. »Ich bezweifle, dass heute jemand kommt.«

Sie ging zum Tresen, öffnete die Schublade unterhalb der Tastatur und zog einen DIN-A4-Block hervor, von dem sie ein Blatt abriss. Dann kritzelte sie »Heute geschlossen« darauf, zog Tesafilm vom Halter, der neben der Kasse stand und hängte den Zettel an die Tür.

»Lass uns gehen, ich rufe unterwegs an. Die sollen erst mal von außen die Scheibe abdichten, um den Rest kümmern wir uns später.«

Jacob nickte. Er war nur noch ein Häufchen Elend.

Scarlett übernahm das Abschließen des Ladens und ging los. Jacob folgte ihr bereitwillig.

So hatte sie ihn noch nie erlebt und es machte sie wütend. Verdammt wütend. Ihr das Leben zur Hölle machen zu wollen, war eine Sache, aber nun einen Unschuldigen, nun auch noch Jacob mit hineinzuziehen, ging zu weit. Wenn dieser Willi-Imitator Krieg wollte, sollte er ihn bekommen. Und wenn es bedeutete, dass die ganze Stadt leiden musste, weil der Saukerl zu feige war, sich zu erkennen zu geben, dann würde sie leiden. Kein Krieg ohne Verluste.

Langsam wurde es Zeit, das zu tun, was Scarlett am besten konnte: Rache nehmen.

Zwei Kinder, ein Junge mit übergroßer gelber Jacke und ein Mädchen mit wehenden Zöpfen, spielten Fangen und rissen Scarlett mit ihrem Rufen aus ihren Gedanken. Der Junge fiel ein paar Schritte vor ihnen hin und fing lautstark an zu weinen.

Das belebte Jacob und er eilte sofort zu dem Kind, um ihm aufzuhelfen.

»Finger weg!«, blaffte ein untersetzter Mann mit Halbglatze und stieß Jacob weg. Der taumelte zurück und verharrte entgeistert.

Der Mann zog den Jungen ruckartig auf die Beine und weg von Jacob. Das Mädchen nahm er an die Hand und führte es ebenfalls weg.

Die Leute gafften.

Scarlett reagierte mit einem stechenden Blick, der »was glotzt ihr so?« aussagte, was dazu führte, dass alle beschämt wegschauten und so taten, als wären sie mit anderen Dingen beschäftigt.

Sie schlug Jacob sanft zwischen die Schulterblätter, woraufhin sie sich wieder in Bewegung setzten. Er blickte sich noch einige Male nach den Kindern um.

In seinem Blick lag blanker Schmerz.

Für Jacob gab es nichts Wichtigeres, als Kindern ein Lachen aufs Gesicht zu zaubern. Wenn ihm das genommen wurde, was machte das aus ihm? Und was würde diese Veränderung aus ihr machen?

* * *

»Ich werde den Kerl umbringen!«, rief Scarlett. »Mit meinen eigenen Händen!«

Jacob reagierte nicht.

Seit mindestens einer Stunde saßen sie auf der Couch im Wohnzimmer. Der Fernseher lief – eine Dokumentation über den Yellowstone Park – aber keiner von beiden passte auf. Scarlett war zu sehr damit beschäftigt, zu überlegen, wer sich hinter Willi verbergen konnte – sie hatte nicht den blassesten Schimmer – und wie sie ihn in die Finger bekommen konnte. Und Jacob war ... Nicht einmal die passenden Worte fielen ihr ein. Er wirkte regelrecht apathisch.

Sie musste etwas unternehmen. Und zwar bald. »Wenn du weiterhin so rumsitzt, wirst du noch fett. Wie viel wiegst du jetzt? 198 Pfund?«

»176.« Er sprach ohne Emotionen.

»Na dann.« Scarlett sprang auf, was ihn endlich aus seiner Starre weckte. »Ich hau ab.«

»Wo willst du hin?«

»Trübsal blasen nervt. Ich habe eine Verabredung mit Harold, er weiß nur noch nichts davon.«

»Harold?«

Der Tonfall überraschte sie.

Schwang da etwa Eifersucht mit?

»Du sprichst in letzter Zeit ganz schön oft von ihm.«

»Na, jetzt übertreibst du aber.«

»Und ihr tuschelt.«

»Ich war einmal bei ihm. Ansonsten haben wir uns nur ein paar Mal auf der Straße unterhalten.«

»Ihr geht immer um die Ecke, als wolltet ihr nicht, dass jemand euch belauscht. Warum könnt ihr eure Gespräche nicht im Laden führen?«

»Jacob, Schatz, da sind Kinder.«

»Und?«

Sie grinste.

Er setzte sich aufrecht hin. »Worüber unterhaltet ihr euch denn bitte?«

Ihr Grinsen wurde breiter. »Ich mach mich auf den Weg. Jetzt guck nicht so, Schatz, Harold und ich sind nur Freunde.«

»Es ist seltsam, dieses Wort aus deinem Mund zu hören.«

»Ja, nicht wahr? Hat sich auch seltsam angefühlt. Du brauchst nicht eifersüchtig zu sein, Liebling.«

»Das bin ich nicht.« Er wich ihrem Blick aus.

»Ist klar. Harold ist ein interessanter Typ. Ich hör mir gerne an, was er so erzählt. Außerdem kennt er hier viele Leute. Möglicherweise kann er uns bei unserem Problem helfen. Wir sehen uns später.

Und jetzt steh endlich auf, Herrgott noch mal, und häng nicht rum wie ein kleiner Junge, der seinen Willen nicht bekommen hat. Geh joggen oder so, das machst du doch sonst auch so gern. Bastel an Spielzeugen herum. Was auch immer. Ist ja ätzend, dich so zu sehen.«

»Die Leute denken, ich bin ein Pädophiler, Sca, was glaubst du, wie ich mich dabei fühle?«

»Wenn diese Idioten auch nur einen Funken Verstand besitzen, dann sollten sie selbst drauf kommen, dass du ein lieber Kerl bist, der Kinder gern hat. Aber nicht auf unangenehme Weise gern, du verstehst.«

Er schnaufte amüsiert. »War das gerade ein Kompliment?«

»Das würde dir so passen. Also dann, ich werde mich jetzt mal zu Harold legen.«

Jacobs Kopf ruckte hoch.

Scarlett lachte. »War nur ein Witz.« Sie zeigte auf ihn und sagte im durchdringenden Ton: »Geh joggen!«

Er nickte, aber an seinem niedergeschlagenen Gesicht erkannte sie, dass er das nicht tun würde.

* * *

Als sie auf dem Weg zu Harold war, verdunkelten dicke Regenwolken den Himmel. Die Unwissenheit machte Scarlett rasend. Es gab nichts, was sie mehr verachtete, als die Kontrolle zu verlieren. Sie wusste nichts. Nicht, wer sich hinter dem Namen Willi verbarg, nicht, was er als Nächstes plante, nicht, was als Nächstes passieren würde. Es war zum Schreien! Sie fühlte sich zu allem fähig. Vor ihren Augen lag ein roter Schleier, und das war nicht gut. Wer sich von seiner Wut leiten ließ, machte Fehler. Ein dummer Kommentar von einer zufälligen Person und sie würde ihr vermutlich die Augen auskratzen.

Als Olivia den Namen Scarlett angenommen hatte, hatte

sie sich eines geschworen: sich niemals erniedrigen zu lassen. Doch genau das war nun geschehen.

Verdammtes Woodnock.

Eine scheinheilige Kleinstadt voller scheinheiliger Menschen. Sie hatte sich blenden lassen, aber das würde ihr nicht noch einmal passieren. Diese Leute wollten die wahre Scarlett kennenlernen? Dann sollten sie sie bekommen.

Erste Regentropfen benetzten ihr Haar.

Bald wird es Blut regnen.

Aus den Tropfen wurde ein Guss. Scarlett setzte ihre Kapuze auf. Lange würde ihr Mantel den Regen nicht abhalten, aber das störte sie wenig. Eine kleine Abkühlung würde ihr guttun, später würde sie sich eine heiße Dusche gönnen.

Sie ließ eine geschlängelte enge Pflastersteinstraße hinter sich und bog in eine schmale Gasse ein, in der sich links und rechts die Rückseiten hoher Mehrfamilienhäuser aneinanderreihten. Durch das fehlende Tageslicht fühlte sie sich wie aus der Zeit gefallen. Eben noch war es früher Nachmittag, plötzlich schien Abend zu sein. Kein Mensch verirrte sich hierher, einzig Scarletts von den Mauern widerhallende Schritte und der prasselnde Regen waren zu hören. Uringeruch stieg ihr schwallartig in die Nase. Der Gestank verschwand so schnell, wie er gekommen war. An einigen Mauern befanden sich Graffitis und weiter geradeaus lag ein verlassener, unordentlich zusammengerollter Schlafsack, der heute wohl niemandem als Bett dienen würde, so durchnässt wie er war. Auf dem unebenen Weg bildeten sich bereits Pfützen, denen Scarlett mal im Slalom, mal mit großen Schritten auswich.

Mit Harold hatte sie einiges zu besprechen. Sie wusste mittlerweile, was zu tun war, die Frage war nur, ob er ihr dabei helfen würde.

Der Regen wurde stärker und ein heulender Wind gesellte sich dazu, der von hinten durch die schmale Gasse fegte und Scarlett das Haar ins Gesicht wehte. Sie setzte ihre Kapuze auf und vergrub die Hände tief in den Taschen ihres Mantels.

Da hörte sie ein Geräusch. Es hatte geklungen, als wäre jemand hinter ihr in eine Pfütze getreten.

Sie wandte sich um und entdeckte eine Gestalt. Ein Mann näherte sich ihr im gemächlichen Tempo. Zumindest glaubte sie der Statur nach, dass es sich um einen handelte. Er war nicht besonders groß und eindeutig übergewichtig. Da er sich außerhalb der schwachen Beleuchtung aufhielt, konnte sie weder Kleidung noch Gesicht erkennen.

Vermutlich nur jemand, der die gleiche Idee hatte wie sie und lieber ein wenig abseits des Trubels den Nachhauseweg antrat. Trotzdem konnte Scarlett einen leichten Anflug von Paranoia nicht unterdrücken. Sie entschied sich, stehen zu bleiben und zu warten, bis der Kerl sie überholt hatte. Also stellte sie sich näher an eines der Gebäude und wartete. Tief atmete Sie den angenehmen Duft des Regens ein und schloss einen Moment die Augen.

Die Schritte hinter ihr waren verstummt.

Scarlett sah in die Richtung des Mannes, er war ebenfalls stehen geblieben. Jetzt konnte sie erkennen, dass er in Schwarz gekleidet war, eine Kapuze verbarg sein Gesicht. Er blickte sie an oder zumindest in ihre Richtung.

Seltsamer Kerl.

Sie ging ein paar Schritte, konnte hören, dass er ebenfalls seinen Weg fortsetzte, dann hielt sie inne und wandte sich erneut um. Wieder hatte auch er angehalten. Da er größer war als sie und längere Schritte machte – mittlerweile schien er nicht mehr so gemächlich zu schlendern – war er näher gekommen.

Okay, das reichte. Sie wandte sich ab und ging eiligen Schrittes weiter. Hinter sich hörte sie den Verfolger. Auch er bewegte sich schneller.

Scarlett ging in ein leichtes Joggen über, er tat es auch. Sie hörte, wie er in Pfützen trat und das Wasser unter seinen Sohlen hoch spritzte. Der Typ verfolgte sie tatsächlich.

Er war schneller als sie, sicherlich stärker. Und sie befand sich in einer Art Labyrinth, ohne Aussicht auf einen Ausweg. Sie rannte nun, aber ihr Verfolger holte auf.

Zu allem Überfluss verlor sie die Orientierung. Sie bog rechts ab, nur um festzustellen, dass sie sich in einer Sackgasse befand. Vor ihr ragte eine Wand auf, die an eines der Gebäude angrenzte. Die Rückseite einer Garage womöglich. Scarlett blieb davor stehen und schlug mit der flachen Hand dagegen. »Verdammt!«

Sie drehte sich um, noch war ihr Verfolger nicht zu sehen, doch sie hörte ihn. Er war wieder in ein gemächliches Schritttempo übergegangen, seine Schritte wurden geisterhaft vom Wind zu ihr getragen. Er wusste offensichtlich, wo sie waren.

»Wir wollen euch hier nicht«, hörte sie ihn mit leicht erhobener Stimme sagen, die hell, beinahe quäkend klang. Sie kam ihr bekannt vor. Ihr vom Adrenalin aufgeputschter Verstand schaffte es jedoch nicht, Schlüsse zu ziehen. Stattdessen suchte sie fieberhaft nach einem Ausweg.

Nun trat der Mann um die Ecke und schlenderte auf Scarlett zu. In der Hand hielt er ein Messer. Er trug nicht nur eine Kapuze, sondern auch eine Skimaske, die sein Gesicht verbarg. Sie kannte ihn, aber woher?

»Du und dein Kinderficker-Freund sollen verschwinden«, sagte er, während er mit einer Hand die Klinge des Messers entlangfuhr. »Es wäre für uns alle besser, wenn ihr verschwindet.« Dann machte er eine ruckartige Bewegung auf sie zu und ließ das Messer durch die Luft sausen. »Zack!«

Scarlett fuhr zusammen.

»Aber zuerst, meine süße, kleine Bitch«, nun säuselte er und schlenderte auf sie zu, »will ich mich ein bisschen mit dir vergnügen.« Er stand nun direkt vor ihr, schob ihr die Kapuze vom Kopf und ließ eine Strähne ihres Haars durch seine Finger gleiten. »Das macht dir doch wohl nichts aus, oder?« Nun führte er die Klinge des Messers an ihre Wange, streichelte sie damit. »Gott, bist du schön. Da ist es ja fast schon schade, dich abzustechen. Vielleicht sollte ich dich mit zu mir nach Hause nehmen und eine Weile behalten. Als Spielzeug. Was meinst du, Bitch? Wollen wir ein bisschen Spaß haben?«

Scarlett zwang sich zu einem breiten Lächeln.

Der Kerl wich ein Stück zurück, sichtlich verunsichert.

»Weißt du«, sagte sie, »ich steh nicht so auf Vergewaltiger.« Sie holte aus, um dem Kerl mit dem Knie in die Weichteile zu treten. Er heulte auf und brach zusammen wie ein Sandsack. Scarlett wollte an ihm vorbeirennen, doch er packte sie am Knöchel, sodass sie stürzte. Der Aufprall presste ihr die Luft aus der Lunge und sie landete mit einem leisen »Uff« auf den nassen Pflastersteinen.

»Verfluchtes Miststück, ich bring dich um!«

Sie versuchte, ihn von sich zu treten, stattdessen kroch er auf sie und hielt sie eisern fest.

»Nein«, keuchte sie. Bilder aus ihrer Vergangenheit tauchten vor ihrem inneren Auge auf. Sie als junges Mädchen, wie sie ins Gras gedrückt wurde. Hinter ihr das Lachen der anderen. Über ihr der Druck des Körpers, der auf ihr lag, und der keuchende Atem, der in ihren Nacken wehte.

»Nein!«, schrie sie dieses Mal. Scarlett wehrte sich mit aller Kraft. »Runter von mir! Nein!«

Es hatte keinen Sinn, er war stärker.

Aus dem Augenwinkel registrierte Scarlett eine Bewegung, am Rande nahm sie Schritte wahr und plötzlich folgte ein dumpfes Geräusch, gefolgt von einem Aufschrei. Der Kerl rollte von ihr runter, sie sprang auf die Beine und presste sich gegen die Hauswand.

Jacob. Er hatte ihrem Angreifer einen Schlag ins Gesicht verpasst, denn der rieb sich das Kinn.

»Fuck! Verpiss dich, Alter!«

»Lass die Finger von ihr«, sagte Jacob in einem bedrohlichen Tonfall, wie Scarlett ihn noch nie von ihm gehört hatte.

Der Typ ließ sich nicht beirren, er zückte erneut sein Messer – er musste es vor dem Vergewaltigungsversuch in seine

Hosentasche gesteckt haben – und ging auf Jacob los. Der wich jedoch gekonnt aus, packte den Kerl am Handgelenk und nahm ihm die Waffe ab.

»Ich mach euch beide kalt! Erst leg ich deine Kleine flach und dann schlitz ich sie auf. Und dich lasse ich zusehen! Danach …« entsetzt riss er die Augen auf und starrte auf das Messer, das nun aus seiner Brust ragte.

Scarlett klappte die Kinnlade runter.

Jacob, der ihm die Klinge mit voller Wucht in die Brust gerammt hatte, ließ die Arme sinken und starrte ihn nur ausdruckslos an. Keinerlei Emotion lag in seinem Gesicht.

Der Kerl sackte erneut zusammen und dieses Mal blieb er liegen.

* * *

»Ähm«, sagte Scarlett und drückte sich von der Wand ab. »Nun, das war interessant.«

Jacob rührte sich nicht, er blickte auf den Toten hinab, aus dessen Brust das Messer ragte.

»Ich habe so viele Fragen.« Sie bückte sich und zog dem Kerl die Skimaske ab. »Hm. Einer von Jerrys Kumpeln. Aus der Destillerie.«

»Warum hat er dich angegriffen?«

Scarlett ließ die Maske fallen und richtete sich auf, um Jacob anzusehen. Er zeigte noch immer keine Regung, seine Stimme klang gefasst, aber mechanisch.

»Ich glaube, er fand es nicht so toll, dass ich Jerry neulich verunsichert habe. Hast du nicht mitbekommen, glaube ich. Jerry hat gegafft, ich hab ihm etwas Angst gemacht. Er hier«, sie deutete mit dem Daumen auf die Leiche, »schien nicht besonders begeistert davon zu sein. Wahrscheinlich fühlte er sich in seinem Stolz verletzt oder so was. Kerle halt. Dabei hab ich ihn nicht mal angeguckt.« Sie überlegte. »Vielleicht lag es auch genau daran.«

»Was machen wir jetzt mit ihm?«

»Ich weiß da was. Wozu sonst ist es gut, einen Bestatter zu kennen, der jede Menge gute Connections hat!«

Endlich zeigte Jacobs Gesicht eine Regung. Er sah sie scharf an. »Harold?«

»Ganz ruhig, Schatz, kein Grund, wieder eifersüchtig zu werden.«

»Mir gefällt das nicht. Du willst jemanden in die Sache hier mit reinziehen? Ich halte das nicht für klug.«

»Willst du die Leiche selbst entsorgen?«

Die Frage brachte ihn ins Wanken.

»Außerdem hat Harold mir angeboten zu helfen, falls genau dieser Fall mal eintritt. Ist kein Problem, er regelt das schon.«

Jacob seufzte. »Ich frag gar nicht erst.«

Scarlett knöpfte ihren Mantel auf und zog aus der Innentasche ein Prepaid-Handy hervor.

»Wann hast du dir das denn bitte gekauft?«

Sie öffnete ihre Kontaktliste, die einzig aus Harold bestand. »Als ich mir neulich heimlich dein Smartphone gemopst habe, um im Internet ein Handy zu kaufen. Du warst duschen.«

»Du hättest fragen können.«

Sie grinste ihn an. »Und du solltest häufiger dein Bankkonto checken, ist nicht das erste Mal, dass ich ohne dein Wissen Geld ausgegeben habe.«

In Jacob kehrte Leben, er hob leicht die Stimme. »Wofür brauchst du überhaupt ein Handy?«

»Für solche Fälle ist es doch ganz praktisch, findest du nicht? Zumindest lässt es sich nicht zurückverfolgen. Ist ein Wegwerfhandy.«

Irritiert kräuselte Jacob die Stirn. »Hast du etwa gewusst, dass so etwas passieren würde?«

»Schatz, dir ist bewusst, mit wem du verheiratet bist, oder?« Sie wählte Harolds Nummer.

Jacob wollte noch etwas sagen, doch sie hob abwehrend die Hand.

»Hi Harold!«

»Scarlett!«, erklang es am anderen Ende der Leitung hörbar erfreut.

»Weißt du noch, dass du mir mal was versprochen hast? Ich hätte da jemanden, der entsorgt werden müsste. Sei ein Schatz und kümmere dich darum, ja?«

Eine kurze Pause entstand. »Wohin soll ich kommen?«

Sie sah sich um, ging ans Ende der Sackgasse und entdeckte ein Straßenschild. »Kleine Gasse. Mitchin Street, direkt in der Sackgasse.«

»Bin gleich da.«

Sie legte auf.

»Was hat er gesagt?«, fragte Jacob.

»Er kümmert sich, sagte ich doch schon. Na los, komm.«

»Was? Willst du nicht warten?«

»Wozu? Er weiß, wo er hin muss, den Rest erledigt er. Lass uns gehen, chop, chop, wir haben Wichtigeres zu tun, der Besuch bei Harold kann warten.«

Er folgte ihr. »Und was?«

Sie wandte sich ihm zu, verschränkte die Hände hinter dem Rücken und lief rückwärts vor ihm her. »Zum Beispiel, dass du mir erklärst, wie du so ruhig bleiben kannst, obwohl du gerade jemanden umgebracht hast. Oder wo du überhaupt so plötzlich herkamst.«

Jacob senkte den Blick. »Ach so, das …«

Scarlett grinste, drehte sich um und gemeinsam machten sie sich auf den Heimweg.

Kapitel 12 – Jacobs Vergangenheit

Harold brauchte nicht lange suchen. Zunächst glaubte er, seinen Vater auf dem Boden liegen zu sehen, doch die Illusion verschwand nach dem Blinzeln.

Er kniete sich neben den Toten, betrachtete zunächst das Messer in dessen Brust, dann sah er dem Mann in die Augen. Wie schön sie waren. So groß und klar. Harold erkannte in ihnen das Totenreich, erkannte die ganze Pracht des Todes. In ihm kribbelte es. Er streckte den Finger aus und berührte den Augapfel. Dann stand er auf und machte einen Anruf.

»Hi, ich bin es. Weißt du noch, die Sache mit dem kleinen Mädchen? Es wird Zeit, dass du den Gefallen bei mir einlöst.«

* * *

Scarlett reichte Jacob einen dampfenden Kaffeebecher und setzte sich mit ihrem neben ihn auf die Couch. »So, Mr Dyer – falls das überhaupt Ihr richtiger Name ist.«

Er verdrehte die Augen. »Jetzt hör schon auf.«

»Ich glaube, es ist an der Zeit, dass du auspackst.«

»Da gibt es nicht viel zu sagen.«

»Na, hör mal. Du tauchst aus dem Nichts auf, hast diesen Typen ohne mit der Wimper zu zucken abgestochen …«

»Ich bin dir gefolgt.«

»Jaja, das ist mir schon klar. Aber, was viel wichtiger ist: Du hast ihn umgebracht! Und anschließend standst du da wie der Terminator.«

»Sca …«

»Sca mich nicht, ich hab es doch gesehen. Also, Jacob, bist du ein Psychopath? Oder gibt es eine andere spannendere Erklärung, warum du nicht längst das Weite gesucht hast?«

»Schon mal drüber nachgedacht, dass ich dich geheiratet habe, weil ich dich liebe?«

»Pff! Du hast eine Frau geheiratet, die du zu kennen glaubtest. Dann kam der große Knall. Bäm, die liebe, süße Scarlett ist gar nicht so brav, sondern in Wahrheit ganz schön durchtrieben. Jeder normale …«, sie zwinkerte, »… Kerl wäre längst weg. Du aber bist bei mir geblieben.

Warum?«

»Kommt mir so vor, als hätten wir diese Unterhaltung schon mal geführt.«

»Und du hast dich in Schweigen gehullt. Aber jetzt gibt es kein Zurück mehr, Schatz. Verrate es mir. Sei so gut, ich platze vor Neugier.«

Er sah sie ernst an. »Liebst du mich, Scarlett?«

Sie antwortete nicht direkt. »Liebe ist etwas für normale Menschen, Jacob. Und für Schwächlinge.«

»Verstehe.«

»Aber … Du bist wie ein zugelaufener Welpe. Man weiß erst

mal nicht so richtig was mit dir anzufangen. Du bist aufdringlich, kuschelbedürftig, nervtötend. Und loyal.« Sie räusperte sich. »Du wächst einem ans Herz.«

Er zeigte ihr ein schiefes Lächeln. »Ich glaube, das war das Netteste, das du je zu mir gesagt hast.«

Sie wich seinem Blick aus und kratzte sich hinter dem Ohr. »Jetzt erzähl endlich deine Geschichte, bevor ich dich doch noch auf die Straße werfe.«

Nun wurde er wieder ernst. Er drehte ein paar Mal den Kaffeebecher in seinen Händen, dann stellte er ihn auf dem Tisch ab. »Also gut. Wie du weißt …«

* * *

… standen Dad und ich uns nie sehr nahe. Nachdem Mum uns verlassen hatte, gab es nur noch uns. Aber statt für mich da zu sein, zeigte Dad mir seine Zuneigung – wenn man es so nennen will – mit Geschenken. Als Sohn des Geschäftsführers eines Millionenunternehmens in der Spielzeugbranche besaß ich immer das Neuste vom Neusten. Ich hatte alles, wovon die anderen Kinder nur träumen konnten. Dennoch beneidete ich sie. Denn sie hatten etwas, das ich nie besitzen würde. Die Liebe ihrer Eltern.

Ich weiß, dass mein Dad ein schwieriger Mann ist. Er ist ein Narzisst und meine Mum ertrug es nicht mehr, bei ihm zu sein. Sicher habe auch ich meinen Beitrag geleistet, denn ich schrie regelmäßig nach Aufmerksamkeit. Meine Mum litt seit ihrer Jugend unter starken Migräneanfällen und … ich habe es ihr nicht leicht gemacht. Nachdem sie weg war, habe ich alles versucht, um wenigstens Dad bei mir zu halten. Ich lernte schon mit sieben Jahren, Animatronics zu bauen, und entwarf sogar kurz darauf erste Spielzeuge. Nichts Großes, einfache Sachen. Aber ganz egal, wie sehr ich mich anstrengte, Dad lobte mich nie, umarmte mich nie und sagte mir nie, dass er mich liebte. Stattdessen deckte er mich nur weiter mit Spielzeugen ein und gab mich in die Obhut von diversen Nannys. Manche von ihnen waren nett, manche nicht.

Als ich älter wurde, so vierzehn, fünfzehn, begann ich, mit Drogen zu experimentieren. Ich geriet in den falschen Freundeskreis und wechselte schnell von Gras und Alkohol zu härteren Stoffen wie Koks und später sogar Heroin. Ich wurde ein Junkie.

Da gab es ein Mädchen, Sandy. So nannte sie sich, aber in Wahrheit kannte niemand ihren echten Namen. Sie war mit dreizehn von zu Hause weggerannt, weil ihr Stiefvater sich regelmäßig an ihr verging und ihre Mutter sich nicht darum scherte. Sandy landete auf der Straße und schließlich bei uns.

Sie hatte einen Liverpooler Akzent. Am Anfang verstand ich kaum ein Wort von dem, was sie erzählte. Aber nachdem ich mich erst einmal an ihre Art zu sprechen gewöhnt hatte, verbrachten wir Zeit miteinander. Vor allem lachten wir viel. Sie lehrte mich das Lachen, könnte man sagen.

Ihre Herzlichkeit war ansteckend. Trotz all dem Mist, den sie erlebt hatte, war sie so voller Güte, voller Wärme und Humor. Ich wollte auch so sein. Sandy hat mich zu dem Mann gemacht, der ich heute bin. Und wenn ich mal nicht weiter weiß, frage ich mich, was Sandy an meiner Stelle getan hätte. Aber Sandy hatte auch eine andere Seite. Eine düstere, zerstörerische Seite. Sie war wie ich ein Junkie und sie sprach über den Tod, als wäre er ihr treuster Begleiter, was er für ein Kind niemals sein sollte. Sie hatte keine Angst davor, zu sterben, und manchmal glaubte ich sogar, in ihrer Miene zu lesen, dass sie es regelrecht ersehnte. Aber das waren nur Bruchteile einer Sekunde, ein kurzes Aufglimmen in einem ansonsten so freudestrahlenden Gesicht. Sandy war eine Meisterin darin, ihren Schmerz zu verbergen.

Zu diesem Zeitpunkt wusste ich noch nicht, wie es wirklich in ihr aussah. Ich ließ mich blenden. Und ich war viel zu verliebt, um die Wahrheit zu erkennen. Alles, woran ich denken konnte, war meine Zukunft mit ihr. Ich wollte, dass wir clean werden, durchbrennen und irgendwo neu anfangen. Sandy hatte aber kein Interesse daran, den Drogen abzuschwören. Stattdessen nahm sie immer größere Dosen.

Ich versuchte ein paar Mal, clean zu werden, scheiterte jedoch. Nicht Sandy war es, die mich immer wieder verführte, im Gegenteil, sie ermutigte mich sogar, den Scheiß endlich sein zu lassen, es waren die anderen Kids. Lebst du mit einer Horde Junkies zusammen – und das tat ich zu dem Zeitpunkt, denn Dad hatte mich hinausgeworfen – dann gewöhnst du dich irgendwann an dieses Leben. Und der Mensch ist nun einmal ein Gewohnheitstier.

Weil ich ein Sturkopf war und bin, gab ich jedoch nicht auf. Wenn ich es nicht schaffte, dass wir beide clean wurden, dann würde ich Sandy zumindest beschützen. Vor einer Überdosis, vor Dealern und Vergewaltigern. Niemand sollte ihr ein Haar krümmen.

An dem Tag, an dem mein Dad mich rauswarf, stahl ich ihm eine Menge Geld. Ich denke nicht, dass er es je erfahren hat, schließlich hatte er genug davon. Aber niemand von uns hatte einen Job und so ging das Geld schon sehr bald für unsere Dogen drauf. Nachdem ich pleite war, löste sich unsere Gruppe auf. Tolle Freunde hatte ich da!

Nur Sandy blieb bei mir und wir versuchten alles, um an Geld zu kommen. Alles mit Ausnahme von einer Sache: Wir gingen nicht auf den Strich. Das hatten wir uns geschworen, denn unsere Körper sollten nur einander gehören. Wir haben uns daran gehalten. Doch wir stahlen, wir überfielen Leute und wir bettelten.

Eines Abends war Sandy nicht in unserer Unterkunft. Ich suchte sie und fand sie unter einer Brücke. Sie sprach mit einem der Dealer, ein gefährlicher Typ. Ich sah ihr an, dass sie dringend Stoff brauchte, wahrscheinlich war sie deswegen das Risiko eingegangen. Doch sie hatte kein Geld und der Dealer wollte ihr nichts geben. Er fasste sie grob am Arm und wollte sie mit sich zerren. Ich rannte zu ihnen, hörte, wie er so etwas sagte wie: »Du kannst mich auf andere Weise bezahlen.« Es war klar, was er vorhatte.

Er hatte immer eine Waffe dabei. Eine kleine Pistole, die er in die hintere Tasche seiner Hose gesteckt hatte. Ich schlich mich an, überraschte ihn mit einem Schlag in den Nacken und stahl ihm die Waffe. Er lag benommen auf dem Boden und obwohl ich ihm sagte, er solle sich nicht rühren, ging er auf mich los. Ich habe ... Ich habe ihn ... Ich drückte ab. Die Kugel traf ihn mitten in die Stirn. Ich hatte nicht nachgedacht, alles, woran ich gedacht hatte, war, Sandy zu beschützen.

Ich stellte mich auf einen Schock ein, auf Reue, aber ich fühlte nichts davon. Sandy war längst zu seinem Wagen gegangen und stahl ihm alle Drogen, die er bei sich hatte.

Es ging ihr gut, und das war die Hauptsache.

Bei diesem einen Mord blieb es nicht. Es gab noch zwei Männer, Obdachlose, die sich an Sandy vergehen wollten. Ich tötete sie auf die gleiche Weise wie den Dealer. Mit einer Kugel in den Kopf. Ich war es nun, der die Waffe immer in der Hosentasche trug und ich setzte sie ein, wenn es nicht anders ging. Da ich keine Munition hatte, musste ich vorsichtig sein. Mir war nicht mal klar, wie viele Kugeln mir noch blieben. Aber darüber sollte ich mir schon bald keine Gedanken mehr machen müssen.

Es war ein Nachmittag, an dem ich zurück in unser kleines Nest kam. Ich hatte ein paar Lebensmittel gestohlen. Sandy hatte Geburtstag und ich wollte ihr einen Kuchen schenken. Ich stellte ihn auf einen Teller auf den Karton, der unser Tisch war, zündete eine Kerze an, die ich ebenfalls hatte mitgehen lassen, und rief nach ihr.

Sie antwortete nicht.

Also stand ich auf und suchte sie.

Ich fand sie im Badezimmer. Sie lag auf dem Fußboden in ihrem eigenen Erbrochenen. Eine Nadel steckte noch zwischen ihren Zehen.

Sie war tot.

Daraufhin ging ich zur Brücke, um mir das Leben zu nehmen. Was für einen Sinn hatte es noch, wenn es niemanden gab, der mich liebte? Aber dann dachte ich an Sandys Lachen und daran, wie sie mich immer ermutigt hatte, etwas aus meinem Leben zu machen, also sprang ich nicht.

Ich schwor, für Sandy clean zu werden.

Das Schicksal meinte es jedoch nicht gut mit mir. Die Polizei griff mich auf, denn jemand hatte gesehen, wie ich einen der Obdachlosen erschossen hatte. Ich wurde verhört und in eine Zelle gesteckt.

Mein Dad sah darin einen schwarzen Fleck auf seiner weißen Weste. Er holte mich raus und gab jedem, der von meiner Tat wusste, eine immense Summe Geld. Er wusch mich rein. Damit *er* gut dastand.

Ich wollte niemals so sein. Niemals so selbstsüchtig, so kalt. Ich schwor, anderen Menschen zu helfen, ihnen ein Lächeln ins Gesicht zu zaubern. Gut zu sein.

Also wagte ich einen neuen Versuch für einen Entzug und hielt durch. Ich wurde clean und schaffte meinen Abschluss an der Cardiff School of Engineering.

* * *

»Und dann traf ich dich. Scarlett Dyer, so voller Leben, so witzig, wunderschön und herzlich. Du hast mich an sie erinnert.«

»Ich erinnere dich also an deine Ex. Sehr schmeichelhaft.«

»Auch du hast sie besessen. Und deshalb wollte ich dich beschützen.«

Scarlett leerte ihren Kaffeebecher. »Was besessen?«

»Diese Düsternis. Hinter all der Fröhlichkeit versteckt, glimmt manchmal etwas Düsteres und Verlorenes auf. Ich wusste, dass da mehr ist.«

»Du wusstest also, dass ich nicht die war, die ich vorgab zu sein?«

Jacob nickte.

»Scheiße, Jacob, du überraschst mich immer wieder.«

»Mir war klar, dass du eine dunkle Seite hast. Von Anfang an. Natürlich hatte ich keine Ahnung von deinem Racheplan, doch deine Art, Witze darüber zu machen, jemanden zu ermorden oder zu quälen, die haben mir etwas gezeigt. Nämlich dass hinter deiner Blödelei auch immer ein Fünkchen Wahrheit lag. Ich sah es in deinem Blick aufflackern. Ich sah, dass du zerbrochen bist. Und ich schwor mir, dich heil zu machen.«

Scarlett hob eine Augenbraue. »Oookay?«

»Du trägst so viel Schmerz in dir. Ich wollte ihn dir nehmen. Will ihn dir noch immer nehmen. Ich möchte, dass du glücklich bist. Du bist kein schlechter Mensch, Sca, dir sind nur schlimme Dinge widerfahren.« Er überlegte. »Nenn es eine Art Helfersyndrom, ist mir egal. Aber ich habe mir geschworen, dich zu beschützen. Bei dir zu bleiben, ganz gleich, was kommt. Sandy konnte ich nicht retten, aber ich weiß, dass du noch nicht verloren bist.«

»Ich brauche keinen Retter, Jacob.«

»Wir alle müssen hin und wieder gerettet werden. Lass mich dir helfen, Sca. Lass mich deine Seele heilen.« Er ergriff ihre Hände. »Du musst dich nicht an dieser Person rächen. Wir können einfach verschwinden, von vorne anfangen.«

»Das hat ja letztes Mal so wunderbar funktioniert.«

»Du weinst.«

»Was?«

»Du weinst, Sca.«

Erst jetzt realisierte Scarlett, dass es stimmte. Eine Träne lief ihre Wange hinab, sie wischte sie weg und betrachtete den feuchten Film auf ihrem Handrücken.

»Du bist nicht allein«, sagte Jacob.

Sie sah ihn an.

»Ich bleibe bei dir. Egal, wie du dich entscheidest. Weil ich weiß, dass du gut sein kannst. Und weil ich dich liebe. Du bist nicht Sandy. Du bist du.«

Scarlett spürte, wie ihre Kehle eng wurde und ihr neue Tränen in die Augen traten. Sie war nicht allein. Zum ersten Mal in ihrem Leben entschied sich jemand dafür, trotz allem bei ihr zu bleiben.

Jacob rückte zu ihr und nahm sie in die Arme. Ihr erster Instinkt war, ihn abzuschütteln, doch sie erschlaffte und ließ die Umarmung zu.

»Wir kriegen das hin«, flüsterte er.

Doch Scarlett wusste bereits, wie es enden würde. Und am Ende würden sie und er getrennte Wege gehen.

Kapitel 13 – Eskalation

Einen Racheplan auszutüfteln, ohne die Menschen der Stadt wirklich zu kennen, erwies sich als deutlich schwerer als gedacht.

Bei ihren Überlegungen war ihr jedoch ein Name in den Sinn gekommen, der sie nicht mehr losließ. Vor allem nach der Sache mit dem Überfall: Jerry. Er hatte ein Motiv, ihr zu schaden, schließlich hatte sie ihn vor seinen Freunden lächerlich gemacht. Zudem hatte einer dieser besagten Freunde versucht, sie zu töten.

Jerry verdiente es, zu leiden. Ob er nun der Drahtzieher hinter allem war oder nicht. Jerry verdiente den Tod.

Scarlett bog in die Gasse ein.

Und sie wusste auch schon, wer ihr bei der Umsetzung helfen würde.

In der Stadt hatte sie ihn nicht antreffen können, hier würde sie sicherlich mehr Glück haben. Und tatsächlich, gerade als sie in den nächsten Weg einbog, bemerkte sie eine Gestalt, die um die Ecke huschte.

Sie lächelte und beschleunigte ihren Gang.

»Hey Arthur«, rief Scarlett. Sie hob die Hand.

Jemand wie er besaß vermutlich keinen Internetzugang und die Leute mieden ihn. Arthur war wohl kaum derjenige, der es auf sie und Jacob abgesehen hatte, aber womöglich war er der Einzige in dieser gottverlassenen Stadt, der nicht der Meinung war, bestens über Scarletts ominöse Vergangenheit Bescheid zu wissen. Und falls doch, war sie schon gespannt, welchen Spitznamen sie gleich von ihm erhalten würde. Wechselbalg, so wie Jerrys Bande? Schwarze Fee womöglich? Banshee?

Ganz egal. Arthur zu sehen, hob ihre Laune beträchtlich an. Er war stehen geblieben und hatte sich zu ihr umgedreht. Als sie sich ihm näherte, bemerkte sie, wie verwahrlost er heute aussah. Das lag nicht nur am Regen, der dafür sorgte, dass ihm das zu lange Haar in dicken Strähnen platt auf dem Kopf lag, auch nicht an seiner durchnässten, zerlumpten Kleidung, deren Gestank selbst den Geruch des Regens überdeckte.

Neulich hatte er schlecht ausgesehen, heute wirkte er wie tot. Sein eingefallenes Gesicht war blass und schimmerte gelblich, unter seinen Augen hingen dunkle Tränensäcke, seine Lippen waren dünne Striche, die Mundwinkel nach unten gebogen. In gebeugter Haltung stand er da, presste eine Hand in die Seite, in der anderen hielt er einen Becher mit Kleingeld und aufgeweichten Scheinen.

Er war ein Stück zurückgewichen, jetzt jedoch schien er Scarlett zu erkennen. »Du«, krächzte er.

»Ich. Hi, Arthur, wie geht's?«

Er zuckte die Achseln.

»In letzter Zeit ein paar interessante Dinge gehört?«

Arthur zögerte, dann beugte er sich vor und sagte gerade laut genug, sodass seine Worte nicht vom Regen verschluckt wurden: »Sie stehlen die Kinder und tauschen sie gegen Dämonen aus.«

Sein Atem roch, als wäre ein Tier auf seiner Zunge verendet.

Scarlett nickte nachdrücklich. »Schlimm so was. Wurde der Typ von neulich auch ausgetauscht?«

Arthur nickte.

»Dachte ich's mir doch.«

»Er hat es mir gesagt.« Arthur streckte den Arm aus und deutete hinter Scarlett.

Sie wandte sich um, es war niemand da. Nun sah sie Arthur wieder an. »Was erzählt er dir noch so?«

Er öffnete den Mund, schloss ihn aber gleich wieder. Nun presste er die Augen zu und schüttelte einmal wild den Kopf, als versuchte er, einen lästigen Gedanken zu verscheuchen. »Ich ... ich weiß nicht. Kann ihn nicht hören.« Arthur hob die Hände auf Höhe der Ohren, die Augen noch immer fest zugekniffen. Er sah aus, als hätte er Schmerzen, während er sich auf die vermeintliche Stimme konzentrierte. »Der Nebel, er lichtet sich.«

»Ach so«, sagte Scarlett, woraufhin Arthur die Augen aufschlug.

Irgendetwas an ihm hatte sich verändert. Er wirkte wacher, weniger ... tot. Dafür zitterten seine Hände nun stark. In seinem Blick lag jede Menge Schmerz. Kurz ließ er seinen Becher klimpern, als wollte er schätzen, wie viel Geld sich darin verbarg, dann wandte er sich abrupt ab und ging davon.

Scarlett hob die Augenbrauen. Hatte er etwa vergessen, dass sie sich gerade noch unterhalten hatten?

»Hey Arthur!«, rief sie ihm hinterher.

Erneut wandte er sich ihr zu, doch dieses Mal blieb er nicht stehen.

Sie holte ihn ein und schlenderte neben ihm her. »Wohin des Weges?«

Er streckte ihr kurz seinen Becher hin, sagte jedoch nichts.

Die Gasse endete in einer weiteren Pflastersteinstraße, die wieder mehr Tageslicht bot. Auf der gegenüberliegenden Seite gab es einen Pub.

»Nachschub holen, was?«, sagte Scarlett. »Ein Mist so eine Sucht. Man kann nicht mit und auch nicht ohne sie leben, hab ich nicht recht? Ich kenne das. Meine Sucht ist nur eher die nach ... nennen wir es Gerechtigkeit. Willst du nicht auch Gerechtigkeit erleben, Arthur?«

Es schien ihn zu irritieren, dass sie sich weiterhin mit ihm unterhielt, denn er betrachtete sie immer mal wieder kurz aus dem Augenwinkel.

»Willst du diesen Wechselbälgern von neulich nicht eine Lektion erteilen? Vor allem diesem Anführer? Jerry?«

»Gerechtigkeit«, nuschelte Arthur.

»Genau.« Sie ging ein wenig schneller und schnitt ihm den Weg ab. Arthur machte keine Anstalten, sie aus dem Weg zu schieben, betrachtete jedoch sehnsüchtig das Gebäude hinter ihr. »Ich mache dir einen Vorschlag«, sagte Scarlett. »Ich spendiere dir einen Whiskey und danach unterhalten wir uns ein bisschen. Na, klingt das nach einem Deal?«

In seine Augen kehrte Leben ein. »Deal«, hauchte er.

»Exzellent! Warte hier, bin gleich wieder da.«

Scarlett kaufte Arthur zwei Flaschen Whiskey. Sie gingen zurück in eine der Gassen und setzten sich auf eine von drei Stufen, die vermutlich zu einem Keller führten und durch einen Torbogen weitestgehend vor dem Regen geschützt waren. Sie redeten.

Nach einer Weile redete nur noch Scarlett. Arthur trank und hörte zu.

* * *

Die Kellertür knarrte. Harold hielt inne und lauschte.

Von Tante Martha war kein Laut zu hören. Gut so, also war sie noch immer mit ihrem wöchentlichen Einkauf beschäftigt. Vor Mittag sollte sie nicht zurück sein. Sicherheitshalber würde er jedoch die Kellertür offen lassen für den Fall, dass sie doch früher nach Hause kam. So blieb ihm Zeit, die Stufen hinaufzuhasten und sich eine Ausrede zu überlegen, weshalb er nicht auf der Arbeit war.

Dass er etwas zu Hause vergessen hatte zum Beispiel.

In Wahrheit hatte ihn eine Woge des Verlangens gepackt, als er gerade damit beginnen wollte, eine Frau für ihre Beerdigung vorzubereiten. Eines ihrer Augen war durch die Folgen des Autounfalls von einer subkonjunktivalen Blutung gezeichnet. Doch das andere sog ihn regelrecht ins Reich des Todes. Harold konnte es sehen. Und dann sah er sie. Scarlett.

Sie lag vor ihm, nackt und wunderschön. Nur eine Hülle,

ihr wahres Selbst an einem Ort, der für ihn unerreichbar war. Ihre weiche Haut und das wallende blonde Haar hatten eine Hitze in ihm entfacht, die er unmöglich hier an diesem für ihn heiligen Ort abkühlen konnte. Harold schämte sich für seine Gefühle, doch sie übermannten ihn und hätte er noch länger die tote Frau vor sich angestarrt – nun wieder eine Fremde, doch noch immer wunderschön – hätte er sich nicht zurückhalten können. Also schob er sie zurück in die Kühlkammer und floh regelrecht aus dem Bestattungsunternehmen.

»Alles okay?«, rief ihm Fiona Brown hinterher, die gerade ein Telefonat beendet hatte.

»Ich muss nur kurz was erledigen. Bis gleich!«

Harold hatte zur Verabschiedung die Hand gehoben und war auf dem schnellsten Weg nach Hause geeilt.

Und nun stand er hier im Rahmen der offenen Kellertür und atmete den typisch modrigen Kellerduft ein, der zwar nicht besonders anregend war, aber etwas seltsam Nostalgisches mit sich brachte.

Bislang hatte Harold dem Drang, dem Tod auf intime Weise nahe zu sein, stets widerstanden. Er wusste, dass es falsch war, ein Lebender verging sich nicht an den Toten, denn sie gehörten nicht länger in diese Welt, genauso wenig wie er, Harold, ein Teil des Totenreiches war. Doch er sehnte sich danach. Oh, wie er sich sehnte, und heute hätte er dieser Sehnsucht beinahe nachgegeben.

War es Scarlett, die ihn dazu brachte?

Nie zuvor hatte er Ähnliches empfunden wie für sie. Er würde alles für sie tun.

Nur deshalb hatte er ihr sein Geheimnis verraten. Nicht nur verraten – er hatte ihr seinen Schatz gezeigt. Das eine, das nur für ihn bestimmt war. Er hatte es mit ihr geteilt. Und obwohl noch leise Zweifel in ihm brannten, hatte es sich gut und richtig angefühlt.

Ihr Blick hatte es ihm bestätigt, sie hatte keine Abscheulichkeit gesehen, nur Schönheit. Schönheit, wie er sie jeden Tag im Bestattungsinstitut sah, zunächst noch unvollendet, doch klar erkennbar. Er gab ihr Form. Zeigte den Menschen, was er in seiner Vorstellung sah, und schenkte den Hinterbliebenen einen würdigen Abschied von ihren Liebsten. Nahm ihnen die Furcht, dass sie sich nur noch an eine leere Hülle erinnerten – sofern der Zustand des Körpers es zuließ.

Dem Tod Schönheit verleihen, das war seine Mission. Und bevor er auf Scarlett getroffen war, hatte er geglaubt, nie einen Menschen zu finden, der ihn verstand und sah, was er sah. Er liebte sie, seine Maude, und er würde sie für sich gewinnen.

Harolds Erektion drücke schmerzhaft gegen seine Hose, als er langsam Stufe um Stufe hinabstieg. Er durchquerte den Keller und blieb vor der Kühltruhe in der hinteren Ecke stehen.

Verstohlen blickte er sich um.

Harold kam nicht oft hier hinunter aus Angst, Martha könnte ihn auf frischer Tat ertappen.

»Was treibst du hier unten, Junge?«, würde sie fragen. »Wieso bist du nur so seltsam?« Eine Frage, die sie ihm oft gestellt hatte. »So habe ich dich nicht erzogen, Gott ist mein Zeuge.«

Er konnte sie so deutlich hören, als stünde sie hinter ihm. Doch er war allein. Tante Martha war irgendwo am anderen Ende der Stadt und erledigte ihren Wocheneinkauf. Ihm blieb mehr als eine halbe Stunde, denn Martha hielt viel von einem geregelten Tagesablauf. Sie wich selten davon ab und wenn es mal passierte, betete sie am Abend zu Gott und bat, er möge ihr vergeben. Einmal hatte sie eine heftige Grippe erwischt, die sie daran gehindert hatte, ihre täglichen Aufgaben im Haushalt zu erledigen. Jeden Abend hatte Harold sie durch die Tür beten hören.

Wer ist hier seltsam?, hatte er dann stets gedacht, doch nie etwas zu ihr gesagt.

Sollte sie ihrem Gott ruhig hörig sein, so beachtete sie Harold zumindest weniger und ließ ihn gewähren.

Zärtlich strich er mit dem Zeigefinger der rechten Hand über den Deckel der Kühltruhe. Sie war unversperrt, Martha ging nicht gerne in den Keller. Sie glaubte, er sei ein Ort für den Teufel. Die Truhe nutzte sie nie. Sicherlich hatte sie ihrem Mann gehört, der bereits verstorben war, bevor sie Harold in ihr Haus geholt hatte. Damals, als sein Name noch Scott gelautet hatte.

Er legte beide Hände auf die Ränder der Truhe, sein Unterleib pochte. Schwungvoll hob Harold den Deckel an.

In der Truhe lag Scarlett. Sie blickte ihn an, an ihren Wimpern hingen kleine Eiszapfen. Ihre Lippen waren blau und leicht geöffnet. Harold blinzelte. Nun lag nicht mehr Scarlett vor ihm, sondern James McDuff. Das Blut hatte Harold weitestgehend aus seinem Gesicht entfernen können, doch sein

Schädel war noch immer eingedrückt. Die bechergroße Kuhle, die Bridget Thompsons Schläge hinterlassen hatten, sorgte dafür, dass James' rechte Gesichtshälfte ein wenig herunterzuhängen schien. Sein Auge war herausgeschlagen worden. Das andere allerdings war intakt und offen.

Damit er in die Truhe passte, hatte Harold James ein paar Knochen brechen müssen, hauptsächlich an Armen und Beinen und auch sein Genick war in Mitleidenschaft gezogen worden. Dadurch sah er nun wie ein zusammengekauerter Schlangenmensch aus.

Harold ließ kurz den Blick über James' nackten Körper gleiten. All diese Schönheit ließ erneut Verlangen in ihm aufflammen. Er öffnete seine Hose, langsam, genießerisch. Sein Blick blieb an James' verbliebenem Auge hängen. Er sah sie, die Welt, die früher oder später auf uns alle wartete. Er sah den Tod, der im Verborgenen seine Kreise zog.

Schon einige Male hatte Harold hier unten masturbiert und doch war keinmal so intensiv gewesen wie in diesem Augenblick. Er dachte an Scarlett und daran, was für eine wunderschöne Leiche sie sein würde.

* * *

Was die Bewohner Woodnocks vergessen hatten: Arthur Gray war noch vor wenigen Jahren ein erfolgreicher Geschäftsmann gewesen.

Doch dann war sein Unternehmen, ein Start-up, wegen eines simplen Produktionsfehlers, das ein sechzehnjähriges

Mädchen das Leben gekostet hatte, bankrottgegangen. Bald darauf hatte Arthur sich dem Alkohol und Verschwörungstheorien zugewandt. Er verlor Haus, Hof und seine Ehefrau, die er bereits mit siebzehn Jahren geheiratet hatte, und erholte sich nie mehr.

Seit dieser Reihe von Schicksalsschlägen lebte er auf der Straße. Sein Ansehen hatte sich in das einer Ratte verwandelt. Der Alkohol hatte einen großen Teil seiner Hirnzellen gefressen und der ziehende Schmerz in seiner Seite, der ihn seit einer Weile plagte, verriet ihm, dass sein Konsum wohl weit mehr zerstört hatte als seinen Verstand.

Hin und wieder erlebte er Momente der Klarheit, so deutlich als wäre die Jungfrau Maria ihm persönlich erschienen. Momente, in denen ihm bewusst wurde, was aus ihm geworden war. Momente, in denen er sich nichts mehr wünschte als den Tod.

Doch wenn sich eine dieser abscheulichen Phasen anbahnte – er spürte sie meist mehrere Tage im Voraus – sorgte Arthur dafür, dass er genügend Whiskey bei sich trug, um die Klarheit zu umnebeln. Im Nebel warteten die Stimmen auf ihn. Sie waren nicht immer freundlich und manchmal suchten sie ihn nachts heim, aber dennoch waren sie eine angenehmere Gesellschaft als aus dem Nebel aufzutauchen und die Einsamkeit und Verzweiflung zu sehen, die da draußen auf ihn warteten.

Als *sie* erschienen war, hatte er kurz so einen Moment erlebt. Aber sie hatte ihm geholfen. Hatte ihm Whiskey gebracht und ihn in seiner Überzeugung bestärkt. Diese Männer neulich waren Wechselbälger. Und der Anführer, der den Namen Jerry trug, war der Kobold, der die Dämonen in die Wiegen gelegt hatte.

Sie selbst war Kilmeny. Das wunderschöne Mädchen aus der Feengeschichte von James Hogg, das von den Feen in die Anderswelt gebracht worden war. Damals, als seine Mutter ihm jeden Abend vor dem Zubettgehen den Gesang vorgetragen hatte, hatte Arthur Kilmeny für eine Sagengestalt gehalten. Doch nun nicht mehr, denn sie hatte leibhaftig vor ihm gestanden. Zwar hatte sie ihm ihre wahre Identität nicht offenbart, aber er wusste, dass sie es war, so wie er wusste, dass ihm nicht mehr viel Zeit blieb, um seine Aufgabe zu erfüllen. Der Tod zerrte bereits an ihm. Es regnete stark, als Arthur durch die Fußgängerzone Woodnocks schlurfte. Der Alkohol in seinem Blut ließ die Welt wirken wie ein tosendes Meer. Er wankte und hielt sich die schmerzende Seite seines aufgeblähten Bauches, der so hart war, als hätten sich seine Organe in Stein verwandelt. Er atmete schwer und sprach mit den Stimmen, die an diesem Abend ungewöhnlich schweigsam waren. Was Arthurs Kopf ausfüllte, war seine Unterhaltung mit Kilmeny.

Murmelnd näherte er sich der Destillerie Hermann. »Ich weiß es«, sagte er. Und: »Er macht mir nichts vor.«

Da entdecke er ihn, den Kobold und seine ausgewachsenen Wechselbälger. Sie traten aus der Dunkelheit, johlend und lachend und verschwanden in der Destillerie.

»Ihr macht mir nichts vor«, wiederholte Arthur.

Jeder Schritt war eine Qual. Mit jeder Stunde schien es ihm

schlechter zu gehen. Die Unterhaltung mit Kilmeny hatte damit geendet, dass er eingeschlafen war. Oder das Bewusstsein verloren hatte, die Grenzen waren oft fließend.

Doch er hatte es noch geschafft, die zweite Flasche Whiskey zu leeren, Kilmeny hatte nicht einen Tropfen angerührt und ihm großzügig alles überlassen. Als er die Flasche von seinen Lippen genommen hatte, hatte ihn eine Schwärze überfallen, aus der er erst Stunden später erwacht war. Die unbequeme Sitzposition auf der Treppe hatte seinem Rücken und Nacken nicht gutgetan und eine der Stufen hatte sich in seine Seite gebohrt. Übelkeit und Kopfschmerzen waren es, die Arthur geweckt hatten und als er die Augen aufschlug, war Kilmeny verschwunden gewesen.

Arthur wusste nicht, wie oft und wie lange er sich übergeben hatte, nur dass er geglaubt hatte, nie mehr aufhören zu können und seine Gedärme gleich mit ausspeien zu müssen. Die unangenehme Wärme, die seine Beine hinunterrann, hatte ihm verraten, dass er sich mal wieder in die Hose gepisst hatte. Die Übelkeit war mittlerweile verschwunden, der rasende Kopfschmerz dagegen füllte noch immer seinen Schädel aus und schien dafür gesorgt zu haben, dass er auf die Größe eines Ballons angeschwollen war. Das Denken fiel Arthur schwer, der Nebel war heute Abend ganz besonders dicht, doch seine Aufgabe würde er dennoch erfüllen können.

Kilmenys Licht wies ihm den Weg. Es war seine Pflicht, den Bewohnern zu zeigen, was in dieser Stadt vor sich ging. Er würde für die Stimmen sprechen, die außer ihm niemand hören konnte. Er war erwählt.

Obwohl sein Körper nach einer Pause schrie, wankte er voran, während der Regen unablässig auf ihn niederprasselte, ihn bis auf die Haut durchnässte und frösteln ließ.

Schwungvoll stieß er die Tür der Destillerie auf. Laute Musik und Stimmengewirr dröhnten ihm entgegen. Sein Kopf pochte, als schlüge jemand mit einem Hammer darauf ein. Der Kobold und seine Dämonen umringten einen Stehtisch. Arthur trat vollständig in die Destillerie. Die ersten Köpfe wandten sich zu ihm um, man begegnete ihm mit den altbekannten Blicken voller Abscheu und Unglauben.

Arthur streckte den Arm aus und zeigte auf Jerry. Mit einer Stimme, deren Kraft und voller Klang selbst ihn überraschte, rief er: »Du kannst uns nicht täuschen!«

Nun wichen die ersten Leute vor ihm zurück.

Arthur humpelte voran auf den Kobold zu, der ihn noch immer nicht bemerkt hatte.

»Dämon!«, schrie Arthur.

Und endlich blickten auch der Kobold und seine Dämonenbande zu ihm. Sie wirkten überrascht, bis auf einen von ihnen – der dickliche Dämon mit zu enger Hose und Nickelbrille – der lachte.

»Was will der Penner hier?«, hörte Arthur ihn fragen, als er ihren Tisch erreicht hatte.

»Dämonen«, rief er wieder, »ihr alle!«

Der Kobold hob abwehrend die Hände. »Hey, Alter, beruhig dich, okay? Vielleicht solltest du erst mal deinen Rausch ausschlafen.«

Die Kopfschmerzen wurden immer unerträglicher, in

Arthurs Kopf piepte es mit einem Mal durchgehend. Er schüttelte ihn, doch der Ton verschwand nicht. Das musste das Werk dieser Kreaturen sein. Er zeigte erneut auf den Kobold. »Alle sollen es erfahren.«

»Und was?«, fragte der dickliche Dämon.

Arthur wandte sich den anderen Anwesenden zu, ohne den Finger vom Kobold zu nehmen. »Diese Kreaturen sind nicht, was sie vorgeben zu sein.« Es war nicht leicht, die Worte zu formen. Seine Zunge fühlte sich unerträglich schwer an und die Schmerzen wollten ihn daran hindern, zu denken. Doch es gelang ihm, einigermaßen verständlich zu sprechen.

»Sie sind Dämonen. Dämonen! Er hat die Kinder in ihren Wiegen ausgetauscht, hat sie entführt in sein Reich und ihre Leiber verzehrt. Dämonenkinder hat er in die Wiegen gelegt. Sie sind keine Menschen, seht sie doch an! Seht sie an! Seht ihr es denn nicht? Es sind Dämonen! Nun sind sie ausgewachsen und wollen sich an dem Fleisch der Menschen laben! Mehr Wechselbälger wollen sie in unser Land bringen. Mehr Dämonen! Und er, er ist ein Kobold. Ein abscheulicher Ko…«

Jemand stieß ihm in den Rücken.

Arthur wandte sich dem Kobold wieder zu, der nun dicht bei ihm stand.

»Verpiss dich, Alter! Bist du irre, oder was?«

Der Dickliche fügte in einem grotesken Singsang hinzu: »Du blamierst dich.«

Die anderen Dämonen blieben stumm, sie wagten es offensichtlich nicht, unerlaubt zu sprechen, stattdessen warteten sie auf Anweisungen. Niemand sonst rührte sich. Die vorherigen Male, die Arthur versucht hatte, diese Destillerie zu betreten, war sofort jemand auf ihn zugekommen und hatte ihn hinausgeworfen. Jetzt aber saßen und standen sie alle regungslos da wie Schaulustige an einer Unfallstelle.

Wie töricht diese Menschen waren. Wollten sie denn nicht sehen, was vor sich ging? Wollten Sie nichts unternehmen gegen diese Höllenbrut? Befanden sie sich womöglich in ihrem Bann?

Wieder stieß der Kobold ihn. »Zieh Leine, du stinkender Scheißkerl!«

»Schmeiß ihn raus, Jerry«, sagte der dickliche Dämon im gelassenen Ton.

»Ich pack den nicht an, mach du das doch, Gregory!«

»Vergiss es, der Typ ist abartig.«

Arthur ließ die Hände vorschnellen und verpasste dem Kobold einen Stoß. Der strauchelte und riss beinahe den Tisch mit sich.

Nun erwachten auch die anderen Dämonen zum Leben, sie johlten und applaudierten.

Der Kobold fing sich wieder und nun zeigte er sein wahres Gesicht. In seinen Augen funkelte rasender Zorn. »Scheiß Wichser!« Er preschte vor und verpasste Arthur einen Schlag ins Gesicht, dem der vergeblich auszuweichen versuchte. Statt ihn frontal auf die Nase zu treffen, erwischte er seine Wange.

Arthur heulte auf. Das Pfeifen in seinem Kopf verwandelte sich in eine regelrechte Sirene und die Schmerzen raubten ihm die Sicht.

Während er stürzte, bekam er blind einen Gegenstand zu fassen.

Der Kobold kniete bereits über ihm und verpasste Arthur einen weiteren Schlag, dieses Mal tatsächlich auf seine Nase. Er spürte, wie sie brach, und schmeckte das Blut, das, während er erneut aufschrie, in seinen Rachen rann.

Das Stimmengewirr schwoll an, Arthur hörte es wie durch Watte. Seine Sicht kehrte ein wenig zurück. Zwei Männer versuchten, den Kobold von Arthur herunterzuzerren, der jedoch wehrte sich und stieß sie von sich.

Hinter einem von ihnen entdeckte Arthur Kilmeny. Sie lächelte ihm ermutigend zu.

Da erinnerte er sich an den Gegenstand in seiner Hand. Und während der nächste Schlag ihn traf – dieses Mal erwischte es seine Schläfe – rammte er es dem Kobold ins Ohr. Der brüllte auf und wollte den Gegenstand hinausziehen, doch seine Hände schienen ihm nicht zu gehorchen, er fuchtelte nur wild in der Luft herum.

Arthur setzte sich ein Stück auf. Sein Körper bestand nur noch aus Schmerz, so als stünde er in Flammen. Er hatte dem Kobold den Stiel eines Löffels in den Gehörgang gerammt. Die Laffe ragte wie eine überdimensionale Antenne daraus hervor. Blut quoll aus dem Ohr und rann die Wange des Kobolds hinab. Mit vor Entsetzen aufgerissenen Augen starrte er Arthur an, dann sank er plötzlich zur Seite und blieb regungslos liegen.

Gedämpfte Schreie drangen an Arthurs Ohren, doch sie gingen in dem schrillen Pfeifen und Klingeln unter. Wieder sah er die Schwärze, die sich ihm drohend näherte, doch er betrachtete nun das Licht, betrachtete Kilmeny, deren Aufmerksamkeit wie die aller anderen auf den reglosen Kobold gerichtet war.

Mit letzter Kraft rappelte Arthur sich auf, er durfte keine Zeit mehr verlieren. Wenn nicht der Tod ihn zuerst erwischte, dann diese verblendeten Menschen, die noch immer nicht die Wahrheit erkannten. Sie würden ihn packen und in ein Gefängnis werfen.

Der Kobold war nicht tot, er war lediglich bewusstlos. Arthur sah deutlich, wie sich die Brust der Kreatur hob und senkte. Er spielte ihnen etwas vor, aber damit würde er nicht davonkommen.

Noch während alle Augen auf den Kobold gerichtet waren, erhob Arthur sich. Er wankte, drohte das Bewusstsein zu verlieren. Die Schmerzen waren unerträglich. Die in seinem Bauch übertrumpften nun sogar die in seinem Kopf. Schnell. Schnell. Die Zeit lief ihm davon.

Auf einem Tisch zu seiner Rechten stand ein Glas Whiskey. Arthur griff danach, widerstand dem schier unerträglichen Drang, daraus zu trinken, und schlug es stattdessen gegen die Tischkante. Das Glas zerbarst in mehrere Stücke. Unter quälenden Schmerzen bückte Arthur sich und hob eine große Scherbe auf. Einige der Anwesenden wichen vor ihm zurück. Niemand ging auf ihn los.

Die Schwärze kam näher, bald würde sie ihn verschlingen. Es war Arthur kaum noch möglich, sich auf den Beinen zu halten.

Unbeholfen sank er auf die Knie, scheuchte eine Person, die sich über den Kobold beugte, weg, indem er mit der Glasscherbe vor ihrem Gesicht herumfuchtelte und rutschte näher an die Kreatur heran.

Die schlug plötzlich die Augen auf und machte Anstalten, sich aufzusetzen, da holte Arthur aus und rammte ihr unter Aufbringung seiner letzten Kraftreserven die Scherbe in den Hals. Er machte einen Schnitt, dann zog er sie heraus. Sofort wurde er mit Blut bespritzt, das sich auf seiner von Regen und Schweiß benetzten Haut warm anfühlte.

Die Leute schrien auf, doch Arthur hörte sie kaum, dafür sah er die grotesken Gesichter der Menschen, die ihre Münder weit zu stummen Schreien aufgerissen hatten. Nie zuvor hatte er etwas Grauenvolleres gesehen. Er wich zurück, wurde jedoch von seiner Erschöpfung übermannt und brach zusammen.

Die Schwärze hatte ihn erreicht und deckte ihn langsam zu. Die Schmerzen, eben noch durchdringend und wie züngelnde Flammen, die ihn gefangen hielten, wurden in den Hintergrund gedrückt. Arthur versuchte, einen letzten Blick auf Kilmeny zu erhaschen, hoffte, Stolz in ihren Augen zu sehen, doch die Schwärze gewährte ihm diesen Wunsch nicht. Er sah gar nichts mehr. Erschöpft ließ er den Kopf sinken und ließ sich von der Dunkelheit davontragen.

* * *

Jacob war nicht sehr begeistert von Scarletts Idee gewesen, am Abend auszugehen. Aber nachdem sie hartnäckig darauf bestanden und versprochen hatte, nichts – wie er es nannte – *anzustellen,* hatte er schließlich nachgegeben.

»Wir können nicht verängstigt zu Hause hocken und abwarten, was als Nächstes passiert«, hatte sie gesagt. »Besser ist, wir zeigen, dass wir uns nicht so einfach unterkriegen lassen.«

Nun saßen sie in einer der hinteren Ecken der Destillerie Hermann und tranken Whiskey. Jacob fragte sie mehrfach, weshalb sie so gut drauf sei, was Scarlett jedes Mal mit einem Achselzucken abtat. »Ich bin einfach froh, ein wenig abschalten zu können.«

Denn was gab es Entspannenderes als eine sich anbahnende Eskalation?

Sie musste nicht lange auf ihr Unterhaltungsprogramm warten, denn Arthur stapfte bereits in den Laden. Er sah übel aus. Vielleicht hätte sie ihn doch davon abhalten sollen, auch die zweite Flasche Whiskey zu leeren, aber er hatte regelrecht daran geklebt und sie kannte ihn nicht gut genug, um zu wissen, wie er reagierte, wenn jemand ihm seine Droge wegnahm. Also hatte sie ihn trinken lassen, was damit geendet hatte, dass er mitten im Gespräch in eine Art Koma gefallen war. Für einen kurzen Moment hatte sie ihn sogar für tot gehalten, was eine unglückliche Fügung gewesen wäre, doch sein rasselnder Atem und das bald folgende laute Schnarchen hatten ihr gezeigt, dass sie sich umsonst gesorgt hatte.

Nun stand er da, wankend, totenbleich, vollkommen durchnässt und sichtlich unter Schmerzen.

»Wer ist das?«, fragte Jacob, der offensichtlich bemerkt hatte, dass sie Arthur gebannt beobachtete.

Wieder zuckte Scarlett mit den Achseln. Sie war erfüllt von gespannter Erwartung. Was genau passieren würde, wusste sie nicht, doch sie rechnete mit nicht weniger als wunderschönem Chaos.

Als Arthur zu brüllen begann und verzweifelt versuchte, die Leute davon zu überzeugen, dass Jerry und seine Kumpane Dämonen waren, konnte sie sich ein Lächeln nicht verkneifen.

»Sca?«, fragte Jacob.

»Ja, Schatz?«

»Wieso werde ich das Gefühl nicht los, dass du etwas damit zu tun hast?«

Sie antwortete nicht, die Szene war viel zu spannend. Jerry verpasste Arthur gerade einen Schubser.

»Vielleicht sollte jemand dazwischen gehen«, meinte Jacob.

»Hier gibt es sicher häufiger Rangeleien.«

»Das sieht nicht wie eine einfache ... Woah! Ach du Scheiße!« Er sprang auf und schob sich durch die Gaffer.

Scarlett beobachtete gebannt, wie Jerry Arthur die Nase einschlug. Und wie die Leute schlicht gar nichts unternahmen. Sie gafften nur, niemand – mit Ausnahme von Jacob – ging dazwischen.

Aha, jetzt bequemte sich ein zweiter Kerl ebenfalls dazu, Jerry von Arthur zu ziehen, sieh mal einer an. Aber ...

Scarlett erhob sich ruckartig von ihrem Hocker. Was da vor sich ging, war keine Rangelei mehr, die beiden brachten sich gegenseitig um.

Wann war die Sache so eskaliert? Das wurde ja immer besser. Fast hätte sie in die Hände geklatscht, als Arthur Jerry eine Glasscherbe in den Hals rammte.

Doch ihre Freude wurde ein wenig geschmälert, als nun auch Arthur scheinbar grundlos zusammenbrach. Der Alkohol hatte wohl seinen Tribut gefordert. Schade um ihn.

Scarlett nahm ihr Whiskeyglas, hob es zu einem Toast, *auf dich, Arthur,* und nahm einen Schluck.

* * *

Scarlett tupfte Jacob das Blut von der Augenbraue. Er verzog das Gesicht, schwieg jedoch.

»Hätte nicht gedacht, dass der kleine Jerry einen Koloss wie dich ausknocken kann.« Sie zog die Streifen vom Pflaster und klebte es auf die Platzwunde.

»Er hat mich nicht ausgeknockt, er hat mich mit dem Ellbogen getroffen.«

Jacobs grummeliger Tonfall brachte Scarlett zum Schmunzeln. »Verletzter Stolz, hm?«

»Nein, Scarlett, ich frage mich einfach nur, was mit dir los ist.«

Sie setzte sich zu ihm an den Küchentisch. »Inwiefern?«

»Ernsthaft? Was hast du angestellt? Dich mit diesem Obdachlosen zusammengetan und ihm ins Ohr geflüstert, er solle diesem jungen Kerl die Halsschlagader aufschlitzen?«

»So explizit nicht, nein, ich war nur der Meinung, Jerry verdiene eine Abreibung.«

Jacob kräuselte die Stirn. »Also hast du wirklich was damit zu tun gehabt.«

»Ach, weißt du, wir haben uns einfach zusammengesetzt. Arthur hat ein wenig getrunken und mir von seinen Theorien erzählt. Ich hab die meiste Zeit nur zugehört. Na ja, gegen Ende war ich diejenige, die geredet hat, aber da lag er schon halb im Saufkoma.«

»Scarlett!«

Sie sah ihn fragend an. »Ja? Kommt da noch was oder schreist du jetzt nur noch meinen Namen?«

Jacob sprang auf. »Das ist kein Witz, Sca, du hast diesen Mann dazu gebracht, einen anderen zu töten.«

»Eigentlich habe ich nur …«

»Willst du, dass alles von vorne losgeht? Willst du, dass es so endet wie in St. Pit?«

Jetzt reichte es ihr, Scarlett stand ebenfalls auf. »Meinst du nicht, dass diese Leute es darauf angelegt haben? Schließlich sind sie es, die mich anstarren, als wäre ich ein ekelhaftes Insekt, und dich wie einen Kinderficker. Nicht ich habe mein Manuskript vor meine Tür gelegt, deine Scheibe habe ich auch nicht eingeschlagen, falls du dich erinnerst. Diese Leute wollen bestraft werden.«

»Hörst du dir eigentlich selbst zu?«

Scarlett senkte die Stimme und sagte beinahe zärtlich: »Du weißt doch, was ich bin, Jacob. Dennoch hast du dich entschieden, bei mir zu bleiben.«

Er seufzte und wandte sich ab.

»Mach mich nicht für deine Entscheidungen verantwortlich.

Früher oder später musste etwas passieren. So bin ich. Das ist meine Natur. Ich bin nicht gemacht für ein normales Leben. Für Idylle und Nachbarschaft. Ich bin ich. Akzeptier das oder eben nicht.«

Jetzt wandte er sich ihr wieder zu, sichtlich verletzt. »Du willst, dass ich gehe?«

»Das hab ich nicht gesagt, ich meine nur, dass du wissen solltest, worauf du dich eingelassen hast. Glaubst du etwa, ich hätte mich innerhalb dieser kurzen Zeit hier um 180 Grad gedreht und wäre jetzt ein braves Mädchen? Ich bitte dich, mach dich nicht lächerlich. Ich bin kein guter Mensch. Ich bin paranoid, gehässig, rachsüchtig und ich habe Spaß daran, das Leid anderer zu beobachten. Erinnerst du dich noch? Das bin ich! Du hast mein wahres Ich gesehen und du bist geblieben.«

»Ich weiß.«

»Ich dachte eigentlich, damit wäre die Sache geklärt, aber offenbar hat irgendein naiver Teil in dir geglaubt, dass ich mich ändern würde. Stimmt's?«

»Nein. Ich meine, mag sein. Keine Ahnung.«

»Tja Überraschung, Schatz, da hast du dich getäuscht.« Eine kurze Pause entstand. »Die Frage ist, Jacob, kannst du damit leben?«

Er antwortete nicht. Sie sahen sich eine Weile schweigend an, dann sagte er: »Ich gehe ins Bett.«

Im Wettlauf mit der Vergangenheit

Kapitel 14 – Hetzjagd

Chief Inspector Michael Masters biss gerade in ein Käsebrötchen, als er von der Schlägerei in Woodnock erfuhr.

»Beide tot«, sagte Wayne. »Der Obdachlose hat dem Typen den Hals aufgeschlitzt und verbluten lassen, danach ist er selbst zusammengebrochen. Vermutlich hat der Alkohol ihn ins Grab gebracht, er soll wohl sturzbesoffen gewesen sein, und das nicht zum ersten Mal. Der Obdachlose war in Woodnock bekannt. Schwafelte ständig was von Kobolden und Feen und so 'nem Mist.«

»Verstehe.«

»Ich glaub zwar nicht, dass das was mit deiner Verdächtigen zu tun hat, aber du wolltest ja alles wissen, was in dem Kaff so passiert.«

Masters lächelte. »Wenn in der Nähe von Scarlett Dyer schlimme Sachen passieren, dann hat sie immer etwas damit zu tun.«

Wayne schob die Unterlippe vor und nickte. »Okay? Und was hast du jetzt vor? Fährst du hin und nimmst das mal genauer unter die Lupe?«

»Noch nicht. Es ist noch zu früh, ihr gegenüberzutreten. Ich habe nichts in der Hand. Das wäre Zeitverschwendung.«

»Also warten wir.«

»Wir warten. Halt mich weiter auf dem Laufenden. Früher oder später wird sie einen Fehler machen und dann bin ich da.«

»Wird gemacht, Chief!«

Masters biss erneut in sein Brötchen. Kaute. Schluckte. »Allerdings dürfte es nicht schaden, die Police Scotland schon mal vorzuwarnen.« Er legte das Brötchen zur Seite und nahm stattdessen sein Diensthandy zur Hand.

»Aha«, sagte Wayne. »Damit die schon mal ein Auge auf sie haben und du nur noch zur rechten Zeit zuschlagen musst. Clever, clever, Chief Inspector.«

Masters lächelte und wählte.

* * *

Aleen faltete die Zeitung zusammen und legte sie neben sich auf die Parkbank. Es wurde ohnehin ständig nur über die gleichen grausamen Themen gesprochen: Mord, Leid, Naturkatastrophen. Die Welt war kaputt. Kein Wunder, dass so viele Menschen sich das Leben nahmen wie auch der Kerl aus dem letzten Artikel, den sie eben gelesen hatte. Er war tot in einer Gasse gefunden worden, nachdem er sich selbst mit einem Messer erstochen hatte.

Sie seufzte und blickte in den Himmel. Keine Wolke war zu sehen. Aber es wurde bereits hell und die Sterne verblassten.

Der Duft von Regen lag noch immer in der Luft und hinter ihr summten die Baumkronen eine leise Melodie.

Seit etwa einer Stunde saß Aleen auf dieser Bank und wartete. Zu ihren Füßen lag eine große, aber noch leere Reisetasche mit Rollen. Sie war zu früh dran, das war ihr klar, doch sie hatte nicht länger warten können. Inmitten der verlassenen Highlands wäre sie verrückt geworden. Also war sie hergekommen, hatte sich auf die Bank gesetzt und sich mit einer Zeitung abgelenkt.

Ihr Gewissen zerrte heftig an ihr. Es war kaum zu ertragen. Und doch wusste sie, was sie zu tun hatte. Die Zeit, die ihr blieb, nutzte sie, um sich seelisch darauf vorzubereiten.

Mit jeder Minute, die verstrich, fiel es ihr schwerer, ruhig sitzen zu bleiben. Ein Teil von ihr wollte aufspringen und einfach gehen. Was sie vorhatte, war Wahnsinn. Es würde nicht nur einem Menschen schaden, sondern vielen. Etwas, das vollkommen gegen ihre Natur war. Sie hatte für das Gute bereits Schlimmes getan, aber das? Dafür würde sie in die Hölle kommen.

Aleen holte zitternd Luft. Seit sie aufgestanden war – nicht, dass sie in der letzten Nacht viel geschlafen hätte – war sie von Übelkeit erfüllt gewesen. Es war, als würde jemand ihre Innereien immer wieder auseinanderziehen und zusammenpressen wie ein Kuchenbäcker, der einen Teig knetete.

War sie überhaupt dazu fähig? Konnte sie … ?

Aleen beugte sich vor und würgte trocken.

Es war fast so weit, dann würde sie es herausfinden. Nur noch eine Stunde, höchstens.

Sie richtete sich auf und wischte sich den kalten Schweiß von der Stirn.

Vielleicht sollte sie einfach gehen. Es würde andere Möglichkeiten geben. Neue Chancen.

Oder nicht?

Wenn sie jetzt einen Rückzieher machte, wie konnte sie dann sicherstellen, dass sie das nicht noch einmal tat? Womöglich im entscheidenden Moment?

Nein, sie durfte nicht gehen.

Oder?

Aleen betrachtete ihre Reisetasche. Eine neue Welle der Übelkeit schüttelte sie. Sie hielt sich den Bauch und beugte sich vor. Wieder würgte sie nur trocken.

»Ich kann das nicht«, hauchte sie.

Beinahe ruckartig erhob sie sich, schulterte ihre Reisetasche, wandte sich der Straße zu ...

... und erstarrte.

Da war er. Viel zu früh dran. Er radelte in ihre Richtung.

War das ein Zeichen? Es musste eines sein, sie durfte jetzt nicht nachgeben. Sie hatte eine Mission zu erfüllen. Langsam ließ sie die Tasche von ihrer Schulter gleiten.

* * *

Charlie Singer bemerkte erst, dass er vor sich hinpfiff, als er um die Kurve bog und durch eine Pfütze ins Schlittern geriet. Seine gespitzten Lippen verzerrten sich, das Fahrrad schlingerte einen Augenblick unter ihm, dann fand er die Kontrolle wieder. Er stieß erleichtert die Luft aus und schmunzelte. Seine Wangen glühten – nicht nur vor Anstrengung, wie ihm bewusst war – und sein Herz raste.

Normalerweise nervte es ihn, wenn jemand in seiner Gegenwart pfiff. Seine Mam tat das ständig. Heute war er es, der flötete. Das hatte er vorher noch nie getan.

Aber er war einfach zu glücklich.

Gestern hatte er Fiona Wilsons Hand gehalten. Die Hand von Fiona! Dem coolsten und hübschesten Mädchen der Schule! Klar, es war während einer Meditationsübung in der Klasse passiert, aber sie hatte ihn danach eindeutig angelächelt.

»Fiona. Fiona.« Charlie genoss es, den Namen wie eine Art Singsang vor sich her zu sprechen. Es war so ein schöner Name und er passte perfekt zum schönsten Mädchen der Welt.

Heute würde er sich endlich trauen!

Er würde an ihrer Tür klingeln und sie fragen, ob sie gemeinsam zur Schule fahren wollten. Vielleicht durfte er noch einmal ihre Hand halten.

Er grinste, konnte gar nicht anders.

»Fiona und Charlie. Charlie und Fiona.«

Steven hatte ihn heute Morgen noch damit aufgezogen, dass er schon so lange in Fiona verknallt war. Fast ein Jahr! Aber er war nur neidisch. Charlie hatte genau gesehen, dass auch Steven sie mochte. Er glotzte sie ständig an. Jeder mochte Fiona. Doch Steven war schon seit über zwei Wochen krank, er hatte nicht ihre Hand halten oder sie heimlich in der Cafeteria beobachten dürfen. Jetzt war er so was von neidisch. Ha!

Charlie zog sein Smartphone aus der Hosentasche und drückte auf den Knopf an der Seite, um sich die Uhrzeit anzeigen zu lassen. Er war früh dran. Zu Fiona war es gar nicht mehr weit, nur ein kleiner Umweg zur Schule. Er würde noch etwas warten müssen, bis er bei ihr klingelte.

Na, das machte nichts. Besser er kam zu früh als zu spät, sonst wäre sie schon weg, wenn er endlich den Mut aufbrachte, zu ihrer Tür zu gehen. Nein, so war es besser. So konnte er ein bisschen herumspringen und sich motivieren. Schließlich hatten er und Fiona noch nie richtig miteinander gesprochen. Er hatte sich nie getraut, sie anzuquatschen. Aber nach dem Lächeln gestern ...

Er versuchte, das Grinsen zu unterdrücken. Am Straßenrand stand eine Frau, die zu ihm rübersah. Die sollte ihn nicht für einen Irren halten. Er kannte sie, die Frau lief oft durch die Stadt. Sie sah gruselig aus, schien aber ganz nett zu sein. Trotzdem wollte er lieber schnell an ihr vorbei.

»Hey, Junge«, rief sie.

Charlie presste die Lippen aufeinander, wurde ein wenig langsamer und sah zu ihr rüber.

»Junge, magst du mir kurz helfen?« Sie deutete auf ihre Reisetasche, die genauso schwarz war wie ihre Kleidung.

»I-ich muss zur Schule.«

»Es dauert nicht lange, versprochen.«

Charlie warf einen sehnsüchtigen Blick geradeaus, dann fuhr er einen Schlenker und kam vor der Frau zum Stehen. Er hatte so was von keinen Nerv, ihr zu helfen, wobei auch immer. Fiona wartete schließlich auf ihn! Aber Dad sagte immer, es wäre wichtig, hilfsbereit zu sein. »Hilfst du anderen, helfen sie dir.« *Ach, Scheiße, Dad!*

»Was möchten Sie denn?«, fragte er.

»Bist du nicht Charlie? Der Junge von Gloria und Frank?«

»Jap.« Er nickte.

»Die zwei sind wirklich nett. Und ich wette, du bist ebenfalls ein netter Junge, Charlie.«

»Kann sein.«

»Ich möchte gerne zum Friedhof. Der liegt da vorne hinter dem kleinen Waldstück, kennst du ihn?«

Die Frau, Charlie meinte sich zu erinnern, dass sie Bridget hieß, deutete hinter sich. »Nein.« Charlie reckte den Hals. Ein Friedhof, cool! In Woodnock selbst gab es nur einen, der dort zählte wahrscheinlich schon zu Purrton Hill, wo sich auch seine Schule befand. Und Fionas Haus.

»Mein Mann liegt dort begraben, ich möchte ihm gerne ein paar Gestecke auf das Grab legen.«

Charlie betrachtete ihre Tasche. »Sind die da drinnen?«

»So ist es.«

»Wow, das müssen eine Menge sein.«

»Ach, nein. Ich hatte nur keine andere Tasche zur Hand. Bitte sei so gut und hilf mir, die Gestecke zum Friedhof zu tragen.«

Charlie zögerte. »Man kann ihn von hier gar nicht sehen. Ist er sehr weit weg?«

»Nein, nein, gleich da vorne. Die Bäume versperren die Sicht. Es dauert höchstens fünf Minuten. Sobald wir da sind, kannst du dich sofort wieder auf den Weg machen.«

»Hm. Okay.«

»Du bist ein wunderbarer Junge, Charlie, vielen Dank!«

Charlie umfasste den Griff der Reisetasche und stellte sich auf viel Gewicht ein. Als er sie anhob, wäre er beinahe damit umgefallen. Er stolperte. »Scheiße!« Ihm wurde klar, was er gerade gesagt hatte. »Tut mir leid. Das Ding ist ja voll leicht!«

»Ich sagte doch, es ist nicht viel. Aber meine Arthritis plagt mich und von meinem Rücken fange ich gar nicht erst an.«

»Fühlt sich an, als wäre sie leer.«

Bridget sagte nichts.

»Also, wo muss ich lang? Einfach da durch den Wald? Und dann … Geht's Ihnen nicht gut?«

»Wie bitte?«

»Sie, äh …« Er fuchtelte mit der Hand auf Höhe ihres Gesichtes herum. »Sie … Sie weinen.«

Erschrocken fuhr Bridget sich durch das Gesicht. »Es geht mir gut.«

»Okay, wenn Sie das sagen.«

»Geh nur vor, mein Junge.«

Charlie ging voran. Die Tasche war nicht nur leicht, sie klapperte auch gar nicht. Vermutlich befanden sich nur ein paar Kerzen oder so was darin. Er ging an der Parkbank vorbei Richtung Wald, in dem es offenbar keinen Wanderweg gab. Über ihn legte sich Bridgets Schatten.

* * *

Scarlett stützte den Kopf auf ihre Handflächen. »Ich weiß gar nicht, wieso wir heute überhaupt zur Arbeit gegangen sind. Es wird doch eh niemand kommen.«

Jacob, der dabei war, ein paar Spielzeuge in die Regale zu räumen, wandte sich ihr zu. »Den Laden dichtzumachen, ist auch keine Option. Davon abgesehen, dass es unseren finanziellen Ruin bedeuten würde, gäben wir den Leuten doch genau das, was sie wollen. Ich kann mir kaum vorstellen, dass das in deinem Sinne ist.«

»Ist es nicht. Aber hier rumzuhängen nervt trotzdem. Ich hätte viel mehr Lust, mehr über deine Drogeneskapaden zu hören.«

»Hör auf, okay?«

»Spielverderber.«

Er stellte das letzte Spielzeug ab und schlenderte mit in den Hosentaschen vergrabenen Händen zu Scarlett an den Tresen. »Es kommt überhaupt niemand mehr.«

Sie richtete sich auf. »Das wissen wir nicht. Warten wir einfach ab.« Vorsichtig fügte sie hinzu. »Allerdings wäre es nicht verkehrt, die Möglichkeit in Betracht zu ziehen, doch wie ein geprügelter Hund mit eingezogenem Schwanz zu deinem Dad zu gehen und ihm zu sagen, dass er die ganze Zeit über …«

»Auf keinen Fall! Ich bin es leid, von Dad abhängig zu sein. Irgendwie finden wir eine Lösung. *Ich* finde eine Lösung.«

»Na, viel Glück dabei. Wir haben jetzt jedenfalls Mittagspause. Endlich. Kam mir vor wie der Vormittag aus der Hölle.« Sie streckte sich.

Jacob zog seine Jacke hinter dem Tresen hervor. »Kommst du mit raus?«

»Kein Bedarf. Ich langweile mich hier weiter zu Tode.«

»Du könntest einfach mitkommen.«

»Und mich weiter angaffen lassen? Nein, danke. Ich überlege mir lieber unsere nächsten Schritte.«

Jacob schmunzelte. »Unsere, hm?«

»Meine. Du schaust einfach nur dem Profi bei der Arbeit zu.«

Er zog die Jacke über. Während er hinausging, ließ Scarlett sich auf ihren Hocker sinken. Sie betrachtete das provisorisch abgedeckte Loch in der Glasscheibe. Wegen der hohen Kosten für den Austausch der großen Fensterfront hatten sie vorerst darauf verzichtet.

Jacobs zerbrochener Traum.

Sie schnaufte. Die Leute würden schon noch ihr blaues Wunder erleben.

Draußen wurde Jacob von jemandem angesprochen. Es war Philipp Gunderson und er wirkte nicht sonderlich erfreut. Er gestikulierte wild, zwischen seinen Augenbrauen lag eine tiefe Furche. Was war da los?

Mehrere Männer gesellten sich dazu. Einige davon kannte Scarlett vom Sehen. Auch Bertram war darunter. Und der Bruder vom vermissten vorherigen Besitzer des Ladens – wie hieß er noch? Clive McDuck oder so. Nein, Clark. Er bäumte sich vor Jacob auf.

Scarlett erhob sich. Ihr gefiel nicht, wie sie ihn umringten und wie einige von ihnen gestikulierten. Die gedämpften

Stimmen wurden immer lauter. Im Hintergrund bemerkte Scarlett Frank Singer. Er sah aus, als hätte er eine Lebensmittelvergiftung.

Neben ihr auf dem Tresen lag Jacobs Smartphone. Sie nahm es sicherheitshalber in die Hand und bewegte sich auf die Tür zu.

Plötzlich verpasste Clark Jacob einen Kinnhaken, der taumelte und stieß gegen die Fensterscheibe – glücklicherweise, ohne etwas zu Bruch gehen zu lassen.

»Was zum ... ?« Scarlett riss die Ladentür auf. »Was soll das?«, brüllte sie, doch ihre Stimme ging im Wirrwarr unter. Mittlerweile waren so viele Leute da, dass sie wie eine Mauer wirkten.

»Scheiße, was ...«

Erneut traf ein Schlag Jacob ins Gesicht. Er sackte zu Boden. Dieses Mal war es Philipp gewesen, der ihm eine verpasst hatte.

Die Menge drängte sich enger um Jacob. Scarlett versuchte, sich hindurchzuquetschen und zu ihm zu gelangen. Schultern versperrten ihr den Weg.

Jetzt kamen die Leute in Bewegung, wogten immer mehr weg vom Laden und hin in die breite Fußgängerzone. Alle paar Sekunden erhaschte Scarlett freie Sicht auf Jacob, der getrieben wurde wie Vieh auf dem Weg zur Schlachtbank.

»Hey!«, rief Scarlett immer wieder. »Lasst mich durch, ihr Arschlöcher!«

Einige der Anwesenden hielten kleine Steine in der Hand. Sie wollten doch wohl nicht ...

Zu ihrer Erleichterung entdeckte Scarlett Harold, dem es

gelungen war, sich einen Weg durch die Masse zu bahnen und der sich nun schützend vor Jacob stellte. Obwohl er in Scarletts Richtung sprach, konnte sie ihn kaum verstehen. Sein Mund formte so etwas wie: »Was soll das?«

Jacob wollte aufstehen, aber Clark verpasste ihm einen festen Tritt in die Kniekehlen. Einige der Männer bewarfen ihn mit Steinen.

Harold hob abwehrend die Hände, da traf ihn ein Stein an der Schläfe und er sackte ebenfalls zusammen.

Scarlett schrie auf. Die anderen nahmen keine Notiz davon, sie waren zu fixiert darauf, Jacob zu steinigen.

»Kinderficker!«, rief jemand hinter ihr.

»Mörder!«, ein anderer.

Immer wieder stachen einzelne Stimmen hervor und keiner von den Leuten zeigte auch nur ansatzweise, dass er auf Jacobs Seite stand. Sie alle waren gegen ihn. Und wenn das so weiterging, würden sie ihn töten.

»Du hast ihn umgebracht!«, rief ein Mann neben Scarlett.

Sie wandte sich ihm zu, packte ihn am Kragen. »Wen? Wen soll er verdammt noch mal umgebracht haben?«

»Er hat den kleinen Singer ermordet«, antwortete stattdessen der Kerl neben ihm.

»Was?«, Scarlett konnte es nicht glauben. Diese Leute waren wahnsinnig! Sie suchte in der Menge nach Frank Singer, entdeckte ihn in einer der hinteren Reihen. Seine Miene war ausdruckslos. Bertram, der vor ihm stand, warf Jacob einen Stein an den Hinterkopf.

»Ihr verfluchten Wichser«, rief Scarlett und bemühte sich

erneut, einen Weg durch die Menge zu finden. Sie ließen sie nicht. »Jacob hat nichts getan!«

»Stopp!«, erklang eine dröhnende Stimme hinter ihr.

Sie fuhr herum, ebenso einige der anderen.

Ein Polizist! Gott sei Dank! Er stand breitbeinig da und hielt eine Hand am Halfter seines Revolvers. »Ich glaube, es hackt! Was soll das hier werden?«

Sofort brach ein wildes Durcheinander aus, alle redeten gleichzeitig drauflos.

Er hob die Hand. »Stopp, stopp, stopp, immer der Reihe nach. Lasst mich durch.« Der Polizist ging durch die Menge, die ihm mehr oder weniger bereitwillig Platz machte. Er kniete sich vor Jacob und ertastete seinen Puls. Dann erhob er sich wieder. Ihm fehlten offenbar die Worte. Mit erstauntem Gesicht betrachtete er die Menge.

»Kinderficker!«, rief jemand aus den hinteren Reihen.

Zustimmendes Murmeln folgte.

Harold kam benommen auf die Beine. Er hielt sich stöhnend den Kopf.

»Geht es Ihnen gut?«, fragte der Polizist.

»Gleich, ich muss nur ... Gott, mein Schädel.«

»Setzen Sie sich da vorne hin. Sie da, rufen Sie einen Krankenwagen, und zwar sofort! Und Sie«, der Polizist zeigte auf Clark, »erzählen mir genau, was hier vor sich geht, und lassen Sie bloß nichts aus.«

»Der Kerl hat den kleinen Charlie Singer ermordet!«

Zustimmende Rufe.

»Was?«, rief Scarlett. »So ein Schwachsinn!«

»Charlie Singer?«, fragte der Polizist. »Der Junge, der heute Morgen tot aufgefunden wurde, nachdem er nicht in der Schule aufgetaucht war?«

Erneute Rufe.

»Das ist unmöglich!« Scarlett trat vor, dieses Mal hielt sie niemand zurück. »Jacob war arbeiten und davor war er zu Hause. Ich war die ganze Zeit bei ihm, er war das nicht!«

»Lügnerin!«, brüllte jemand.

»Er ist ein Pädo«, rief ein anderer, was erneut für Chaos sorgte.

Der Polizist bemühte sich, die Menge zu beruhigen. »Das wurde bereits überprüft.« Er kämpfte gegen die sich nähernde Menge an. »Die Gerüchte stimmen nicht. Ey! Stopp, sofort aufhören! Dieser Mann ist kein Kinderschä...« Jemand verpasste ihm einen Stoß, er taumelte und verschwand inmitten der Menge.

Scarlett wurde ebenfalls wieder weggedrängt, sie kam einfach nicht dagegen an. Erneut begannen die Leute, auf Jacob einzutreten und ihm wilde Beschimpfungen an den Kopf zu werfen. Sie konnte ihn nicht mehr sehen, wusste nicht, ob er noch bei Bewusstsein war oder überhaupt noch lebte. Wenn das so weiterging ...

Ein ohrenbetäubender Knall ließ sie zusammenfahren. Die Menge teilte sich erneut, ein paar machten sich davon.

Der Polizist hielt seine Waffe in die Luft, sie rauchte. »Das war ein Warnschuss, aber wenn Sie sich nicht alle sofort beruhigen, muss ich zu anderen Mitteln greifen. Verstärkung ist bereits unterwegs.« Er wartete einen Moment, überschaute die Menge. »Dieser Mann hat nichts mit dem Tod des Jungen zu tun. Wir haben einen anonymen Anruf erhalten und die Einsatzkräfte waren schnell vor Ort. Der Junge war zu dem Zeitpunkt gerade mal ein paar Minuten tot. Wahrscheinlich war es ein Unfall. Und Jacob Dyer befand sich nicht vor Ort, weder vor noch nach dem Unglück, das versichere ich Ihnen.«

Scarlett runzelte die Stirn. Woher wusste der Kerl das so genau? Oder bluffte er nur, um für Ordnung zu sorgen?

»Er ist ein Kinderschänder!«

Das war Bertram. Scarlett konnte kaum fassen, wie viel Hass im Blick des sonst so freundlichen Mannes lag. Was hatten die Gerüchte von Willi nur aus diesen Menschen gemacht.

»Das wurde bereits hinreichend recherchiert und es gibt keine Beweise für diese Behauptungen.«

»Schwachsinn!«, rief Clark.

Plötzlich schoss Frank Singer vor und fiel regelrecht über Jacob her. Dadurch konnte Scarlett endlich sehen, in was für einem Zustand er sich befand. Jacob blutete stark am Kopf und war nicht bei Bewusstsein. Frank packte ihn am Hals und drückte zu. »Du hast meinen Jungen ermordet!«, kreischte er. »Du hast meinen Jungen ermordet!«

Zum ersten Mal verhielt sich die Menge vollkommen still. Einige blickten erschüttert drein, andere voller Gier. Sie alle wollten Jacobs Tod.

Der Polizist dagegen preschte vor und zog Frank von ihm runter.

Scarlett eilte zu ihrem Mann und kniete sich neben ihn. Er atmete noch.

Frank wand sich kurz im festen Griff des Officers, dann erschlaffte er. Es war, als wäre alle Energie, alles Leben aus ihm gewichen.

Erst jetzt bemerkte Scarlett, dass auch Gloria Singer da war. Sie stand beim Brunnen, die Hände an den Mund gepresst und heulte stumm.

»Wenn Sie nicht alle verhaftet werden wollen«, rief der Polizist mit seiner dröhnenden Stimme, »schlage ich vor, dass Sie nun nach Hause gehen.«

»Wie bitte?«, fragte Scarlett. »Sie lassen diese Leute einfach so gehen? Sie wollten ihn umbringen!«

»Wir werden dem später nachgehen, erst einmal muss Ihr Mann ins Krankenhaus.«

Endlich löste sich die Menschenmenge auf.

Harold gesellte sich zu Scarlett, an seiner Schläfe klebte getrocknetes Blut. »Wie geht es ihm?«

Sie schüttelte den Kopf. »Keine Ahnung.«

»Sie haben ihn ganz schön übel zugerichtet.«

In der Ferne hörte man bereits Sirenen.

Der Polizist stand nun ebenfalls neben ihnen. »Sie sollten sich auch untersuchen lassen«, meinte er zu Harold.

»Es geht mir gut.«

»Wie Sie meinen.« Er wandte sich ab und ging ein Stück in Richtung der nahenden Rettung, um sie zu empfangen.

»Wir müssen dringend reden«, sagte Scarlett.

Harold nickte. »Ich weiß.«

Jacob rührte sich unter Scarletts Händen, die sie behutsam auf seinen Bauch gelegt hatte.

»Hey«, sagte sie, »da bist du ja wieder.«

Er stöhnte vor Schmerz.

»Liegenbleiben, du kannst jetzt nicht aufstehen, Jacob. Der Krankenwagen ist gleich da.«

Die Wartezeit kam ihr endlos vor. Jacob verlor in diesen quälenden Minuten immer wieder das Bewusstsein.

Endlich kam der Krankenwagen vor ihnen zum Stehen. Sanitäter sprinteten heraus und legten Jacob auf eine Trage.

Sie machte Anstalten, mit einzusteigen, doch Jacob ergriff ihre Hand. Sein Griff war schwach. »Bleib hier.«

Seine Stimme war kaum mehr als ein Flüstern.

»Ganz bestimmt nicht«, erwiderte sie.

»Du musst auf den Laden aufpassen.«

»Jacob, niemand wird den Laden betreten, glaub mir. Es ist besser, wenn ich mit dir mitkomme.«

»Was, wenn sie alles zerstören?« Er hustete. »Bitte, Sca. Meine Spielzeuge.«

»Wir müssen jetzt wirklich los«, meinte einer der Sanitäter zu Scarlett.

Sie nickte. »Also gut. Ich komme später vorbei, ja?«

Jacob hauchte ein Danke, dann wurde er in den Krankenwagen geschoben. Scarlett sah ihm hinterher. Harold stand neben ihr.

»Heute Abend«, sagte sie zu ihm.

»Wir wollen euch hier nicht!«, rief eine Frau mit pinken Haaren, die Scarlett nie zuvor gesehen hatte.

Sie beachtete sie nicht weiter und ging zurück in den Laden.

* * *

Aleen stand im Schatten zweier Geschäfte verborgen und beobachtete alles ganz genau. Sie blinzelte die Tränen fort.

Der arme Jacob. Er hatte all das nicht verdient.

Genau wie Charlie.

Sie zückte ihr Smartphone, öffnete Friendsbook und löschte ihre Beiträge in der Woodnock-Gruppe. Als Letztes ging sie auf ihr Profil und deaktivierte auch das.

»Fast geschafft«, flüsterte sie.

Das Schlimmste war überstanden. Nun blieb nur noch, dabei zuzusehen, wie Olivia Lewis, nein Scarlett Dyer, sich selbst vernichtete.

Sie spazierte zum Laden, atmete ein paar Mal tief ein und aus, um vorzugeben, ein Stück gerannt zu sein, dann eilte sie hinein. Scarlett lief auf und ab wie ein Tiger im Käfig, sie hob kurz den Kopf, als sie die Ladentür hörte, hielt aber nicht inne, um Aleen zu begrüßen.

»Was ist passiert? Ich habe gehört, Jacob sei verprügelt worden.«

Scarlett saugte an ihrer Unterlippe, endlich hielt sie an und fuhr sich durchs Haar.

»Geht es ihm gut?«

»Fast umgebracht haben sie ihn. Er ist im Krankenhaus, ich fahre später hin, um zu erfahren, wie es ihm geht. Er wollte nicht, dass ich mitkomme, weil ich auf seinen tollen Laden aufpassen soll. Und welch Überraschung, du bist die erste Person, die reingekommen ist.«

»Das tut mir so schrecklich leid. Kann ich etwas tun?«

»Hast du Friendsbook?«

»Nein, ich habe nicht einmal ein Smartphone. Ich halte nicht viel von diesen Social-Media-Plattformen. Das Internet ist grausam, da gibt es zu viele toxische Menschen, die den ganzen Tag nichts anderes tun, als andere zu beschimpfen.«

»Wem sagst du das.«

»Mein Sohn hat mir viel darüber erzählt. Aber wieso fragst du?«

»Weil irgendein beschissenes Arschloch Gerüchte über uns verbreitet.«

Aleen glaubte, so etwas wie Schmerz in Olivias Miene zu erkennen. Es überraschte sie, schließlich war sie immer der Meinung gewesen, diese Frau fühle gar nichts. Wahrscheinlich war sie nur in ihrem Stolz verletzt. Aleen kratzte sich an der Stirn, um ihre Gesichtszüge zu kontrollieren und sich nichts anmerken zu lassen. »Ja, ich habe davon gehört. Furchtbar. Aber ich weiß, dass nichts davon wahr ist, schließlich habe ich euch zwei kennengelernt und ... Wo gehst du hin?«

Olivia öffnete die Ladentür und bedeutete Aleen, hinauszugehen. »Natürlich ist nichts davon wahr!« Aleen ging an ihr vorbei, Olivia schloss die Tür hinter ihnen ab. »Und ich habe keine Lust mehr, abzuwarten und nichts zu unternehmen. Scheiß auf den Laden, der bleibt jetzt erst mal zu. Däumchen drehen hat noch niemandem geholfen, man hat ja gesehen, wozu das führt.«

»Ja, ich ... Wenn ich irgendetwas für euch tun kann ...«

»Ich werde den Schuldigen schon finden.«

Olivia stapfte ohne ein Wort der Verabschiedung davon.

Aleen blickte ihr hinterher. Einige der Passanten beäugten Olivia eindringlich, eine Person, eine junge Frau mit Pferdeschwanz, die einen Kinderwagen vor sich her schob, sagte etwas zu ihr, das Aleens Ohren verborgen blieb. Olivia zeigte ihr den Mittelfinger.

Lächelnd vergrub Aleen ihre behandschuhten Hände in ihre Manteltaschen und machte sich auf den Weg zurück in ihre Höhle, um sich auf den finalen Akt vorzubereiten.

Kapitel 15 – Sackgasse

In der Nacht fand Scarlett kaum Schlaf. Ihre Schlaftabletten halfen nicht, sie wälzte sich nur unruhig hin und her. Als sie doch kurz in den Schlaf sank, träumte sie davon, wie sie Willi von der Klippe stieß. Sie drehte sich um – Jacob stand vor ihr. Sein Gesicht zeigte keine Regung, doch es war übersät mit Wunden und getrocknetem Blut. Sein Haar klebte ihm schlapp an der Kopfhaut und ein Auge war stark angeschwollen. Er hob die Arme und stieß zu.

Scarlett strauchelte, trat über den Abgrund und stürzte hinab, und während sie fiel, blickte Jacob ihr starr nach.

Schreiend wachte sie auf, rieb sich das Gesicht und stieß einen frustrierten Laut aus, der hinter ihren Handflächen gedämpft hervorquoll.

Den ganzen Nachmittag und Abend über hatte sie hin und her überlegt. Wer war dieser Willi auf Friendsbook? Wie konnte sie ihn überführen? Wie konnte sie diesen ganzen Arschlöchern, die vorgehabt hatten, ihren Mann zu steinigen, eine Lektion erteilen, die sie so schnell nicht vergaßen?

Wie?

Scarlett ging unter die Dusche, zog sich an und nahm ihren

Mantel vom Kleiderhaken, um bei einem Spaziergang den Kopf freizubekommen.

In St. Pit hatte sie einen Plan gehabt. Einen Plan, der über zehn Jahre lang gereift war. Jetzt hatte sie gar nichts.

Natürlich hatte sie Harold bereits gebeten, ihre Augen und Ohren zu sein für den Fall der Fälle, aber er hatte genauso wenig herausfinden können wie sie. Außerdem war er ein Irrer, der sich zu Hause eine Leiche hielt, als wäre sie ein Haustier. Kam das erst mal ans Licht – und früher oder später würde es das, so war es doch immer – konnte er ohnehin keine Hilfe mehr sein. Sie musste sich beeilen.

Wäre Willi doch nur noch da. Willi hätte sie unterstützt. Mit seiner Hilfe stünde Woodnock bereits in Flammen. Aber sie war allein. Wieder einmal. Jacob war nun ebenfalls nicht mehr an ihrer Seite und er würde es auch nie mehr sein. Es wurde Zeit für den Abschied.

Ein Krankenhausbesuch am Vorabend war nicht möglich gewesen. Eine Ärztin hatte gemeint, Jacob sei kaum zu Bewusstsein gekommen und musste nach seiner Ankunft sofort operiert werden. Das Krankenhaus würde sich melden, sobald er aufwache und bereit sei, Besuch zu empfangen.

Aber Scarlett hatte nicht vor, ihn erneut zu besuchen. Sie würde warten, bis er aus dem Krankenhaus entlassen wurde und es dann zu Ende bringen. Und anschließend würde sie diese Stadt zum Teufel jagen. Nur wie?

Das Talent, andere Leute zu manipulieren, war an sich eine gute Sache, aber nicht zu wissen, wen man manipulieren musste, war ein Problem.

Irgendwie musste es doch möglich sein, mehr zu erfahren und wenn sie am Ende selbst ein paar Morde begehen musste, dann war das eben so. Sie scheute sich nicht davor, jemanden mit eigenen Händen zu erwürgen, es war bisher einfach spaßiger gewesen, anderen dabei zuzusehen, wie sie sich gegenseitig die Köpfe einschlugen.

Doch zuerst würde sie durch die Straßen streifen. Mit gespitzten Ohren und wachem Blick. Sie würde tun, was Willi immer getan hatte. Da sein. Zuhören. Sehen. Das war ihr bei Arthur und Jerry gelungen, es würde wieder funktionieren.

Das einzige Problem war, dass sie nicht so unsichtbar war wie Willi. Kaum jemand nahm Notiz von einem Obdachlosen. Er hatte neben einer Person stehen können, ohne bemerkt zu werden. Sie dagegen … Ganz Woodnock tuschelte über sie, starrte sie an. Unbemerkt zu bleiben, konnte schwierig werden.

Es war nicht leicht, allein zu arbeiten.

Aber letztlich war Scarlett die meiste Zeit ihres Lebens allein gewesen.

Ohne es richtig zu bemerken, war sie zur Fußgängerzone gegangen. Jacobs Laden war kaum fünfzig Meter von ihr entfernt. Es regnete nicht, daher wimmelte es hier nur so von Menschen. Das könnte ein Vorteil sein, so konnte sie mit der Masse verschmelzen.

Vor dem Laden blieb sie stehen.

Jemand hatte mit roter Sprühfarbe »Verschwindet« auf die Fensterfront geschrieben.

Scarlett ballte die in ihren Manteltaschen vergrabenen Hände zu Fäusten. Der Drang, einfach hineinzuschlagen, durchflutete sie.

»Es tut mir leid.«

Scarlett fuhr zusammen.

Bertram hatte sich zu ihr gesellt. Er blickte ebenfalls auf die Schmiererei. »Es war falsch, was da mit Jacob passiert ist. Ich weiß selbst nicht, wie es dazu hat kommen können. Was wir getan haben, war zu viel und ich schäme mich dafür.«

Scarlett erwiderte nichts.

»Ich habe ein wenig nachgedacht und bin zu dem Schluss gekommen, dass Jacob nicht schuldig sein kann. Ich habe am Morgen gesehen, wie ihr beide auf dem Weg zur Arbeit das Haus verlassen habt. Ich saß am Fenster und habe Tee getrunken. Und bei meinem morgendlichen Spaziergang bin ich zur Fußgängerzone gegangen und habe euch im Laden gesehen. Er hatte gar keine Möglichkeit, diesen armen Jungen zu ermorden.«

»Diese Erkenntnis kommt ein wenig spät.«

»Ich weiß.« Er ließ den Kopf hängen. »Wir alle sind auf ein Gerücht reingefallen. Ich zweifle mittlerweile daran, dass überhaupt etwas an der Behauptung dran ist. So wie ich mittlerweile daran zweifle, dass die Erzählungen über dich wahr sind, Scarlett. Jemand hat sich einen Streich erlaubt. Keinen guten.« Er hob wieder den Kopf. »Ich hoffe, ihr beide könnt mir eines Tages verzeihen.«

Scarlett überlegte einen Moment, ob sie etwas erwidern sollte. Etwas Scharfzüngiges vielleicht, doch ihr fiel einfach kein gelungener Spruch ein.

Stattdessen wandte sie sich wortlos von Bertram und der Schmiererei ab und entschied, doch wieder nach Hause zu gehen. Es hatte keinen Zweck. Bis Jacob aus dem Krankenhaus entlassen wurde, hatte sie nicht genug Zeit, einen makellosen Racheplan auszutüfteln. Schon gar nicht, wenn sie Leute einkalkulieren musste, die nicht mit hineingezogen werden sollten. Wie Bridget und Harold. Und ja, auch Bertram. Ihr blieb generell nicht mehr viel Zeit. Es war besser, sich auf die Identität von Willi zu konzentrieren.

Scarlett beschloss, Harold zu sich einzuladen. Er mochte ein Spinner sein, aber zumindest stand er hinter ihr. Sie würden ein bisschen recherchieren und ein bisschen brainstormen.

Ich finde heraus, wer du bist. Und dann werde ich dich mit mir in den Abgrund reißen!

In der Logh Street kam ihr der Polizist entgegen, der die Steinigung verhindert hatte. Er blieb stehen, als Scarlett an ihm vorbeiging, und grüßte knapp. Sie erwiderte den Gruß, ohne langsamer zu werden. Als sie sich in ihrer Einfahrt zu ihm umdrehte, blickte er noch immer zu ihr herüber.

* * *

»Gesteinigt?«, fragte Chief Inspector Michael Masters und setzte sich auf.

»Fast. Es hat nicht mehr viel gefehlt«, erwiderte Constable Young am anderen Ende der Leitung. Der Mann war neuerdings Masters' direkter Draht nach Woodnock. »Ich musste sogar einen Warnschuss abgeben, um die Leute davon abzuhalten. Es war wie im Mittelalter.«

»Und Dyer?«

»Sie wollte ihm helfen. Sah zumindest danach aus, auf mich wirkte es nicht, als hätte sie ihre Verzweiflung gespielt.«

»Seien Sie vorsichtig, Young. Diese Frau ist gut.«

»In Ordnung. Bei ihrem Haus sieht alles ruhig aus, sie ist wohl unterwegs.«

»Versuchen Sie sie so gut es geht, im Auge zu behalten. Und halten Sie mich auf dem Laufenden.«

»Natürlich.«

Masters legte auf und lehnte sich mit im Nacken verschränkten Händen zurück. Wie schaffte diese Frau es nur immer wieder, dass solche ungewöhnlichen Dinge um sie herum passierten? Sie musste nicht nur erfüllt vom reinen Bösen sein, sie diente offenbar auch als eine Art Magnet für alles Unreine.

Masters spürte, dass es bald an der Zeit war, einzugreifen. Nur noch ein wenig Geduld.

* * *

Es läutete. Scarlett erhob sich vom Sofa und ging zur Tür. Der Kopf tat ihr vom vielen Grübeln weh. Sie rieb sich die Schläfen. Harold hatte sich ja ganz schön Zeit gelassen.

Sie öffnete die Tür und erstarrte.

Nicht Harold stand vor ihr, sondern Frank und Gloria Singer. Die Zornesfalten und verzerrten Münder deuteten an, dass sie nicht gekommen waren, um Hallo zu sagen. Franks

Blässe war einem feurigen Rot gewichen. Gloria dagegen sah aus, als hätte sie ein ganzes Jahr nicht mehr geschlafen.

»Ihr habt unseren Sohn ermordet«, presste Frank zwischen zusammengebissenen Zähnen hervor.

»Wir haben Charlie nichts getan. Er war einmal bei uns im Laden, Jacob hat ihm ein paar Spielzeuge gezeigt, das ist alles.«

»Du lügst doch!«

»Vielleicht solltet ihr das Willi sagen.«

»Wie bitte?«

»Von dem habt ihr diese wilden Behauptungen doch. Habt ihr schon mal darüber nachgedacht, dass der Kerl Lügen erzählt? Habt ihr euch schon mal sein Profil angesehen? Es wurde kurz vor dem Post über mich erstellt. Nicht wir sind die Lügner, Frank, sondern er ist einer.«

»Nein«, er schüttelte den Kopf, »nein, das ist nicht wahr.« Jetzt brüllend: »Es ist nicht wahr!«

»Und was habt ihr jetzt vor, Frank? Wollt ich mich hier auf meiner Türschwelle umbringen?«

Frank wirkte mit einem Mal verunsichert. Wahrscheinlich wussten beide nicht, was sie hier überhaupt wollten. Aber er überraschte Scarlett, indem er aggressiv den Hals reckte und mit dem Finger auf sie zeigte. »Ihr hättet nie hierher ziehen dürfen, du und dein Kinderficker. Ihr solltet verschwinden, bevor wir dafür sorgen.«

Gloria schluchzte auf. »Ihr habt mein Baby ermordet. Ihr habt ihn ermordet!« Ihre Stimme wurde immer hysterischer. Auch Frank schrie, die Stimmen überlappten sich, preschten auf Scarlett ein wie eine Gewitterfront. Sie wich ein Stück zurück. So viel Zorn. So viel Verzweiflung. Diese Menschen waren definitiv fähig, einen Mord zu begehen. Instinktiv schlug sie ihnen die Tür vor der Nase zu, lehnte sich mit dem Rücken dagegen und schloss die Augen.

Eine Weile lang drangen noch immer die wütenden Stimmen des Paares durch die Tür, zwar gedämpft, aber weiterhin erschreckend laut. Dann wurde es still.

Scarlett rieb sich das Gesicht und ging in die Küche. Während sie beobachtete, wie die Singers sich entfernten – Frank musste Gloria stützen – näherte sich Harold. Er wandte sich zu den Singers um, dann kam er die Auffahrt herauf.

Scarlett öffnete ihm.

Mit dem Daumen deutete er hinter sich. »Was … ?«

Sie schüttelte nur den Kopf, ließ ihn reinkommen und schloss sofort wieder die Tür. »Verrückt! Sie sind alle verrückt!«

Im Wohnzimmer setzte Harold sich auf die Couch, Scarlett blieb stehen.

»Wie geht es Jacob?«

»Gib mir dein Handy.« Sie streckte fordernd die Hand aus.

Harold widersprach nicht, sondern reichte es ihr kommentarlos.

Sie musste es nicht entsperren – manchmal überraschte es sie, wie naiv und unvorsichtig Harold war – und öffnete ohne Umwege die Friendsbook-App. »Es ist weg.«

»Was meinst du?«

»Alles! Er hat die Beiträge gelöscht und das verdammte Profil.« Sie scrollte hektisch hin und her. »Alles weg.« Fluchend warf sie Harold sein Handy zu. Es gelang ihm gerade so, es aufzufangen, ohne dass es ihn an der Nase traf.

Wie sollte sie jetzt noch Anhaltspunkte finden?

Scarlett presste die Fäuste vor die Augen und stieß einen frustrierten Laut aus, wie so oft in letzter Zeit. Sie hatte es so satt. Alles! Sie hatte es satt, dauernd angestarrt zu werden, hatte es satt, nicht zu wissen, was als Nächstes passieren würde, hatte es satt, vollkommen die Kontrolle verloren zu haben. Sie musste diesen Mistkerl ausfindig machen, bevor alles zu spät war. Bevor sie keine Gelegenheit mehr dazu bekam.

»Scary, hey, lass mich dir …«

Es läutete.

Scarlett sah auf und tauschte einen Blick mit Harold. Dann verließen beide das Wohnzimmer, aber statt direkt zur Tür zu gehen, machte sie einen Schlenker in die Küche und griff sich ein Messer aus dem Halter.

»Scarlett«, zischte Harold, »was tust du da?«

»Dient nur als Absicherung. Schau, ich hab's nicht einmal in der Hand.« Sie steckte es in ihre hintere Hosentasche. Jetzt stapfte sie zur Tür, darauf gefasst, erneut angeschrien oder gar angegriffen zu werden. Schwungvoll öffnete sie sie – niemand da. Harold spähte über ihre Schulter.

Scarlett trat auf die Türschwelle und schaute sich um. »Ein beschissener Klingelstreich.« Sie ging wieder ins Haus und ließ die Tür hinter sich zuknallen. »Es reicht mir! Glauben die etwa, die können das mit mir machen?«

»Wer, Scarlett?«

»Na alle! Sie alle, diese ganze verfluchte Stadt!« Sie machte eine ausladende Handbewegung. »Diese Leute halten mich für eine Mörderin, sie warten darauf, dass ich etwas anstelle, und weißt du was, Harold? Sie wissen nicht, zu was ich wirklich fähig bin. Aber das werden sie schon noch.«

»Scarlett …«

»Ich werde sie alle …«

Erneut läutete es.

Scarlett zückte das Messer.

Harold schrie erschrocken auf.

»So, es reicht.« Mit großen Schritten und vor sich gehaltener Klinge ging sie zurück zur Tür.

Harold rief wieder ihren Namen, um sie davon abzuhalten.

Scarlett riss die Tür auf, hielt das Messer über ihren Kopf, bereit zuzustechen und rief: »Lasst uns gefälligst in …«

Bertram Dunkin riss die Augen auf. Er hob abwehrend die Hände und stolperte zurück. Dabei strauchelte er über die eigenen Füße, stürzte und landete mit dem Kopf auf einem Stein. Regungslos blieb er liegen. Aus seinem Hinterkopf quoll Blut.

Scarlett stand noch immer mit erhobenem Messer da. Sie begriff nicht, was gerade geschehen war.

»Scheiße«, fluchte Harold hinter ihr. Er drückte sich an ihr vorbei, schaute sich nach möglichen Augenzeugen um, dann blickte er zu Scarlett hoch. »Hilf mir!«

Langsam ließ sie das Messer sinken. Es rutschte ihr aus der Hand und landete neben ihren Füßen.

»Scarlett, verdammt noch mal! Hilf mir, ihn reinzutragen. Los!«

Endlich erwachte sie aus ihrer Starre. Sie packte Bertrams Beine, Harold umfasste seinen Oberkörper und gemeinsam schleppten sie ihn in den Flur. Scarlett stieß mit dem Fuß die Tür zu.

Sie ließen Bertram sinken. Er blutete noch immer. Scarlett kroch zu ihm und bettete seinen Kopf auf ihren Knien. »Wir müssen einen Krankenwagen rufen.«

Bertram starrte sie an, er versuchte zu sprechen. Seine Lippen bewegten sich leicht, heraus kamen ächzende Laute.

»Und was sagen wir denen?«, fragte Harold.

»Es war ein Unfall.«

»Scarlett, die Leute haben dich schon auf dem Kieker. Wenn jetzt auch noch Bertram, den ganz Woodnock kennt und liebt, ausgerechnet vor deiner Haustür einen Unfall hat, was glaubst du, werden die Leute denken?«

»Du hast recht. Du hast recht.« Ihre Nase lief, sie zog sie hoch. »Er wird schon wieder. Du wirst wieder, Bertram, das ist nur eine Platzwunde.« Zu Harold sagte sie. »Geh ins Bad, da liegt Verbandszeug.«

Er rührte sich nicht. Fasziniert starrte er Bertram an.

»Mach schon!«

Bertram blickte weiter zu ihr hoch, er schüttelte kaum merklich den Kopf, plötzlich wurde sein Blick leer.

»Bertram?«, fragte Scarlett. »Hey, Bertram.« Sie tätschelte ihm die Wange, an ihren Fingern klebte Blut. Warum zum Henker war da so viel Blut! Er war doch nur gestolpert!

Harold kniete sich neben sie. Er drehte Bertrams Kopf in seine Richtung, um ihm in die Augen sehen zu können. Auf seinen Lippen lag ein leichtes Schmunzeln.

Scarlett ließ die Schultern sinken. »Was habe ich getan?«

Das weckte Harold aus seiner Trance. Er begann, beruhigend auf Scarlett einzureden. Sagte, er kümmere sich schon darum, sie müsse sich keine Sorgen machen. Sie hörte ihn kaum. Ihr ganzer Körper fühlte sich an wie ausgehöhlt und sie schien neben sich her zu schweben.

»Was habe ich getan«, flüsterte sie erneut.

Bertram war ein guter Mensch. Er verdiente so einen Tod nicht. Er war unschuldig. Wie hatte das passieren können?

Vor ihrem Auge blitzte das Gesicht von Willi auf. Er biss herzhaft in ein Brötchen und grinste dabei.

»Nicht schon wieder«, sagte sie. »Nicht schon wieder.«

Kapitel 16 – Jacob kommt nach Hause

Schon wenige Tage später erfuhr Scarlett von Jacobs Entlassung aus dem Krankenhaus. Er würde im Laufe des Mittags nach Hause kommen.

Es war vorbei. Sie hatte versagt, den Schuldigen zu finden und obendrein einen Unschuldigen in den Tod getrieben. Vielleicht war es besser so. Vielleicht war es an der Zeit, die Rachepläne zu vergessen.

Harold hatte – nachdem er sich um Bertrams Leiche gekümmert hatte – angeboten, die Nacht bei ihr zu verbringen, doch Scarlett hatte abgelehnt. Sie hatte allein sein wollen und sich die nächsten Tage lediglich hier ein paar Mal mit ihm getroffen, um ihren abschließenden Plan zu vollenden. Die Einsamkeit hatte ihr nur noch mehr Albträume gebracht, in denen dieses Mal auch Bertram eine Rolle gespielt hatte.

Er hatte sie einfach nur angestarrt. Sonst nichts. Aber dieser Blick, ein Blick, der sagte, dass alles ihre Schuld gewesen war, war schlimmer als alle anderen Albträume zuvor.

Jetzt saß Scarlett noch im Schlafanzug auf ihrem Bett und war erfüllt von einer Schwere, die ihr vollkommen fremd war. Ihr fehlte der Elan, sich anzuziehen oder duschen zu gehen.

Sie würde einfach warten, bis Jacob kam und es dann zu Ende bringen.

Nach einer Weile erhob sie sich allerdings doch. Ihre Blase drückte. Also ging sie zur Toilette und kehrte anschließend ins Schlafzimmer zurück. Ihr Nachttisch fiel ihr ins Auge. Sie öffnete die Schublade und holte ihr Manuskript hervor.

Nachdem sie es vor ihrer Türschwelle gefunden hatte, hatte sie es verstaut und nicht mehr angerührt. Jetzt begann sie, darin herumzublättern.

Sie wusste noch genau, wie viel Spaß es ihr gemacht hatte, diese Seiten zu tippen. Von all dem Leid zu berichten, das sie in St. Pit verursacht hatte. Anfangs hatte sie nicht einmal die Namen der betroffenen Personen verändert, aber nachdem Jacob ihr die Flausen ins Hirn gesetzt hatte, den Roman irgendwann zu veröffentlichen, hatte sie sich doch dafür entschieden.

Auch jetzt noch spürte sie keinen Anflug von Reue, wenn sie einzelne Passagen las. Diese Menschen hatten verdient, was ihnen widerfahren war. Jede Sekunde davon.

Was Scarlett jedoch überkam, war Verwirrung. Willi hatte sich die Mühe gemacht, das Manuskript aufzutreiben, es unbemerkt vor ihre Türschwelle zu legen und dann was? Seitdem war nichts weiter damit passiert. Weder war die Polizei da gewesen noch hatte es einen Friendsbook-Post darüber gegeben. Sollte es nur dazu gedient haben, Scarlett zu verunsichern? So viel Aufwand, um das Manuskript dann doch nicht gegen sie zu verwenden? Möglicherweise kam der große Knall erst noch.

Scarlett hatte das ungute Gefühl, dass Willi mit seinem

Plan, sie fertigzumachen, längst nicht am Ende war. Die Zeit für das Manuskript war wahrscheinlich einfach noch nicht gekommen.

Erneut blätterte sie durch die Seiten, dieses Mal langsamer. Sie führte sich jeden einzelnen Schritt ihres Racheplans vor Augen und verdammt, tat das gut. Zu diesem Zeitpunkt hatte sie die volle Kontrolle über einfach alles gehabt. Alles war genau nach Plan verlaufen. Dass irgendwann mal ein Dämpfer kam, war nur eine Frage der Zeit gewesen. Natürlich hatte es einen Moment gegeben, wo alles aus dem Ruder gelaufen war, aber am Ende hatte Scarlett die Kontrolle zurückerlangt.

Dieses Mal erschien ihr das unmöglich. Zumal sie nicht die Ausführende des Plans war, sondern das Opfer.

Scarlett schnalzte mit der Zunge. Ein Opfer. Sie hasste dieses Wort. Es klang nach Schwäche und Hoffnungslosigkeit.

Sie hatte ihren Schwur gebrochen. Nie Schwäche zu zeigen, immer zu kämpfen und stets die Kontrolle zu behalten. Stattdessen plante sie jetzt, eine Hintertür zu benutzen, die in eine Sackgasse führte.

Aber zumindest würde sie Jacob weiteres Leid ersparen. Er war zwar eine Nervensäge, aber ein guter Kerl. Unschuldig. Er hatte Besseres verdient als sie.

Scarlett blätterte auf die nächste Seite. Diese Szene handelte vom Tod eines Miststücks, das zugesehen hatte, wie sie beinahe vergewaltigt worden war. Willi hatte ihr genaustens von ihrem Ableben erzählt und Scarlett hatte es äußerst schade gefunden, nicht vor Ort gewesen zu sein. Es wäre sicherlich ein fantastischer Anblick gewesen.

Einen leicht bitteren Nachgeschmack hatte Ellas Tod zwar gehabt, schließlich war die kleine Emilie damit zur Waise geworden, aber letztlich war sie bei ihrer Freundin Alex und deren Mutter Irene untergekommen und hatte damit ein viel besseres Leben erwischt. Ella hätte es bloß verkackt. Eine gute Mutter war sie weiß Gott nie gewesen.

Ob es Emilie und Alex gut ging? Scarlett sah sie noch immer oft in ihren Träumen. Zwei kleine Mädchen, die ihr – auch wenn sie das niemals zugeben würde – im Laufe der Zeit ans Herz gewachsen waren. Scarlett hatte damals alles dafür getan, dass es die beiden besser haben würden. Sie hatte dafür gesorgt, dass Alex' gewalttätiger und fanatischer Vater eine Abreibung erhielt, von der er sich nicht mehr erholte, und sie hatte Emilie von ihrer sie erdrückenden Mutter befreit.

Sie war freiwillig von ihrem Plan abgewichen, etwas, das ihr im Harrison-Hill-Hospital noch unmöglich vorgekommen war. Damals hatte es nur ihr Ziel gegeben. Eine gerade Linie ohne Umwege. Aber manchmal traf man eben doch auf Menschen, die keine Arschlöcher waren und die ebenfalls viel Scheiße erlebt hatten, genau wie Scarlett, und diese Menschen verdienten eine Chance.

Scarlett blätterte um, wo sich links die Sterbeszene fortsetzte. Auf dem sonst makellosen weißen Papier fiel ihr ein brauner Fleck ins Auge. Sie strich mit dem Zeigefinger darüber. Ein Fingerabdruck!

Scarlett rückte ein Stück zurück, hob die Beine und setzte sich in einen Schneidersitz. »Mal schauen, was es sonst noch so zu entdecken gibt.«

Sie bemerkte ein paar Stellen, an denen sich das Papier leicht wellte. Langsam dämmerte ihr etwas.

»Oh.«

* * *

Aleen hatte bereits vor einigen Tagen von Bertrams Tod erfahren. Er sollte mitten auf der Straße einem Herzinfarkt erlegen sein. Aber sie wurde das Gefühl nicht los, dass Olivia etwas damit zu tun gehabt hatte. Schließlich war er dabei gewesen, als Jacob beinahe gesteinigt worden war, und Aleen hatte Olivia und Bertram einige Zeit danach vor Jacobs Laden gesehen. Sie hatten sich über irgendetwas unterhalten. Olivia hatte nicht glücklich ausgesehen. Sicher hatte sie ihn zu sich gerufen und umgebracht und dann irgendjemanden in der passenden Position manipuliert, es wie einen natürlichen Tod darzustellen. Einen Rechtsmediziner oder Arzt.

Wenn Olivia, nein Scarlett, eines konnte, dann manipulieren, die Leute dazu bringen, Dinge zu tun, die gegen ihre Natur waren. Das wusste sie aus den Erzählungen der St. Pitler. Zudem war Scarlett schon sonderbar gewesen, als sie noch Olivia Lewis gewesen war. Aleen hatte es nie gutgeheißen, dass Willi sich mit ihr abgegeben hatte. In dieser Frau gab es nicht einen Funken Gutes. Wenn sie Bertram auf dem Gewissen hatte, würde Aleen es herausfinden und sie dafür büßen lassen. Sie wusste noch nicht wie, denn das war ein unvorhergesehener Aspekt in ihrem Plan, aber sie würde es tun.

Für Bertram!

Ein so freundlicher Mann wie er verdiente Gerechtigkeit. Es waren schon genug unschuldige Menschen gestorben.

Aleen ging Scarletts Einfahrt hoch und läutete. Es war bereits das dritte Mal, dass sie vor ihrer Tür stand, aber Scarlett hatte nicht aufgemacht.

Dieses Mal verkroch sie sich nicht. Langsam und vorsichtig spähte sie zunächst durch einen Schlitz ihrer Tür, dann öffnete sie sie ganz. »Bridget, was machst du denn hier?«

»Hast du es schon gehört? Der arme Bertram ist tot.«

Über Scarletts Gesicht huschte ein Schatten. »Komm rein.«

Sie gingen in die Küche und setzten sich.

»Möchtest du was trinken? Kaffee? Tee?«

»Nein danke.«

»Gut, ich habe ohnehin nichts im Haus, fällt mir gerade ein. Ich müsste mal einkaufen.« Scarlett wirkte ein wenig zerstreut.

Es kam selten vor, dass sie menschliche Züge zeigte und jedes Mal, wenn es geschah, überraschte es Aleen aufs Neue. »Alles in Ordnung?«

»Ja, Jacob kommt heute nach Hause.«

»Das sind ja wunderbare Neuigkeiten!« Gott sei Dank, er hatte überlebt. Bei dem Gedanken daran, was ihm passiert war, versetzte es Aleen einen Stich.

»Ja.«

Aleen musterte Scarlett ganz genau. Wo blieben ihr Charme und der unangebrachte Humor? Sie sah blass und krank aus, trug sogar noch ihren Pyjama und schien gar nicht richtig da zu sein.

Es fiel Aleen schwerer und schwerer, die Fassung zu wahren. Am liebsten wäre sie aufgesprungen und durch die Küche getanzt. Sie hatte es geschafft! Sie hatte Scarlett Dyer gebrochen.

»Bertram soll einen Herzinfarkt gehabt haben«, sagte Aleen ganz unvermittelt.

»So?«

»Mhm. Anscheinend auf offener Straße einfach zusammengeklappt. Furchtbar, er war so ein netter Mensch.«

»Das war er.«

»Und du hast noch nichts davon gehört? Es ist in aller Munde.«

»Ist ja nicht so, als würden die Leute momentan gerne mit mir sprechen.«

Da war nicht eine Spur von Überraschung in Scarletts Mimik. Sie wusste eindeutig mehr, als sie zugab. »Das stimmt natürlich. Tut mir sehr leid, Scarlett.«

»Ach, scheiß auf die.«

»Es ist nur so, dass es mich überrascht. Bertram wirkte nicht wie jemand mit Herzproblemen. Nun, er hat mir gegenüber mal angemerkt, dass er Blutverdünner nehmen musste, aber das ist alles. Er machte einen vollkommen gesunden und für sein Alter fitten Eindruck auf mich.«

»Na ja, er war alt.« Scarlett verschränkte die Hände vor der Brust und presste leicht die Lippen aufeinander.

Aleen unterdrückte ein Lächeln. Es war Scarlett unangenehm, über Bertram zu reden.

Diese verlogene kleine ...

»Wie geht es dir? Wirklich, meine ich. Es muss hart sein,

von den Leuten wegen ein paar lächerlicher Gerüchte gemieden zu werden.«

Scarlett zuckte die Achseln. »Och, das ist nicht das erste Mal für mich. Damit komm ich klar.«

»Wirklich?« Aleen beugte sich leicht vor. *Zeig ihn mir, Scarlett. Zeig mir deinen Schmerz, ich will ihn sehen.*

»Jacob geht es übrigens gut. Er soll noch Schmerzen haben und ist natürlich nicht ganz fit, aber diese Irren haben ihn wenigstens nicht umgebracht.«

Aleen lehnte sich wieder zurück und nickte. »Jacob ist wirklich ein toller Mann. So loyal.«

Scarlett schmunzelte. »Erstaunlich, dass er noch nicht schreiend weggerannt ist, was?«

»O nein, so war das nicht gemeint. Es ist nur ... Wenn ich meine Ehe mit eurer vergleiche ...«

Jetzt war es Scarlett, die sich interessiert vorbeugte. »Du hast mir nie von ihm erzählt.«

»Da gibt es nicht viel zu erzählen. Er war ein gewalttätiger Mistkerl. Er hat mir das Leben zur Hölle gemacht und mich entstellt.«

»Was hat er deinem Gesicht angetan?«

»Es zerschnitten. Mit einer Glasscherbe. Davor hat er es mal verbrannt, indem er mir einen Teller voll heißer Suppe ins Gesicht warf. Und hier ...«, sie zeigte auf eine Stelle unterhalb ihres Kinns, »... hat er eine Zigarette ausgedrückt.«

Aleen überraschte es selbst, dass sie Scarlett so bereitwillig davon erzählte, aber wenn sie ehrlich war, tat es gut, darüber zu reden.

All die Jahre hatte sie niemandem ein Sterbenswörtchen über ihre Ehe erzählt, sie hatte alles in sich hineingefressen. Von ihren Erlebnissen zu sprechen, fühlte sich an, als würde etwas von ihr abfallen.

Nicht nur ein Gewicht, nein, auch ... war das Schuld? Ja, wenn sie genauer drüber nachdachte, hatte sie sich doch immer die Schuld an allem gegeben. Irgendetwas an und in ihr musste ihn dazu getrieben haben, so zu werden, oder? Und sie war diejenige, die entschied, in dieser Horrorehe zu bleiben, statt schleunigst die Sachen zu packen.

Sie hatte zugelassen, dass er ihren Sohn verstieß, nachdem Willi nach seinem Unfall einen Hirnschaden davongetragen hatte. Sie hatte nicht darum gekämpft, ihn weiter bei sich zu behalten. Als Mutter hatte sie versagt. Sie hatte zugelassen, dass Scarlett sich ihrem Sohn näherte, hatte zugelassen, dass sie ihn von der Klippe stieß – zweimal. Beim zweiten Mal tödlich. Sie hätte da sein müssen. Stattdessen hatte Aleen geglaubt, ihre gerechte Bestrafung zu erhalten, indem sie sich weiter von ihrem Mann halb umbringen ließ.

»Bridget?«

Aleen blickte auf. »Hm?«

»Du wirktest wie in Trance, alles okay?«

»Ja, ich habe nur ...«, sie kicherte verlegen. Dann wedelte sie mit der Hand. »Erinnerungen. Keine schönen.«

Scarlett nickte. »Wie lange wart ihr verheiratet?«

Wieder kicherte Aleen. »Zu lange. Er war mein erster Freund, der Mann, der mich entjungfert hat und den ich geheiratet habe. Ich wusste schon früh, dass unsere Beziehung toxisch war, aber anfangs dachte ich immer, es würde bestimmt irgendwie gut werden, es wäre nur eine Phase. Dann gab es da diesen Moment – an einem Abend brach er mir das Handgelenk und vergewaltigte mich anschließend – als ich beschloss zu verschwinden. Aber ich zögerte und dann erfuhr ich von meiner Schwangerschaft. Also blieb ich.«

»Scheiße, Bridget, das ist furchtbar.«

»Das war es.«

»Du hattest also ein Kind.«

Aleen sagte nichts.

»Und natürlich hat mal wieder niemand was gemerkt, nicht wahr?« Scarlett ballte die Hände zu Fäusten. »Ich meine, du wurdest regelmäßig misshandelt, das muss doch aufgefallen sein! Aber statt etwas zu unternehmen ...«

»O nein, es ist nicht aufgefallen, dafür hat er gesorgt. Er war vorsichtig, hat mich immer nur da verletzt, wo es niemand sah. Und wenn er mir was brach, dann bin ich eben unglücklich gestürzt oder war ungeschickt.«

Scarlett ließ mit erhobener Augenbraue den Blick über sie gleiten.

»Ich weiß, ich weiß. Gegen Ende war er nicht mehr so vorsichtig. Nachdem er unseren Sohn verstoßen hat, wurde es immer schlimmer, aber er passte auf, mein Gesicht unberührt zu lassen. Bis zum letzten Abend.«

»Verstoßen?«

»Unser Sohn hatte einen ... eine Behinderung. Nicht von Anfang an. Als Jugendlicher hatte er einen Unfall. Davor war er sehr intelligent, lieb, ein Sonnenschein.

Der Unfall hat ihm seine Seele genommen.«

»Heißt?«

»Ich spreche nicht gerne darüber, aber mein Mann sah keinen Nutzen mehr in ihm und verstieß ihn kurzerhand. Soweit ich weiß, lebte er eine Weile auf der Straße, bevor er starb.«

»Er ist tot«, sagte Scarlett in nachdenklichem Ton.

Aleen nahm einen tiefen Atemzug.

Dieses Miststück! Scarlett hatte sie schon viel zu viel sagen lassen. Sie musste aufpassen, sonst verriet sie sich noch. »Aber lass uns lieber von Jacob sp…«

»Und dein Mann? Was passierte an eurem letzten Abend?«

Aleen beschloss, das Thema schnell zu beenden. »Er zerschnitt mir das Gesicht, dann stürzte er eine Treppe hinunter und starb in unserem Haus. Ich erfuhr im Krankenhaus davon und habe mich sofort aus dem Staub gemacht.«

»Hierher nach Woodnock.«

»Ja.«

Scarlett schwieg einen Moment, dann hellte sich ihr Gesicht ein wenig auf. »Mann, ich bin froh, dass du das Arschloch losgeworden bist, Bridget! Und ich bin echt froh, dass Jacob nicht so ist. Ich hätte ihn wohl umgebracht.«

Sie sagte es so beiläufig, als spräche sie darüber, ihm zum Abschied zu winken, aber in Scarletts Blick, der ihrem nun begegnete und dem leichten Lächeln, das ihre Mundwinkel umspielte, las Aleen etwas ganz anderes.

Aleen bemerkte, dass sie Scarlett anstarrte, und zwang sich zu einem schmalen Lächeln. »Nun, ich denke, ich sollte jetzt besser gehen. Sicher kommt Jacob bald und ich möchte euer Wiedersehen nicht stören.« Sie erhob sich, Scarlett stand ebenfalls auf.

»Schön, dass du da warst, Bridget.«

Aleen ging voran, dann wandte sie sich noch einmal zu Scarlett um. Es war besser, ihr ein paar aufbauende Worte zu sagen, um ihr Vertrauen zu wahren. »Lasst euch von diesen Gerüchten nicht unterkriegen. Ich kenne das Böse, Scarlett, und ihr gehört nicht dazu. Als ich diese Posts gelesen habe, wusste ich gleich, dass sich nur Lügen darin verbargen. Gut, dass sie gelöscht wurden.«

Scarlett erwiderte nichts, sie sah sie nur an.

»Das wird schon wieder.«

An der Tür hielt Scarlett sie noch einmal auf. »Hey, Bridget. Wir sollten unser Treffen unbedingt bald fortsetzen.«

»Liebend gern!« Aleen hob die Hand zum Abschied und ging.

Ein letztes Treffen, das alles offenbarte. Ja, warum nicht. Scarlett war am Ende. In ihren Augen hatte der Wahnsinn getanzt, schon bald würde sie der Dunkelheit in sich nachgeben und ein paar schlimme und unüberlegte Dinge tun. Wahrscheinlich übergoss sie die Stadt in der Nacht mit Benzin und zündete sie an oder kaufte sich eine Waffe und erschoss einfach jeden, der ihr vor die Flinte lief. Diese Frau war zu allem fähig.

Und wenn es so weit war, wenn Scarlett ihrem Untergang entgegenruderte und letztlich von der Polizei überwältigt und weggesperrt wurde, würde Aleen von ihrer Höhle aus die

Flammen betrachten und für die armen Seelen beten, die durch Scarletts Hand ihr Leben ließen.

* * *

Jacob freute sich, endlich wieder nach Hause zu dürfen. Krankenhäuser machten ihm Angst, dort war alles trist und steril, kein Lachen hallte durch die Flure, stattdessen war es immer erdrückend still.

Dass Scarlett ihn nicht besucht hatte, hatte ihm zwar einen leichten Stich versetzt, aber im Grunde überraschte es ihn nicht. So war sie eben.

Er stieg aus dem Taxi, nahm von dem Fahrer seine Krücken entgegen und hüpfte die Einfahrt hinauf. Scarlett öffnete bereits die Tür, ehe er die Hälfte hinter sich hatte.

Sie musterte ihn.

Jacob kam vor ihr zum Stehen und lächelte schief. »Du hast mich nicht besucht.«

»Auch schön dich zu sehen, Schatz. Komm rein.« Jetzt humpelte er an ihr vorbei, während Scarlett den Taxifahrer bezahlte.

Im Wohnzimmer ließ er sich ächzend aufs Sofa fallen und stellte die Krücken neben sich ab.

Nach einigen Minuten gesellte sich Scarlett mit zwei dampfenden Bechern zu ihm.

Jacob nahm seinen dankbar entgegen. Er schnupperte kurz. »Tee?«

Scarlett ließ sich neben ihm auf dem Sofa nieder. »Tee soll

eine heilende Wirkung haben. Oder so ähnlich. Jedenfalls eher als Kaffee. Ist Kamillentee, trink, bevor er kalt wird.«

»Das ist lieb von dir, danke.« Er nippte kurz daran und verbrannte sich die Zunge. »Autsch!«

Scarlett kicherte.

»Jaja, immer auf den kranken Jacob.«

»Hab dich ein paar Tage nicht quälen können, wurde also Zeit.«

»Hab ich dir also doch gefehlt.«

Statt zu antworten, pustete sie ein paar Mal und nippte nun selbst an ihrem Becher. Eine Weile saßen sie schweigend nebeneinander. Scarlett war seltsam still. Außerdem schien sie irgendetwas zu bedrücken.

»Alles okay?«, fragte Jacob. »Hast du …«, er räusperte sich, »… in letzter Zeit, also während ich weg war, etwas … ähm, unternommen?«

Scarlett drehte sich ihm zu, sie lächelte spitzbübisch. »Du meinst, ob ich im Rachedurst schon jemanden vor ein Auto geschubst habe oder dergleichen?«

Er zuckte die Achseln.

»Hab ich nicht. Und werde ich auch nicht. Denn ich bekomme einfach nicht raus, wer dieser bescheuerte Willi ist.«

Jacob konnte es nicht fassen. Hatte sie etwa aufgegeben? Er hatte damit gerechnet, dass sie während seiner Abwesenheit die Stadt in Schutt und Asche legen würde – zumindest metaphorisch. Aber anscheinend hatte sie wirklich die Füße stillgehalten. Jacob spürte einen kleinen Stich, für den er sich sofort verteufelte. So oft hatte er ihr gesagt, dass Rache nicht die Lösung war, und nun störte es ihn, dass sie nicht auf Clark und die anderen losgegangen war, um ihnen eine Lektion zu erteilen? Er war doch sonst nicht so.

Und doch ... Was ihm passiert war, hatte Spuren hinterlassen. Wenn er die Augen schloss, sah er noch immer die wutverzerrten Gesichter vor sich. Sah, wie Fäuste und Steine auf ihn herabregneten. Wie die Leute ihn traten. Als wären die andauernden Schmerzen nicht Erinnerung genug.

»Du trinkst ja gar nichts.«

Scarlett riss ihn aus seinen Gedanken. »Sorry! Wusste nicht, dass dir das so wichtig ist.« Er nahm einen schlürfenden Schluck. Der Tee schmeckte ihm nicht, aber er sagte nichts. »Immer noch heiß.«

»Du bist so ein Jammerlappen.«

»Und du quälst gerne. Das passt doch hervorragend.« Er schmunzelte.

Sie erwiderte das Lächeln und trank noch einen Schluck. »Und sonst so? Tut es noch sehr weh?«

Dass es sie tatsächlich interessierte, wie es ihm ging, erfüllte ihn mit Wärme. War doch egal, ob die anderen für das, was sie ihm angetan hatten, büßen würden, Hauptsache war, dass er noch lebte und Scarlett bei ihm war. »Ein bisschen. Aber ich hab ja meine Medikamente. Am Arm wird wohl 'ne Narbe zurückbleiben.«

»Hmm, sexy.«

Er kicherte. Seine Sicht verschwamm, wurde aber sofort wieder klar. Junge, er war noch immer ganz schön fertig. Wieder trank er einen Schluck Tee. Der schmeckte ganz schön bitter. War das normal für Kamillentee? Er wusste nicht, wann er das letzte Mal einen getrunken hatte.

»Wie sieht der Laden aus? Haben sie ihn nun vollständig verwüstet?«, fragte er.

»Ich habe ihn kurz nach deiner Einlieferung geschlossen und seitdem nicht wieder geöffnet.«

»Was?«

»Es wäre eh niemand gekommen, Jacob. Die Leute hassen uns.«

Dieses Mal gab es keinen Stich, jetzt war ihm eher, als zöge ihn ein schweres Gewicht nach unten. Sein großer Traum mit einem Mal zerstört. Die Welt konnte echt beschissen sein.

Er trank den letzten Schluck, stellte die Tasse vor sich auf den Tisch und lehnte sich zurück. Die Schwere zwang ihn regelrecht dazu. Sogar seine Zunge fühlte sich komisch an. Jacob strich sich über die Augen. »Die Fahrt hierher muss mich wohl ein wenig geschafft haben. Ich fühle mich verdammt müde.«

»Ja, ich weiß.« Auch Scarlett stellte ihre Tasse ab. Sie erhob sich. »Es tut mir sehr leid, Jacob.«

»Hm, was meinst du?« Erneut verschwamm seine Sicht. Jacob wollte sich anders hinsetzen, doch sein Körper war so schwer, so verdammt schwer. Seine Frage kam eher wie ein »Wameiddu?« raus. Irgendetwas stimmte nicht. Auch seine Gedanken schienen plötzlich umnebelt.

»Hast du mir was in den Tee getan?«, fragte er, doch es kam nur unverständliches Gebrabbel heraus. Er versuchte aufzustehen. Das Sofa schien ihn regelrecht einzusaugen.

»Du musst sterben.«

Scarletts Worte hallten in seinem Kopf wider wie ein unheimliches Crescendo. »Was … Sca, was hast du … hast du …«

Mittlerweile sah Jacob nur noch Konturen. Ihm war, als befände er sich inmitten eines Strudels. Eine Gestalt betrat das Wohnzimmer. Sie waren nicht länger allein. Jacob blinzelte mehrfach. Es war Harold. Harold stand plötzlich neben Scarlett.

»Ihr … ihr wollt mich … damit ihr … ihr … ihr wollt … ihr …« Jacob konnte keinen klaren Gedanken mehr fassen. Er driftete immer weiter ab, verlor sich in Angst und Dunkelheit.

Scarlett beugte sich über ihn.

* * *

Scarlett beobachtete mit verschränkten Armen, wie Harold den Körper zur Fahrerseite hievte und ans Lenkrad setzte. Schon kurz darauf drehten die Reifen mit ohrenbetäubendem Quietschen durch. Harold löste die Handbremse und sprang zurück.

Jacobs geliebter Wagen mit dem Iron-Man-Aufdruck auf der Motorhaube brauste los und knallte mit voller Geschwindigkeit gegen eine Felsformation, deren abgerundete Spitze brach und das Dach des Wagens krachend unter sich begrub.

Harold trat zu ihr.

»Meinst du wirklich, das funktioniert?«, fragte sie.

Er nickte. »Verlass dich auf mich.« Erste Flammen züngelten aus der eingedrückten Motorhaube. »Es dauert etwas, aber schon bald wird der komplette Wagen in Brand stehen, das Luft-Gas-Gemisch erledigt den Rest.« Er legte einen Arm um sie. »Wir sollten nicht hierbleiben. Komm.«

Sie ließ sich von ihm wegführen.

* * *

Constable Stanley Young blickte von seinen Notizen auf. Vor dem Tresen der Polizeiwache wartete Scarlett Dyer. Sie sah mitgenommen aus. Ihre Augen waren tränenverhangen und geweitet. Ihr unruhiger Blick huschte umher, ihre Wangen waren gerötet und ihr Kinn bebte. Vor der Brust hielt sie ein gefaltetes Blatt Papier.

Ein Kollege wollte sich ihrer gerade annehmen, aber Young ging dazwischen. »Mrs Dyer? Alles in Ordnung? Sie sehen ... gehetzt aus.«

»Sie müssen mir helfen, ich flehe Sie an.«

Er überlegte nicht lange und führte sie in ein Verhörzimmer. »Bitte, setzen Sie sich.«

Scarlett schüttelte wild den Kopf. »Dafür habe ich keine Zeit. Mein Mann ist im Begriff, sich umzubringen! Bitte, Officer, Sie müssen mir helfen!«

»Darf ich?« Young zeigte auf das Blatt Papier in ihrer Hand.

Mit zittrigen Fingern reichte sie es ihm. »Es ist ein Abschiedsbrief«, flüsterte sie.

Young wurde hellhörig. Dieser Masters hatte ihn vorgewarnt, dass Mrs Dyer überzeugend war, aber diese Frau wirkte aufrichtig besorgt. »Atmen Sie tief durch. Wo ist Ihr Mann jetzt?« Er begann, den Brief zu überfliegen. Darin war tatsächlich von einem Abschied die Rede.

»Ich weiß es nicht«, sagte Mrs Dyer. »Jacob war hin und wieder melancholisch, aber nie wirklich depressiv. Aber nach den Gerüchten ... Und dieser Hetzjagd.« Mrs Dyer quetschte ihre Finger. »Sie wollten ihn umbringen! Jacob ist kein Kinderschänder, Officer! Er würde niemals einem Kind schaden. Niemals!«

»Ich glaube Ihnen.« Das tat er tatsächlich. In der kurzen Zeit, seit Masters ihn auf die Dyers angesetzt hatte, hatte er Nachforschungen betrieben. Von Mr Dyer hatte er nicht die kleinste Straftat aufdecken können. Mrs Dyer war da schon komplizierter. Sie wurde verdächtigt, für den Tod mehrerer Menschen verantwortlich zu sein, aber das Ganze war ihm eher erschienen, als hätte jemand ihr das alles anhängen wollen. Diese zerbrechliche Frau vor ihm konnte doch kaum eine durchtriebene Mörderin sein. Sie sah aus, als bräche sie jeden Augenblick zusammen. Sie machte sich ernsthaft Sorgen um ihren Mann. Masters musste sich einfach täuschen.

»Dass man ihn als Pädophilen darstellt, hat Jacob gebrochen, Officer.« Mrs Dyer klang nun weniger hysterisch, aber ihre Stimme zitterte. »Erst neulich hat er mir erzählt, dass er früher Drogen genommen hat.« Sie sah ihn eindringlich an. »Jetzt ist er clean! So ist er nun nicht mehr!«

»Verstehe.«

»Aber ... Meine Tabletten sind verschwunden.«

Young legte den Brief auf den Tisch. »Tabletten?«

»Ich schlafe nicht sehr gut und habe mir vor Kurzem Schlaftabletten verschreiben lassen. Jacob … Officer, ich glaube, Jacob hat sie genommen und sich dann ins Auto gesetzt. Was, wenn er sie alle geschluckt hat?« Verzweifelt starrte sie ihn an.

Young erwiderte nichts. Wenn Mr Dyer sich tatsächlich eine Überdosis Schlaftabletten eingeflößt hatte, dann durften sie keine Zeit verlieren. In diesem Zustand ein Fahrzeug zu lenken, war fatal. »Wo könnte er hingefahren sein, Mrs Dyer? Hatte er einen Lieblingsplatz?«

»N-nein. Wir waren meistens gemeinsam unterwegs und er hat seit der Eröffnung seines Ladens viel Zeit dort verbracht.«

»Könnte er zum Laden gegangen sein?«

»Dafür müsste er mit dem Wagen quer durch die Fußgängerzone.«

»Stimmt. Wie sieht sein Auto aus? Ich veranlasse sofort eine Fahndung und schicke ein paar Kollegen los, nach Ihrem Mann zu suchen.«

»Es ist ein Sportwagen. Knallrot. Und auf der Motorhaube ist der Kopf von Iron-Man abgebildet.« Mit leiser Stimme fügte sie hinzu. »Mein Mann ist ein großer Fan.« Eine Träne rann ihre Wange herab.

»Wir finden ihn, Mrs Dyer.«

Sie nickte traurig.

* * *

Als Scarlett aus dem Polizeirevier trat, schlug ihr blendendes Sonnenlicht entgegen. Sie schloss kurz die Augen, atmete den Regenduft ein und machte sich auf den Heimweg.

Der Officer hatte keinen Verdacht geschöpft und ihr jedes Wort geglaubt. Und falls er das nur vorgegeben hatte, würde letztlich die Obduktion ihre Aussage untermauern. Harold hatte sich um alles gekümmert.

Auch Rechtsmediziner konnten bestochen werden und Berichte gefälscht. Es würde so aussehen, als hätte Jacob sich selbst umgebracht.

Scarlett seufzte. Sollte das nicht so etwas wie ein Triumph sein? Ein Problem weniger? Warum fühlte sie sich dann so leer? Was noch vor ihr lag, würde hart und furchtbar werden, aber sie hatte gedacht, dass sie zumindest diesen einen Erfolg genießen könnte.

Tja. Das war wohl nichts.

Aber wenigstens würde sie nicht alleine untergehen.

* * *

Noch am Abend wurde das ausgebrannte Wrack von Jacob Dyers Wagen gefunden. Die Leiche war bis zur Unkenntlichkeit verbrannt. Als Young Mrs Dyer die traurige Nachricht überbrachte, brach sie in Tränen aus.

»Wir melden uns, sobald der rechtsmedizinische Befund da ist«, sagte er. »Gibt es jemanden, den Sie anrufen können?«

Mrs Dyer nickte leicht, trat einen Schritt zurück und schloss die Tür.

Constable Young verharrte noch eine Weile davor. Masters musste sich täuschen. Wenn diese Frau schauspielerte, verdiente sie einen Oskar.

Er wandte sich ab und zückte sein Handy.

* * *

Chief Inspector Michael Masters beendete das Telefonat und steckte sein Handy ein. »Wayne!«

Wayne lugte durch die Tür. »Ja?«

»Ich bin für ein paar Tage nicht im Hause. Hopper wird so lange die Stellung halten, gib den anderen Bescheid.«

»Wird erledigt!« Er grinste. »Ist es endlich so weit?«

Masters nahm seine Jacke vom Kleiderhaken. »Wird Zeit, den Dyers einen Besuch abzustatten.«

Scherbenhaufen

Kapitel 17 – Entlarvt

Er beobachtete alles aus einiger Distanz. Nach den letzten Tagen hatte er viel Übung darin, sich im Verborgenen zu halten. Zu sehen, zu lauschen, ohne aufzufallen.

Chief Inspector Michael Masters war, nachdem er in einem Bed & Breakfast abgestiegen war, eine Weile durch die Stadt geschlendert und hatte gar nicht fragen müssen, was in letzter Zeit alles passiert war. Die Bewohner redeten quasi von allein.

Nun, das wunderte Masters nicht. Woodnock war ein eher verschlafenes Städtchen, fast ein Dorf, hier passierte nicht viel. Das Aufregendste waren gelegentliche Auto- oder Fahrradunfälle. Vielleicht mal ein kleiner Diebstahl oder ein Ehekrach, aber Mord? Noch dazu mehrere innerhalb kürzester Zeit? Eines der Opfer war sogar noch ein Kind gewesen. Natürlich sprach sich das herum und natürlich waren diese Ereignisse in aller Munde. Für Masters stand außer Frage, dass Scarlett Dyer in jeden einzelnen Fall verstrickt war. Es konnte kein Zufall sein, dass sich die Vorfälle nach ihrer Ankunft gehäuft hatten. So war es in St. Pit gewesen und nun auch in Woodnock. Bislang war es ihm zwar nicht gelungen, Beweise dafür zu finden, doch er war hartnäckig. Er glaubte an das Gute.

»Du hast eine Gabe«, hatte seine Mutter ständig gesagt, als er noch ein kleiner Junge gewesen war. »Du siehst das Böse, mein Kind, und du vertreibst es mit dem Licht Gottes, das dir innewohnt.«

Und er würde Scarlett Dyer vertreiben – das leibhaftige Böse – er würde sie geradewegs ins Gefängnis treiben! Wohin sie auch ging, folgten ihr Verwüstung, Tod und Chaos. Hätte er es nicht besser gewusst, hielte er sie für den Antichristen.

Während der Vernehmung kurz nach den Geschehnissen in St. Pit hatte sie ihn geblendet. Ihr zerbrechliches Äußeres und ihre höfliche Art hatten ihm vorgegaukelt, sie wäre unschuldig. Doch schon damals hatte er es gespürt. Ein leichtes Kribbeln seiner Kopfhaut, wie er es immer wahrnahm, wenn etwas nicht stimmte. Und mit Scarlett stimmte etwas ganz und gar nicht. Das Böse suchte sich immer die reinsten Wesen aus. Das war seine Masche, so blendete es. Doch er, Michael Masters, hatte es durchschaut. Scarlett würde ihm nicht entkommen. Nicht dieses Mal.

In einigen Metern Entfernung wurde der Sarg in die Erde gelassen. Es waren nicht viele Bewohner gekommen, gerade mal eine Handvoll. Die Dyers hatten es dieses Mal wohl nicht geschafft, einen bleibenden guten Eindruck zu hinterlassen. Zumal einige Bewohner Scarlett verdächtigten, diesen alten Mann ermordet zu haben. Wie hieß er noch gleich?

Bertram Dunkin. Er musste sehr beliebt gewesen sein. Einige hatte es tief getroffen, dass die Tochter des Verstorbenen die Leiche hatte abholen lassen, damit sie auf einem amerikanischen Friedhof bestattet würde. Das war bei den vielen

Unterhaltungen, die Masters in den letzten Tagen geführt hatte, immer der Tenor gewesen.

Der Sarg verschwand aus seinem Sichtfeld und Masters bekreuzigte sich. »Mögest du in Frieden ruhen.«

Die ersten Anwesenden entfernten sich bereits, während der Pastor noch ein paar Worte sprach. Dann wurden Hände geschüttelt und auch der Geistliche ging seines Weges.

Eine Frau sprach mit Scarlett. Sie war wie die anderen in Schwarz gekleidet, trug sogar Handschuhe und einen Schleier und erinnerte ihn an die Geisterfrau La Llorona.

Masters ging auf Scarlett zu.

»Dann bis später«, sagte die Frau, die aus der Nähe sogar noch mehr wie ein Geist wirkte, und schwebte – selbstverständlich bildete er sich das nur ein, richtig? – an ihm vorbei.

Scarlett hatte sich von ihm abgewandt, sie blickte mit vor der Brust verschränkten Armen in Richtung des frischen Grabes. Masters stellte sich neben sie.

»Was verschafft mir die Ehre, Chief Inspector?«, fragte sie, ohne ihn anzusehen.

»Tut mir leid um Ihren Mann.«

»Sind Sie den ganzen Weg hierher gereist, um mir Ihr Beileid auszudrücken? Wohl kaum.«

»Ich habe Urlaub und war gerade in der Nähe.«

»So? Ich glaube eher, Sie verfolgen mich. Habe ich nicht in den letzten Tagen ständig Ihren Schatten gesehen und Ihren Atem im Nacken gespürt?«

»Ein bisschen dramatisch, finden Sie nicht?«

»Etwas, ja. Also, was wollen Sie wirklich hier, Michael?«

Dass Sie ihn mit Vornamen ansprach, brachte Masters kurz aus der Fassung. Er war es gewohnt, dass man ihm mit Respekt und Distanz entgegentrat. Wer auf seiner *Liste* – wie er es nannte, sobald er jemanden ins Visier nahm –, stand, begegnete ihm normalerweise eingeschüchtert oder zumindest resigniert. Scarlett dagegen wirkte vollkommen entspannt, kein bisschen wie eine trauernde Ehefrau und erst recht nicht eingeschüchtert. Sie sprach im Plauderton mit ihm, als wären sie alte Bekannte. Dieses Verhalten brachte seine Standfestigkeit ins Wanken. Schon bei ihrer ersten Begegnung hatte Scarlett etwas an sich gehabt, das sie körperlich größer und regelrecht stolz wirken ließ, ja beinahe königlich. Aber damals hatte sie zumindest vorgegeben, ein Opfer zu sein. Jetzt stand sie aufrecht da, unerschütterlich, ganz sie selbst. Die Maske, die sie getragen hatte, um ihr wahres Ich zu verbergen, hatte sie abgelegt. Das spürte er deutlich. Diese Scarlett war nicht die, die ihm in Wales begegnet war. Die Scarlett damals war eine Schauspielerin gewesen, diese hier war echt.

»Hat es Ihnen die Sprache verschlagen?«, hakte sie nach.

»Sie kommen mir nur … verändert vor. Das hat mich ein wenig nachdenklich gestimmt.«

»Ich hab seit unserem letzten Gespräch einiges erlebt.«

»Nein, das ist es nicht. Dieses Mal verstellen Sie sich nicht. Sie *zeigen* sich. Das ist interessant.«

Scarlett kicherte, was Masters erneut irritierte. Ihr Mann hatte ihr offenbar nicht das Geringste bedeutet.

»Ich *zeige* mich, ja? Was bin ich für Sie, Michael? Eine Art Clown, der sich nach Feierabend die Schminke abwischt?«

»Ich glaube, dass Sie nicht die sind, die Sie zu sein vorgeben.«

»Sind wir das nicht alle? Schauspieler in einem scheinbar nie enden wollenden Stück. Der einzige Weg hinaus ist der Tod.«

Hörte er da etwa gerade ein wenig Melancholie heraus? Konnte sich unter Scarletts Maske eine weitere verbergen? Möglicherweise gingen ihr manche Dinge doch näher, als sie zugab.

Nein, unmöglich. Er durfte sich nicht schon wieder blenden lassen.

»Ihnen *folgt* der Tod, Scarlett, was denken Sie, woran das liegt?«

Sie zuckte die Achseln. »Karma, schätze ich.«

»Also geben Sie zu, etwas mit den jüngsten Ereignissen zu tun zu haben?«

Dieses Mal lachte sie auf. »Erstens: Warum so förmlich, Mr Chief Inspector? Zweitens: Sie interpretieren ganz schön viel in ein einziges Wort. Ich habe versucht, die Stimmung aufzulockern. Das Eis zu brechen, Sie verstehen schon.«

»Seltsamer Ort dafür. Auch der Zeitpunkt erscheint mir ein wenig ungünstig.«

Sie schwieg.

»Waren Sie es, Scarlett? Haben Sie diese Menschen ermordet? Den kleinen Charlie? Bertram Dunkin?« Er machte eine kurze Pause. »Ihren Mann?«

»Da hat jemand seine Hausaufgaben gemacht. Aber Sie haben drei Menschen vergessen.« Sie schnalzte. »Schämen Sie sich. Gut, Jerry wird kaum jemand hinterherweinen, genauso wenig wie seinem widerwärtigen Kumpel, aber Arthur war ein lieber Kerl. War allerdings klar, dass Sie sich nicht um einen Obdachlosen scheren, so ist das System nun mal.«

»Und was ist mit St. Pit?«, fragte er, ohne auf Scarletts Monolog einzugehen.

»Was soll damit sein? Hab's nicht mehr besucht, seit wir unsere kleine Unterhaltung geführt haben.«

»Hatten Sie etwas mit den Morden zu tun?«

»Ach, Michael, ich bitte Sie. Das Gespräch hatten wir doch schon. Damals haben Sie mich gehen lassen, wissen Sie noch? Wenn Sie also nicht vorhaben, mich zu verhaften, würde ich gerne noch eine Weile am Grab meines Mannes stehen und um ihn trauern, sofern es Ihnen nichts ausmacht.«

»Sie wirken nicht, als würden Sie trauern.«

»Und Sie nehmen sich eine Menge heraus. Nicht besonders professionell, Chief Inspector. Vermutungen anstellen, ohne handfeste Beweise, einer laut Gesetz unschuldigen Frau auflauern; ihr Dinge unterstellen. Lernen Sie so etwas in der Polizeiakademie? Wohl kaum.«

Masters hatte genug. »Ich finde die Wahrheit heraus, Scarlett, ich werde Sie überführen. Es wird nicht schwer sein, einen Durchsuchungsbefehl für Ihr Haus zu kriegen …«

»Jetzt bluffen Sie aber.«

»… und dann werde ich die Beweise auftreiben, die mir fehlen. Sie haben Ihren Mann ermordet.«

»Noch mehr Anschuldigungen.« Sie verdrehte theatralisch die Augen.

»Ihnen wird das Lachen bald vergehen. Denn irgendwann stehe ich vor Ihrer Tür und werde ...«

»Wissen Sie was?« Schwungvoll drehte sie sich ihm zu. »Warum warten?«

»Wie bitte?«

»Sie haben mich überzeugt. Ich werde reden.«

Irritiert blinzelte Masters.

Sie lächelte. »Das hatte ich schon die ganze Zeit vor, ich wollte Sie nur ärgern. Und, was sagen Sie? Hätten Sie Lust auf einen Plausch? Wie wäre es heute Abend um sieben bei mir? Ich lasse die Tür offen, kommen Sie doch einfach rein, hm? Sie wissen ja, wo ich wohne, hab Sie schon an der Straße herumlungern gesehen.«

Masters wollte etwas erwidern, doch Scarlett ließ ihn einfach stehen. Mit zum Gruß erhobener Hand rief sie über ihre Schulter. »Also dann, bis heute Abend.«

* * *

Aleen hatte eine Torte mitgebracht. Ihr war nicht ganz klar gewesen, was sie hatte mitbringen sollen und ob überhaupt etwas, aber dann hatte sie sich im Laden daran erinnert, wie sehr Willi früher Torten geliebt hatte. Also hatte sie sich entschieden, eine zu kaufen.

Es war an der Zeit zu feiern. Scarlett hatte alles verloren, bis auf ihren Verstand. Aber es würde nicht mehr lange dauern, bis der folgte. Aleen musste nur noch ein wenig Hilfestellung geben und würde anschließend zusehen können, wie Scarlett abgeführt wurde, während sie sich ein dickes Stück Torte genehmigte. Für Willi.

Heute war der Tag gekommen, an dem sie ihre wahre Identität offenbarte, und es würde Scarletts Verstand zerspringen lassen. Nicht nur, weil es ihr nicht gelungen war, herauszufinden, wer hinter all den Intrigen steckte, auch weil ihr niemand Glauben schenken würde. Sie würde Aleen wieder und wieder beschuldigen, würde wie eine Wahnsinnige mit dem Finger auf sie zeigen – vergebens. Sie würde für verrückt erklärt und zurück ins Harrison-Hill-Hospital gebracht werden, um dort zu versauern. Denn genau da war ihr Platz! Weggesperrt und am besten in eine Zwangsjacke gehüllt.

Das Öffnen der Tür riss Aleen aus ihren Gedanken, sodass sie zusammenfuhr.

Scarlett lächelte sie an, offenbar hatte sie nichts bemerkt. »Hi Bridget, komm rein.«

Dieses verlogene Miststück! Sie sah kein bisschen wie eine trauernde Ehefrau aus. War ihr denn Jacobs Tod vollkommen egal?

»Alles okay?«

Wieder wurde sie aus ihren Gedanken gerissen und bemerkte, dass sie die Lippen aufeinanderpresste. Sie entspannte ihre Gesichtsmuskeln. »Ja, das alles tut mir nur so leid. Und Jacob … er war so ein toller Mann.«

»Mein Welpe. Na los, komm endlich rein oder möchtest du deine Torte hier draußen essen? Danke übrigens fürs Mitbringen. Sieht lecker aus. Erdbeere?«

»Pflaume.«

Die beiden Frauen gingen ins Haus und Scarlett führte Aleen in die Küche. Dort bedeutete sie ihr, sich zu setzen, und begann, den Tisch zu decken. Auf Aleens Frage, ob sie ihr helfen könne, lehnte Scarlett höflich ab. Heuchlerin.

Eine Weile aßen sie schweigend, dann entschied Aleen, die Stille zu füllen. »Weißt du, Scarlett ...«

»Oh, bitte, nenn mich doch endlich Scary.«

Sie ignorierte den Einwurf und fuhr einfach fort. »... ich beneide dich.«

»So?«

Aleen legte ihre Gabel neben den Teller, ihr Tortenstück war erst halb verzehrt. Scarlett aß genüsslich weiter.

»Du wirkst so ausgeglichen. Wäre ich an deiner Stelle, wäre ich wohl zusammengebrochen.«

Mit vollem Mund antwortete Scarlett. »Du hast deinen Mann gehasst.«

»Ich bezog das mehr auf meinen Sohn. Als er gestorben ist, dachte ich, ich müsse ebenfalls sterben.«

»Glaub mir, in meinem Inneren sieht es ganz anders aus. Ich habe mit den Jahren gelernt, nur das zu zeigen, was ich zeigen möchte. Es ist, als wäre ich zwei Personen zur selben Zeit, verstehst du?«

Aleen nickte. Sie legte die Hände auf die Knie und ballte sie zu Fäusten.

»Aber es tut mir sehr leid, dass dein Sohn gestorben ist, Bridget.«

»Er wurde ermordet. Und zwar von einer vermeintlichen Freundin.«

Scarlett schluckte den letzten Bissen Torte runter, legte die Kuchengabel ab, faltete die Hände vor dem Teller und betrachtete Aleen aufmerksam.

»Das ist eigentlich das Schlimmste daran. Er hat ihr vertraut und sie ...«

»Was ist mit ihr passiert?«

»Sie wurde nie gefasst und lebte ein tolles Leben mit einem reichen Mann.«

»Klingt irgendwie unfair.«

»Oh, das ist es.«

»Ich denke, ich hätte sie umgebracht.«

»Weißt du, Scarlett, da unterscheiden wir uns sehr. Ich töte nicht aus Rache oder Zorn. Für manche Menschen ist der Tod zu harmlos. Er kann nämlich manchmal eher Erlösung als Bestrafung sein, findest du nicht?«

»Das stimmt. Ich hatte dich aber eher so eingeschätzt, als würdest du an die Hölle glauben.«

»Mein Glaube ist ein wenig komplizierter. Ich glaube an einen Gott, aber nicht an Himmel und Hölle. Ich weiß, dass es etwas geben muss, das das Universum und das Leben darin erschaffen hat, aber es ist riesig. Gott hat genug zu tun und sicherlich keine Zeit, für jedes Staubkorn – denn was anderes sind wir Menschen nicht –, zu entscheiden, ob es nach dem Tod an einen schönen oder hässlichen Ort gelangt. Nein, ich denke, auf den Tod folgt das Nichts. Gott hat Leben geschenkt und auch dafür gesorgt, dass alles vergeht. Das Universum wächst weiter und er hat uns längst vergessen.«

»Das ist ganz schön düster. Ergibt aber irgendwie Sinn.«

»Und deswegen soll sie nicht sterben. Sie soll leiden. Ich will, dass sie die Hölle auf Erden erlebt.«

»Und wie?«

»Zuerst sollte sie denken, dass alles wunderbar sei. Ja, sie sollte sogar glücklich sein. Dann sollte sie alles verlieren. Ihr Glück, ihre Familie, ihre Freiheit.«

»Also ist das Gefängnis der letzte Schritt?«

»O nein, ich kenne einen Ort, vor dem es ihr mehr graust als vor dem Gefängnis.«

Scarlett erwiderte nichts.

»Noch ein Stück Torte?«, fragte Aleen freundlich.

Scarlett schüttelte den Kopf.

»Mein Sohn hat Pflaumentorte geliebt. Er war ganz verrückt danach. Aber seltsamerweise schmeckte sie ihm nicht mehr, nachdem er seinen Hirnschaden hatte. Er war ein völlig anderes Kind.« Nach einer kurzen Pause fügte sie hinzu. »Er wurde von einer Klippe gestoßen.« Scarlett schwieg weiterhin, doch über ihr Gesicht huschte ein Ausdruck, der irgendwo zwischen Entsetzen und Erkenntnis lag. »Was danach mit meinem Sohn passierte, weiß ich leider nicht, denn mein Drecksack von einem Ehemann hat ja dafür gesorgt, dass wir die Stadt ohne ihn verließen. Dabei gefiel es mir in dem Küstenstädtchen immer sehr gut. Dort war es so viel idyllischer als in Glasgow. Aber mir blieb keine Wahl, sonst hätte er uns beide umgebracht.

Und dann erfuhr ich Jahre später von seinem Tod. Weißt du, was passiert ist? Er wurde doch tatsächlich wieder von einer Klippe gestoßen. Verrückt, nicht wahr?«

Scarletts Gesichtszüge entgleisten. Ihre Augen weiteten und ihre Lippen öffneten sich.

»Sag mir, Olivia, wie hat es sich angefühlt, ihn zu stoßen? Hast du es genossen? Hat es dir Spaß bereitet, ihn sterben zu sehen? Ihm seinen Verstand zu nehmen, hat dir wohl nicht gereicht, was?«

»Aleen Gibbs ...«, flüsterte sie.

»Ganz richtig, ich bin es.«

»Willis Mutter.«

»Und Willi. Ich habe die gute, bedauernswerte Bridget Thompson nur gespielt und du hast nichts geahnt.« Aleen erhob sich, ging zu ihr und schaute auf sie hinab.

Scarlett ließ den Blick hektisch von links nach rechts und wieder zurückwandern und sprach dabei leise mit sich selbst, sodass Aleen nicht ein Wort verstand.

»Ich habe dich gebrochen, Olivia, und ich werde dafür sorgen, dass du wieder ins Harrison-Hill-Hospital gesperrt wirst, ohne Chance auf Entlassung. Und wenn dort kein Platz mehr für dich sein sollte, dann finde ich eine Anstalt, die weit schlimmer ist, glaub mir.«

Scarlett schien sie gar nicht zu hören, sie brabbelte nur immer weiter und ließ den Blick ruhelos wandern.

Aleen lachte. »Wie töricht du warst. Hast mir blind vertraut. Es gibt wohl doch eine Sache, für die ich meinem Mann dankbar sein kann, was? Dank seiner Foltermethoden hast du mich nicht erkannt und ich konnte ungehindert meinen Plan durchführen. Was glaubst du, wer euch den Woodnock-Flyer an die Autoscheibe gesteckt hat? Und wer hat wohl dafür gesorgt, dass Jacob seinen Laden eröffnen konnte? Das war alles ich, meine Süße. Ich habe James McDuff aus dem Weg geräumt.«

Scarlett stieß ein Wimmern aus.

»Es war gar nicht schwer, mich über euch zu informieren. Dank deiner Verbrechen in St. Pit gab es viel über dich zu finden und Jacob ist nun mal der Sohn eines Milliardenunternehmers. Außerdem sind die Bewohner von St. Pit geschwätzig. Ich weiß alles über euch. Deswegen war es auch so leicht für mich, euch zu vernichten und ...« Aleen stutzte. Was sie als Wimmern interpretiert hatte, war Lachen. Olivia lachte, immer lauter und lauter. Sie hielt sich den Bauch und wischte sich eine Träne aus dem Augenwinkel.

Perplex starrte Aleen sie an.

»Himmel, ich hab echt versucht, die Panische zu spielen, aber es war einfach zu köstlich.« Scarlett stieß ein zufriedenes Seufzen aus, wie jemand, der gerade ein Festmahl hinter sich hatte. »Puh, ich dachte echt, du hättest vielleicht Gift in die Torte gemischt, aber ich wollte unbedingt den Schein wahren. Da hab ich noch mal Glück gehabt, was? Im schlimmsten Fall hätten wir jetzt beide Schaum vorm Mund oder so was.« Dann ernster: »Hältst du mich eigentlich für doof?«

Aleen erwiderte nichts, sie war viel zu durcheinander.

»Ehrliche Frage. Weil, meine Liebe, ich weiß schon länger, dass du es bist. Okay, okay, ich gebe zu, du hast mich hinters Licht geführt, und das für eine bemerkenswert lange Zeit. Chapeau. Das hat mich wirklich gewurmt, da kannst du stolz auf dich sein, denn das ist bisher noch niemandem gelungen.«

Scarlett verschränkte die Arme über dem Bauch. Sie sprach nun mit ernster Stimme. »Du hast mich an ihn erinnert. An Willi meine ich. Das hat mich geblendet, schätze ich. Sein Tod hat mir lange zu schaffen gemacht.« Zu Aleens Entsetzen kicherte sie. »Scheiße, macht es immer noch.«

»Was redest du da, du heuchlerisches …«

»Ach so, ich bin die Heuchlerin? Wer von uns hat denn eben davon geschwafelt, er würde nicht aus Rache oder Zorn töten. Was denkst du, war der Grund für den Mord an McDuff? Oder am kleinen Charlie, wenn wir schon dabei sind? Das warst doch auch du, richtig?«

Aleen fuhr sich mit der Zunge über die trockenen Lippen. Die Gedanken an ihre Verbrechen zwangen sie dazu, wieder zurückzuwanken und sich zu setzen. Jetzt kam es ihr vor, als blickte nicht mehr sie auf Scarlett hinab, sondern umgekehrt. »Ich musste es tun.«

»Aha, du musstest also. Für deine Rache, ja? An mir.«

»Manchmal muss ein Mensch Böses tun, um Gutes zu bewir…«

»Mein Gott, das ist schon keine Heuchelei mehr, mir fällt nicht mal das passende Wort ein. War es befriedigend, diese Morde zu begehen?«

»Natürlich nicht!«, stieß Aleen aus. »Es war furchtbar! Ich habe getrauert, trauere noch. Diese Opfer dienten einem höheren Zweck. Es war nicht grundlos.«

»Und welcher höhere Zweck soll das sein? Vor allem, wem dient dieser höhere Zweck? Gott, der uns längst vergessen hat?«

In Aleen breitete sich eine unangenehme Kälte aus, ihr Herz raste.

»Oder dir? Deiner Rache? Sag mir noch mal, dass du nicht aus Rache getötet hast, meine Teure, denn das wäre gelogen!«

»Halt den Mund!«

»Du hast unschuldige Menschen getötet und glaub es oder nicht, so was kann ich gar nicht leiden.«

Jetzt war es Aleen, die auflachte, aber es hörte sich beinahe hysterisch an. »Und trotzdem hast du Jacob umgebracht.«

»Er hätte niemals Ruhe gefunden. Ob du oder jemand anderes, irgendwer ist immer hinter mir her und damit auch hinter ihm. Unsere Wege mussten sich trennen. Ich bin kein Engel, ganz und gar nicht, aber ich habe meine Prinzipien. Wer durch meine Schuld stirbt, hat es auch verdient.«

»Also ist es gut, dass Jacob tot ist, ja?«

»Ihn aus dem Weg zu räumen, diente seinem Schutz.«

»Du bist verrückt.«

Scarlett grinste. »Genau wie du.«

Aleen zwang sich, Ruhe zu bewahren, und wechselte das Thema. »Es spielt keine Rolle, dass du über mich Bescheid weißt. Trotzdem wird dir niemand glauben. Alle werden dich für verrückt halten.«

»Mag sein. Ist mir auch egal, ich weiß, dass ich nicht alle Tassen im Schrank habe. Ich bin rachsüchtig, manipulativ, paranoid, liebe Chaos und Leid, bin bindungsunfähig ... soll ich weitermachen?«

»Sei still. Sei verdammt noch mal still!«

»Aber ich habe Willi nicht getötet.«

Aleen erstarrte.

»Willi war einer von den Guten, weißt du? Er war unfassbar naiv und zu seinem Unglück loyal wie ein Familienhund. Ich hab den kleinen Scheißer echt gemocht.«

»Hör auf.« Aleen fehlte die Kraft, um zu schreien. Was passierte hier?

»Er hat nur leider zu den falschen Leuten Kontakt gepflegt, und das über Jahre. Erinnerst du dich noch an Leyla? Die als Teenagerin verschwunden war? *Sie* hat ihn von der Klippe gestoßen, und zwar nur, damit es aussieht, als wäre ich es gewesen.«

»Du lügst.«

»Ausnahmsweise mal nicht. Willi war ... mein Freund.« Mit Nachdruck fügte sie hinzu. »Und wehe, du erzählst jemandem, dass ich das gesagt habe. Ich zeige nicht gerne meine sentimentale Seite, klar?«

»Das ist nicht wahr. Du sagst nicht die Wahrheit. Es ist nicht wahr. Du hast mich zu diesen Dingen getrieben. Du hast mich zu einer Mörderin gemacht.«

»Tut mir leid, dass du Willi verloren hast. Ehrlich. Ich träume nachts oft von ihm. Das sind furchtbare Träume und glaub mir, du bist nicht die Einzige, die mir die Schuld an seinem Tod gibt. Das tue ich auch, obwohl ich weiß, dass ich ihn nicht selbst von der Klippe gestoßen habe. Nicht dieses Mal. Hätte er mich nicht gemocht, wäre er wohl noch am Leben. Nicht besonders glücklich, denn sein Leben war echt scheiße – dank seiner Eltern, die ihn verstoßen haben; ach ja, das warst ja du – aber er würde leben. Und das quält mich.

Es quält mich wirklich.« Sie lachte. »Und das ist etwas, das ich nicht vor jedem zugeben würde. Doch nicht ich war es, die ihn allein gelassen hat. Tatsächlich war ich der einzige gottverdammte Mensch, der Zeit mit ihm verbracht hat. Ich! Also mach mich nicht für deine Taten verantwortlich, Aleen. Du warst es, die sich für diesen Weg entschieden hat.«

»Um dir zu schaden!«

»Das ändert nichts daran, dass es deine Wahl war. Ich bin kein guter Mensch, das mag sein. Du allerdings auch nicht.«

Auf Aleen prasselten unendlich viele Momentaufnahmen ein. Sie sah sich, wie sie furchtbare Dinge tat. Wie sie mit einer blutigen Statue in der Hand vor dem auf dem Boden kauernden James stand. Wie sie Charlie ein Bein stellte und ihn damit zu Fall brachte. Und wie sie anschließend seinen Kopf packte, daneben ein großer Stein, der aus dem Boden ragte. Wie sie lächelnd den wütenden Mob beobachtete, der auf Jacob eindrosch. All ihre Taten liefen wie ein Daumenkino vor ihrem inneren Auge ab.

»Jetzt mal ehrlich, hast du den Tod deines Mannes nicht doch ein bisschen gewollt? Willst du mir und auch dir selbst ernsthaft weismachen, dass es ein Unfall war?«

Aleen sah in einem letzten furchtbaren Bild, wie sie neben ihm hockte, während immer mehr Blut aus seinem Schädel quoll. Und wie sie ihm eine Scherbe der Vase in *seinen* Hals rammte. Sie nahm einen tiefen, zittrigen Atemzug. »Es war ein Unfall.«

»Ach komm schon, wir sind doch hier unter uns. Du wolltest seinen Tod. Gib es einfach zu.«

»Es war ein Unfall!«

»Der Typ hat dir das Gesicht zerschnitten und dich halb umgebracht! Hast du nicht eher deine Chance gesehen? Die Treppe. Die Vase. Die Gelegenheit.«

»Er hat den Tod verdient! Dieser verdammte Mistkerl hat den Tod verdient!«

Scarlett klatschte in die Hände. »Endlich mal eine Sache, bei der wir uns einig sind. Also hast du ihn umgebracht. Absichtlich.«

»Nein. Nein, ich …«

Sie verdrehte die Augen. »Doohoch, hast du, meine Liebe. Und weißt du was? Ein bisschen ist auch Willis Tod deine Schuld.«

Durch Aleens Körper fuhr ein Blitz.

»Hättest du nur ein klein wenig Mumm besessen und das Arschloch vorher kaltgemacht, hätte Willi nicht all die Jahre auf der Straße hausen müssen.«

»Sei still!«

»Er hätte nicht dauernd mit dem Hungertod kämpfen müssen und wäre nicht ständig von irgendwelchen Arschlochkindern und Schickimicki-Ladenbesitzern verprügelt worden.«

»Ich sagte, du sollst still sein!«

»Er wäre niemals an jenem Tag auf die Klippe gestiegen und er wäre noch am Leben.« Mit jedem Wort schwoll Scarletts Stimme weiter an. Sie schrie jetzt. »Er wäre noch am Leben, Aleen! Du bist an seinem Tod genauso schuldig wie ich!«

»Nein!« In Aleen schien etwas zu zerreißen. Sie sprang

auf, machte einen Satz auf Scarlett zu, umfasste deren Kehle und drückte zu. Der Stuhl kippte und sie stürzten beide zu Boden.

Scarlett schnappte nach Luft, trotzdem lächelte sie.

»Du verdienst es nicht zu leben!«, rief Aleen. Ihr ganzer Körper schien zu brennen. Vor ihren Augen lag ein roter Schleier. »Stirb, du Schlampe!« Sie drückte fester zu.

Scarletts Lächeln erlosch, das Funkeln in ihren Augen wich Glasigkeit, ihre Netzhaut rötete sich.

»Stirb!«

»Sofort aufhören, Polizei!«, erklang eine donnernde Stimme hinter Aleen. Sie wurde an der Schulter gepackt und von Scarlett weggerissen. Dabei prallte sie mit dem Rücken gegen den Tisch, das Geschirr klirrte, einer der Teller fiel zu Boden und zersprang.

Scarlett hustete. Sie richtete sich ein wenig auf und umfasste ihre Kehle. In einem ihrer Augen war eine Ader geplatzt, es füllte sich mit Blut.

»Nein!«, kreischte Aleen. »Ich muss es zu Ende bringen! Ich muss es zu Ende bringen!« Aber der Polizist hatte ihr bereits die Handschellen angelegt.

* * *

Masters hatte gerade klingeln wollen, war dann jedoch mitten in der Bewegung erstarrt. Aus dem Haus drangen hysterische Stimmen. Vielleicht war es auch nur eine, das war schwer zu sagen, da sie durch die Tür beinahe unmenschlich klang. Er legte eine Hand an seine Waffe und öffnete langsam die Tür. Wie Scarlett gesagt hatte, war sie unverschlossen. Er schlich durch den Flur und näherte sich der Stimme. Es war tatsächlich nur eine, doch die war getränkt von so viel Zorn und Schmerz, dass sich ihm die Haare aufstellten.

Dann sah er sie. Scarlett lag auf dem Boden und über ihr kniete eine in schwarz gekleidete Frau. Es war die Frau, die er auf der Beerdigung kurz gesehen und die ihn an den Rachegeist La Llorona erinnert hatte. Der Anblick jagte ihm kleine Schauer über den Rücken und automatisch bekreuzigte er sich. Dann kehrte die Realität so schnell zu ihm zurück, als hätte jemand ein gestrafftes Gummiband losgelassen.

»Sofort aufhören, Polizei!«, brüllte er.

Die Frau in Schwarz schien ihn gar nicht zu hören. Sie wollte Scarlett umbringen. Masters hastete vor, packte die Frau an den Schultern und riss sie von ihrem Opfer weg. Sofort fuhr sie mit ihrem hysterischen Geschrei fort.

»Nein! Ich muss es zu Ende bringen! Ich muss es zu Ende bringen.«

Masters zögerte nicht lange, legte ihr mit einer geübten Bewegung die Handschellen an und zog sie auf die Beine.

Ein paar Sekunden lang wehrte die Frau sich, dann erschlaffte sie und murmelte etwas, das einem »Was hab ich nur getan?« ähnelte.

Masters betrachtete Scarlett, die sich die Kehle hielt und hustete. Verdammt! So hatte er sich das Ganze nicht vorgestellt. Er war hierhergekommen, um Scarlett Dyer zu verhaften, nicht um eine andere Frau auf frischer Tat zu ertappen, die sie umbringen wollte. Er verengte die Augen zu Schlitzen. »Ich rufe einen Notarzt.« Dann wandte er sich ab.

Die Frau in Schwarz ließ sich bereitwillig mitziehen.

»Michael!« Husten.

Er blieb stehen und wandte sich um. Er wartete, bis Scarletts Anfall abklang.

»Nehmen Sie mich auch mit«, krächzte sie.

»Wie bitte?«

»Nehmen Sie mich fest. Ich habe ebenfalls jemanden getötet. Nicht ihren Sohn, wie die Irre da Ihnen weismachen will. Ich stelle mich.«

Perplex starrte Masters sie an.

Scarlett erhob sich, wurde erneut von einem Hustenanfall geschüttelt und taumelte dann auf ihn zu. »Verdammt, Sie kamen gerade noch rechtzeitig.« Mit einem schwachen Lächeln sah sie zu ihm hoch. »Jetzt gucken Sie nicht so doof. Führen Sie uns schon ab. Ich bin echt gespannt, wie es im Gefängnis so ist.«

Kapitel 18 – Zwei Briefe

Martha öffnete die Kellertür. Wieder einmal hatte sie wach gelegen und überlegt, was Harold wohl ständig hier unten trieb. So oft konnte sie ihn spät in der Nacht oder in den frühen Morgenstunden hier hinuntersteigen hören. Er glaubte, sie bemerkte es nicht, doch sie wusste davon. Bekam jedes Mal mit, wenn er sich aus seinem Zimmer schlich und über die knarrenden Dielen tapste. Der Keller lag direkt unter ihrem Schlafzimmer und das Haus war hellhörig. Sie mochte alt sein, aber hören konnte sie noch wunderbar.

Heute war er wieder hier unten gewesen. Mindestens eine Stunde hatte er hier verbracht. Vielleicht plante er hier seine unchristlichen Spielereien. Oder sammelte Götzenbilder in der Hoffnung, sie merke es nicht. Aber sie wusste, was er war, o ja, sie wusste es! Harold hatte sich bereits als Junge von Gott ab- und dem Teufel zugewandt. Martha hatte gehofft, dass er schnell ein Mädchen finden und ausziehen würde, doch er blieb und blieb und blieb. Mädchen interessierten ihn nicht. Dachte er etwa, sie merkte das nicht? Harold war ein Sünder. Zwar hatte er es nie zugegeben, doch es war klar, dass er seine Zeit mit Männern verbrachte. Mit ihnen *verkehrte*. Wie sonst ließe sich sein fehlendes Interesse am anderen Geschlecht erklären?

Martha schüttelte sich. Solche ein Sakrileg, und das in ihrem Haus!

Am liebsten hätte sie den Jungen hinausgeworfen. Aber sie hatte es nicht gewagt. Harold hatte etwas an sich, das sie fürchtete und damit meinte sie nicht seine abscheulichen sexuellen Neigungen, nein, es hatte etwas damit zu tun, dass er dauernd vorgab, tot zu sein. Dass er sich als Frau verkleidete und fotografierte. Und manchmal auch nur mit der Art, wie er mit ihr am Tisch saß. So still und gedankenverloren. Als würde er nur darauf warten, ihr Gift ins Essen zu mischen und zur Kamera zu greifen. Der Tod faszinierte den Jungen, so viel war klar.

Neuerdings traf Harold sich immer häufiger mit einer Frau. Ein hübsches Ding, wenn auch etwas mager. Es hätte sie freuen müssen, stattdessen war sie voller Misstrauen. Wollte er Martha vorspielen, normal zu sein? Oder lebte er eine Fantasie aus, die mit dem Tod des jungen Dings enden würde? Martha sah sich viele Crime-Dokus an, sie wusste genau, wie Serienmörder agierten. Und es würde sie nicht wundern, wenn Harold Fantasien davon hatte, nicht nur sich, sondern auch andere Menschen zu töten. Wer käme da eher infrage als so ein kleines zerbrechliches Ding?

Jetzt war er schon seit Stunden weg. Er war nach der Arbeit nicht nach Hause gekommen. Da hatte die Neugier Martha einfach übermannt. Schon viele Male hatte sie vorgehabt, im Keller nachzusehen, was Harold Sündhaftes vor ihr verbarg.

Sie hoffte nur, dass es kein nackter Mann war, der ihm als Spielzeug diente, so wie sie es in dieser einen Dokumentation gesehen hatte. Wieder schüttelte es sie. Bislang hatte sie es nicht gewagt aus Furcht vor dem, was sie hier unten erwartete.

Außerdem standen im Keller noch Kartons von Robert. Er war zwar schon seit vielen Jahren tot, aber darüber hinwegkommen würde sie bis an ihr Lebensende nicht. Keinesfalls wollte sie im Keller über seine Habseligkeiten stolpern, sie womöglich berühren und sich wieder an alles erinnern. Auch das hatte sie von diesem Raum ferngehalten. Aber nun konnte sie nicht länger still herumsitzen. Sollte Harold tatsächlich planen, dieses arme Ding zu ermorden, musste sie ihm auf die Schliche kommen. Das war ihre Pflicht als Christin!

Martha schaltete das Kellerlicht ein, hielt sich am Geländer fest und stakste die Stufen hinunter. Es stank fürchterlich nach Mottenkugeln und Moder und etwas Undefinierbarem.

Unten angekommen verharrte Martha eine Weile. Sie sah sich in alle Richtungen um mit vor der Brust verschränkten Händen und hochgezogenen Schultern.

Nichts.

Keine Mordausrüstung, keine Kabelbinder oder Handschuhe. Kein nackter Mann, nicht einmal Bilder von einem. Der Keller war – bis auf mehrere Kartons und eine Kühltruhe – vollkommen leer.

Martha entspannte sich und ließ die Arme baumeln. Erleichterung durchflutete sie. Ganz so krank, wie sie geglaubt hatte, war Harold dann wohl doch nicht.

Die Kühltruhe erweckte Marthas Aufmerksamkeit. Sie

war angeschaltet. Seltsam, dabei aßen Harold und sie kaum Fleisch, zumindest nicht so viel, dass es eingefroren werden müsste. Für alle anderen Lebensmittel genügten ihre zwei Kühlfächer im Kühlschrank.

Sie trat näher heran.

Ein Stromfresser! Vielleicht war es besser, das Ding einfach auszuschalten.

Martha zögerte. Vielleicht lagerte Harold etwas darin. Etwas, das sie nicht sehen durfte. Ungesundes Zeug wie Eis oder Torten, die er heimlich verspeiste, wenn sie außer Haus war. Er hatte zugenommen!

Aber so ganz überzeugte sie ihre Überlegung nicht. In ihr breitete sich ein unangenehmes Gefühl aus, drückend wie eine dunkle Vorahnung.

Martha öffnete die Kühltruhe und was sie sah, raubte ihr auf der Stelle den Verstand. Sie kreischte.

* * *

Harold saß auf dem einzigen Stuhl im ansonsten leeren Raum und blickte auf den in Decken gewickelten Körper hinab.

Der Kerl war noch immer nicht zu sich gekommen, dabei hatte er sich schon zweimal erbrochen. Womöglich hatte die Überdosis ihm doch den Rest gegeben. Harold erhob sich und prüfte Atmung und Puls. Nein, er lebte noch. Trotzdem bestand die Chance, dass der Mann nicht mehr aufwachte. Es konnte bereits zu spät sein.

Kein herber Verlust.

Er stand ihm ohnehin nur im Weg.

Ein Unfall, nichts weiter. Zu viele Tabletten führten oftmals zum Tod. Sie würde das verstehen.

Aber noch atmete er. Sein Herz schlug. Bald könnte er aufwachen.

Oder eben nicht.

Er könnte nachhelfen. Eine Hand auf Nase und Mund legen und …

Harold erhob sich. Was um Himmels willen dachte er da? Er war doch kein Mörder! Noch einmal blickte er auf den bewusstlosen Mann hinab. Das einzige Hindernis zwischen ihm und seinem Glück. Es wäre einfach, es aus dem Weg zu räumen. Aber so ein Mensch war er nicht. Er würde ihn nicht töten, aber er würde ihm auch nicht helfen, aufzuwachen. Sollte das Schicksal entscheiden, wie es mit ihm weiterging.

Genügend Trinkwasser hatte Harold bereitgestellt, sollte der Kerl zusehen, wo er blieb.

Er wandte sich ab, ließ die Deckenbeleuchtung eingeschaltet, durchquerte das ansonsten dunkle Gebäude und trat in die Nacht hinaus. Beißender Wind schlug ihm entgegen. Harold stellte den Kragen seiner Windjacke hoch und ging leicht vorgebeugt die verlassene Fußgängerzone entlang. Der Wind war so stark, dass er dagegen ankämpfen musste, und erste Regentropfen benetzten sein Gesicht.

Heute würde er es wagen. Er würde ein paar Sachen packen, zu Scarlett gehen und sie bitten, mit ihm zu kommen. Irgendwohin, ganz egal. Nur weg aus dieser Stadt. Weg von Martha.

War das überstürzt? Durchaus, er hatte die Idee erst vor ein paar Stunden entwickelt, doch die Gefallen, die er eingefordert hatte, konnten nach hinten losgehen und er hatte es noch immer nicht über sich gebracht, den Körper in seiner Tiefkühltruhe zu entsorgen.

Unterzutauchen würde das Beste sein. Und zwar gemeinsam mit seiner Maude. Mittlerweile war er sich fast sicher, dass sie zusagen würde.

Harold lächelte, als er die Fußgängerzone hinter sich ließ, begann, vor sich hin zu pfeifen, und versank in Träumereien.

Er war sich fast sicher, dass der Kerl sterben würde. Dadurch erhielt er freie Bahn und …

»Harold Ross?«

Er sah auf. Vor seiner Haustür standen zwei Police Officer.

»Ja?«

Einer von ihnen zog Handschellen aus seiner Hosentasche, ging um Harold herum und legte sie ihm um. »Sie sind verhaftet.«

* * *

Er erwachte ruckartig, warf sich zur Seite und übergab sich teils auf seine Decke, teils auf die Hand, mit der er sich abstützte. Er stöhnte und rieb sich den Kopf. Sein Hals kratzte schmerzhaft und auf seiner Brust schien ein Gewicht zu liegen. Er fühlte sich, als hätte ihn ein Lastwagen überfahren. Neben ihm standen zwei Gläser voll Wasser. Er nahm eins davon und trank es hastig leer. Danach übergab er sich ein weiteres Mal. Alles drehte sich. Vorsichtig nahm er auch das zweite Glas in die Hand und trank ein paar Schlückchen, ehe er es wieder abstellte.

Nachdem er sich sicher war, nicht von weiteren Krämpfen geschüttelt zu werden, ließ er die saubere Hand sinken, wischte sich die vollgekotzte abwesend an einer der Decken ab und sah sich um.

»Wo zum Henker …«

Jacob befand sich im hinteren Teil seines Ladens. Außer ihm war niemand hier, aber das Licht brannte. Er betrachtete die Decken, die ihn warm hielten, bemerkte die Kotze und würgte erneut.

»Sca, was hast du jetzt schon wieder angestellt?«, flüsterte er. Jacob schlang die Arme um den Körper und allein diese Bewegung sorgte dafür, dass ihn Schwindel packte. Er schloss die Augen, wartete, bis er vorüber war.

Nun versuchte er aufzustehen, dabei bemerkte er, dass sich etwas mit ihm unter den Decken befand. Er tastete danach und zog zwei Umschläge heraus, auf einem davon stand sein Name.

Das war Scarletts Handschrift.

Wahrscheinlich ihr Abschiedsbrief. »Tut mir leid, aber Harold und ich sind in eine andere Kleinstadt gezogen, um dort glücklich zu werden. Immerhin bist du nicht tot. Mach's gut, Scary.« So was in der Art. Er überlegte, den Umschlag einfach zu zerreißen, öffnete ihn dann aber doch. Darin befanden sich ein Brief in kleiner, leserlicher Handschrift und etwas Geld.

Jacob,

wenn du das hier liest, befinde ich mich bereits im Gefängnis. Für den Mord an dir und an Bertram.

Harold hat mir dabei geholfen, deinen Tod vorzutäuschen, nur deshalb habe ich mich so oft mit ihm unterhalten. Na gut, und weil der Kerl echt nicht alle Tassen im Schrank hat, du weißt ja, wie mich solche Leute anziehen. Er hält sich eine Leiche in einer Gefriertruhe, ist das zu fassen?

Wie dem auch sei, ich bin froh, dass es dir gut geht und du nun ein neues Leben starten kannst. Ohne mich. Schließlich glauben alle, du seist tot. Es gab sogar eine Beerdigung. Dafür musste ich alles Geld ausgeben, das wir noch hatten bis auf diesen jämmerlichen Rest in dem Umschlag. Sorry. Ich bin mir sicher, du findest einen Weg, über die Runden zu kommen. Zur Not verträgst du dich einfach mit deinem alten Herrn.

Verdreh nicht die Augen, ich weiß, dass dir das nicht passt, es ist aber nun mal der leichteste Weg. Deinen Laden kannst du jedenfalls vergessen.

Ach so, die Sache mit deinem Auto tut mir leid. Ich weiß, das Ding war deine kleine Blechgeliebte, aber ich musste sie opfern. Kauf dir einfach eine neue.

Ich rate dir jedenfalls, weiterhin tot zu bleiben. Du weißt, ich ziehe Zerstörung und Chaos an und wenn jemand erfährt, dass du noch lebst, bist du in Gefahr. Du bist nicht so ein Arschloch wie die meisten Menschen. Bist sogar an meiner Seite geblieben, nachdem du erfahren hast, was ich wirklich bin. Du hast echt Schneid! Normalerweise laufen die Leute vor mir davon.

Ich habe geglaubt, niemand erträgt es, lange bei mir zu sein. Du hast es ausgehalten. Deshalb habe ich mich auch dazu entschlossen, nicht nur deinen Tod vorzutäuschen, sondern mich zudem zu stellen. Weil ich dich kenne, du wärst sonst wieder angekrochen gekommen. So ist es besser. Geh deinen Weg und ich gehe meinen.

Hab ja jetzt Harold.

War nur ein Witz. Keine Ahnung, was der nun macht, denn ich muss dir sagen, der Kerl war ganz schön besessen von mir. Ich glaube, er hat gehofft, dass ich dich für ihn verlasse. Aber na ja, er kennt mich eben nicht.

Trotzdem war es gut, ihn auf meiner Seite zu haben, denn nur so ging mein Plan auf.

Dass ich dich mit meinen Schlaftabletten außer Gefecht setzen würde, wusste ich schon, als ich sie mir habe verschreiben lassen. Nur deshalb hast du mich überzeugen können, überhaupt zum Arzt zu gehen. Ich hab nämlich schon eine ganze Weile deinen Tod geplant.

Irre, oder?

Reine Vorsichtsmaßnahme, weil ich nun mal weiß, wie ich bin und dass früher oder später immer irgendein Mist passiert. Auch dann, wenn ich gar nicht will. Ich hab es echt versucht, Jacob. Ganz kurz glaubte ich sogar, dass ich in Woodnock ein Zuhause gefunden hätte und all den Scheiß hinter mir lassen könnte. Aber na ja, wir wissen beide, wie das ausgegangen ist. Immerhin weiß ich jetzt, wer mir mein Manuskript geschickt hat, aber dazu später mehr. Weißt du noch? Die paar Male, in denen ich dich mit deinem Gewicht aufgezogen habe? Das diente rein für die Dosierung deiner ... Drogen. Was für eine Ironie! Der cleane Ex-Junkie wird von seiner Frau mit Drogen vollgepumpt. Wir waren vorsichtig. Die Schlaftabletten waren dafür da, damit du umkippst. Harold hat nur darauf gewartet, dann kam er mit einer frischen Leiche an. Unfassbar, oder? Sogar ich war perplex! Irgendein Obdachloser, den niemand vermisst. Er hat ihn in sein Auto gehievt und zu unserm Haus gefahren, vielleicht hat er ihn sogar umgebracht. Aber das weiß ich nicht genau. Wahrscheinlich war das einer von Arthurs Kumpeln.

Jedenfalls habe ich einen Abschiedsbrief in deinem Namen geschrieben und vor einem Officer die hysterische Ehefrau gemimt. Hat Spaß gemacht. Ich hab es echt noch drauf. Harold und ich haben dich in deinem Geschäft abgeladen und sind mit der Leiche in die Highlands gefahren, wo wir dein Auto manipuliert haben, damit es ein schönes Feuerwerk gibt. Harold kennt erstaunlich brauchbare Leute, auch einen Rechtsmediziner. Er hat die Obduktionsergebnisse gefälscht und vorgegeben, die Leiche wärst du. Praktisch, nicht wahr?

Harold sollte auf dich aufpassen, damit ich alles mit Aleen regeln kann und du erst aufwachst, nachdem ich im Knast gelandet bin. Ich hoffe sehr, dass die blöden Schlaftabletten dich nicht wieder abhängig machten. Das wäre irgendwie beschissen.

Ach so, Bridget war für all den Mist, der uns widerfahren ist, verantwortlich. Sie ist in Wahrheit Aleen Gibbs, Willis Mutter.

Ja, so hab ich auch geguckt. Ich dachte, seine Eltern hätten ihn einvernehmlich verstoßen, aber es stellte sich heraus, dass sie Willi nie zurücklassen wollte. Sie hat mich für seine Mörderin gehalten.

Scheiße, irgendwie bin ich das ja auch.

So, jetzt weißt du, was passiert ist. Dich wegzustoßen, war doch im Grunde ganz nett von mir. Klar hätte es sanftere Methoden gegeben, aber du kennst mich ja. Ein vorgetäuschter Mord passt einfach viel besser zu mir.

Du bist frei, Jacob.

Sieh es als Dankeschön dafür, dass du als einziger Mensch daran geglaubt hast, dass etwas Gutes in mir steckt. Anscheinend hattest du recht. Ist zwar nur ein Fünkchen, aber immerhin. Es war ganz angenehm, dich um mich zu haben. Meistens. Manchmal konntest du auch echt nerven. Aber es war besser, als immer nur allein zu sein.

Bevor du gehst, bitte ich dich um einen letzten Gefallen. Siehst du den zweiten Brief? Darauf steht ebenfalls ein Name. Ich denke, du bist clever genug, um zu verstehen, was das zu bedeuten hat. Bitte überbring den Brief. Würdest du das tun? Dein Auto ist zwar Schrott, aber mit dem beiliegenden Geld könntest du dir eins mieten. Natürlich kannst du auch eins stehlen und das Geld anderweitig nutzen. Wie du willst.

Mach's gut, Jacob. Sorgen brauchst du dir keine zu machen, ich komm klar. Ich manipuliere einfach meine Mitgefangenen und bringe sie dazu, mir bei der Flucht zu helfen. Schau ab und an mal in die Zeitung, vielleicht findest du ein Bild von mir. Und Jacob?

Bitte such dir beim nächsten Mal eine Frau, die keine Irre aus der Klapsmühle ist, ja?

Sca

Jacob ließ die Arme sinken und starrte vor sich hin, ohne etwas zu sehen. In seiner Brust schien sich eine kalte Hand um sein Herz zu legen und zuzudrücken. Obwohl es ihm von der Überdosis immer noch furchtbar ging, übertraf dieses Gefühl seine Übelkeit bei Weitem.

Sie hatte ihn gerettet und ihm gleichzeitig das Herz gebrochen. Ja, das passte zu ihr. Zu seiner Sca. Sein Hals schnürte sich zu, also räusperte er sich, faltete den Brief und steckte ihn zurück in den Briefumschlag. Er würde ihn als Andenken behalten.

Nun richtete Jacob seine Aufmerksamkeit auf den zweiten Brief. Er nahm ihn, las den Namen darauf und lächelte.

Epilog

Es war ein seltsames Gefühl, zurück in St. Pit zu sein. Während Jacob seinen Mietwagen durch die Straßen lenkte, erinnerte er sich an das letzte Mal, als er hier gewesen war. Damals hatte er sich von einer üblen Stichwunde erholen müssen und Sca hatte am Steuer gesessen. Sie waren ganz langsam durch ihre Straße gefahren, was sich ähnlich unwirklich angefühlt hatte wie jetzt. Die Nachbarn hatten sie angestarrt und Scarlett hatte wie die Königin von England gewirkt. Es hatte ihr einen Riesenspaß gemacht, im Schneckentempo an ihnen vorbeizufahren. Seine Schmerzen waren ihr egal gewesen. Sie hatte nur interessiert, warum er nicht einfach abgehauen war.

Er schmunzelte.

Verrücktes Huhn.

Sein Auftauchen blieb nicht lange unbemerkt. Die ersten Türen öffneten sich und die Leute traten an die Straße. Es war ganz genau wie bei ihrer Ankunft und auch ihrem Abgang. So war St. Pit eben. Nirgendwo waren die Leute so neugierig und sensationsgeil wie hier.

Dabei war dieser Wagen bei Weitem nicht so auffällig wie

seiner mit dem Iron-Man-Aufdruck und der knallig roten Lackierung. Sollten die Leute gaffen. Er hatte nur eine kleine Sache zu erledigen, danach würde er wieder verschwinden.

Jacob fuhr an seinem alten Haus vorbei. Es stand noch immer leer. Eine Art Sehnsucht überkam ihn, die er aber schnell abschüttelte, indem er den Blick wieder nach vorne richtete. Er fuhr ein Stückchen weiter und hielt dann vor einem Haus auf der linken Seite.

Unter den Blicken der Leute stieg er aus und ging mit dem Brief in der Hand zur Tür. Er schellte.

Irene Walsh öffnete ihm. Auf ihrem Gesicht lag Überraschung, aber sie sah wundervoll aus. Nicht mehr krank und eingefallen wie zu der Zeit, als ihr gewalttätiger Ehemann noch lebte, von dem Sca sie befreit hatte.

»Jacob? Was machst du denn hier?« Sie blickte an ihm vorbei. »Ist Scary auch da?«

Jacob schnaufte amüsiert. Es gab nicht viele Leute in St. Pit, die gut auf Sca zu sprechen waren, aber Irene mochte sie offenbar noch immer sehr gern. »Nein, ich bin allein gekommen.«

»Wie geht es euch? Habt ihr ein neues Plätzchen gefunden, an dem ihr euch wohlfühlt?«

Jacob nickte. »Sind die Mädchen auch da?«

»Sie machen Hausaufgaben, soll ich sie rufen?«

»Im Grunde reicht es, wenn du mir Emilie holst. Ich habe was für sie.«

»Sicher! Möchtest du reinkommen?«

»Nein, danke, ich muss gleich wieder.«

»Oh, na gut.« Sie verschwand im Inneren des Hauses und rief nach Emilie.

Kurz darauf hörte er jemanden polternd eine Treppe herunterrennen. Jacob umfasste den Brief ein wenig fester.

Beide kamen an die Tür, Alex und Emilie. Alex stand die Freude ins Gesicht geschrieben, auch sie spähte auf der Suche nach Sca an ihm vorbei, Emilie dagegen blickte ausdruckslos drein.

»Hi«, sagte Jacob.

»Wie cool, dass du hier bist«, sagte Alex. »Wohnt ihr wieder hier?«

Jacob schüttelte den Kopf. »Ich bin nur kurz zu Besuch, Scary ist nicht bei mir.«

»Schade.« Sie schmollte.

»Hey, Emilie.«

Das Mädchen verzog keine Miene, trat aber hinter Alex hervor und stellte sich neben sie.

»Ich hab was für dich.«

»Was ist das?«, fragte Alex.

»Ein Brief.« Jetzt wieder an Emilie gewandt. »Von Scarlett.«

Emilie, die dabei war, den Arm nach dem Brief auszustrecken, hielt in der Bewegung inne.

»Ist es wegen dem Buch?«, fragte Alex und in ihrer Stimme lag ein schuldbewusster Ton. »Ich wusste, dass Scary das rausfinden würde, sie ist ja nicht doof! Wir haben es während des Nachhilfeunterrichts bei ihr geklaut und darin gelesen. Aber sonst haben wir nichts gemacht! Wir haben es nicht herumgezeigt oder so was!«

Jacob lächelte, blickte nun aber wieder Emilie an. »Ich glaube, du hast ein wenig mehr gemacht, als nur darin zu lesen, stimmt's?«

Sie erwiderte nichts.

»Echt?«, fragte Alex. »Was denn?« Jetzt an Jacob gewandt. »Wir haben es verloren. Ich weiß leider nicht, was damit passiert ist. Aber erzählt haben wir keinem davon!«, betonte sie mit Nachdruck. »Ist es denn alles wahr? Also, was da so drin steht. Sie hat ein paar krasse Sachen geschrieben.«

Emilie zog die Schultern an und ließ den Kopf sinken. Ihre Lippen waren fest aufeinandergepresst, sie stand kurz davor, zu weinen.

»Ja«, sagte Jacob. »Sie hat ein paar schlimme Dinge getan und die tun ihr allesamt sehr leid.« Was nicht ganz der Wahrheit entsprach.

»Sie hat miesen Arschlöchern eine Lektion erteilt! Ich finde das sehr mutig!« Alex ballte eine Hand zur Faust und ließ sie durch die Luft sausen, als hätte sie jemandem ins Gesicht geboxt. »Stimmt doch, Emilie? Wir haben ganz oft in ihrem Buch gelesen, das war echt cool! So ein Mist, dass es verschwunden ist.«

»Hier«, sagte Jacob und reichte Emilie erneut den Brief.

Sie zögerte.

»Nimm. Ich denke, sie möchte erklären, wieso sie deiner Mutter wehgetan hat.« Jacob hoffte nur, dass das auch stimmte. Scarlett hatte hin und wieder einen grausamen Humor und wenn der Brief eine Art Rechtfertigung oder gar eine Satire war, wäre das katastrophal.

Emilie riss Jacob den Brief förmlich aus der Hand. Sie strich sich eine Strähne hinter das Ohr, die sich aus ihrem Pferdeschwanz gelöst hatte, und begann dann, beinahe hektisch, Scarletts Brief zu öffnen.

»Was steht drin?«, fragte Alex, noch bevor Emilie überhaupt zu lesen begonnen hatte.

Während Emilie las, studierte Jacob ihr Gesicht. Anfangs blieb es ausdruckslos, doch dann schien es, als würde sich irgendetwas lockern. Ihre Unterlippe bebte, in ihren Augen sammelten sich Tränen und auf ihren Wangen entstanden rote Flecken.

Alex betrachtete sie ebenfalls, nun nicht mehr aufgeregt, sondern sorgenvoll.

Plötzlich sackte Emilie auf die Knie und weinte hemmungslos. Irgendwie schaffte sie es dennoch, weiterzulesen.

Jacob rutschte das Herz in die Hose, doch dann erkannte er, dass es keine Tränen der Wut, sondern der Rührung waren. Was auch immer Sca ihr geschrieben hatte, es sorgte offenbar dafür, dass Emilie endlich ihren Emotionen freien Lauf lassen konnte.

Irene tauchte hinter ihr auf und schlang die Arme um das Mädchen. Auch Alex kniete sich neben sie und umarmte ihre Adoptivschwester.

Es war ein wunderschön ergreifendes Bild und Jacob hätte am liebsten mitgeweint. Stattdessen wandte er sich ab und ging zurück zu seinem Wagen.

* * *

Er fuhr nicht gleich nach Hause. Wo auch immer sein neues Zuhause sein würde. Wahrscheinlich hatte Sca recht und er sollte zu Dad. Aktuell ließ sein Stolz das jedoch nicht zu, er würde ein wenig nachdenken und anschließend eine Entscheidung treffen. Jetzt stand er auf einer Klippe und betrachtete den Bristolkanal. Nicht irgendeine Klippe, sondern *die* Klippe. Die Klippe, von der Willi in den Tod gestürzt war.

Jacob stand nah am Abgrund, hatte die Hände in den Hosentaschen vergraben und spürte den Wind, der an seiner Kleidung zerrte. Nur ein falscher Schritt. Nur kurz die Balance verlieren. Zack, das wär's. Seltsam, wie schmal oft der Grat zwischen Leben und Tod war.

Jacob verspürte nicht den Drang, sich von der Klippe zu stürzen. Gab es am Ende nicht immer etwas, für das es sich zu leben lohnte? Selbst jetzt, nachdem er alles verloren hatte. Sca, seinen Wagen, seinen Laden, seine Spielzeuge, sein Geld.

Der Bristolkanal bewegte sich sanft unter ihm. Leichte Wellen schwappten an den Strand. Am Himmel gaben die Wolken einen Blick auf die untergehende Sonne frei.

Es gab immer etwas, für das es sich zu leben lohnte und wenn es nur ein Sonnenuntergang war.

Er dachte an die kleine Emilie. Scarlett hatte ihr ihre Familie genommen, aber gleichzeitig dafür gesorgt, dass sie von Irene und Alex aufgenommen wurde. Die beiden waren herzlich und liebevoll. Etwas, das Emilie vorher nicht gekannt hatte. Sie war unglücklich gewesen. Jacob hoffte sehr, dass sie nun mit ihrem Verlust abschließen konnte und erkannte, was ihr geschenkt worden war.

Scarlett hatte eine Menge Mist gebaut und sie war weiß Gott kein Engel, aber sie hatte eben auch ein paar gute Taten vollbracht. Wahrscheinlich war ihr das selbst nicht einmal klar, doch inmitten all der Dunkelheit hatte sie immer wieder für Licht gesorgt. Schade, dass sie selbst nie darin hatte baden dürfen.

Die Sonne wurde von einer dicken Wolkendecke verschluckt. Beinahe gleichzeitig setzte Nieselregen ein.

Sie hatte es verdient, das Licht zu sehen. Und er würde dafür sorgen.

Jacob wandte sich von der Klippe ab und machte sich auf den Weg zurück zu seinem Wagen.

* * *

Aleen Gibbs saß in ihrer Zelle auf der Pritsche. Ihre Hände hatte sie in Gebetshaltung zwischen ihre Knie gelegt, den Kopf hielt sie gesenkt, ihre Augen geschlossen. Hier drinnen gab es nichts als grau. Graue Wände, graue Tür. Kein Fenster. In den anderen Zellen brüllten Frauen und schlugen gegen die Türen, aber sie hörte es kaum. Die Stimmen entfernten sich immer weiter von ihr. Aleen blendete alles aus.

Hier hatte sie keine Möglichkeit, den letzten Schritt ihres Plans auszuführen, sie war dazu verdammt, weiterzuleben. Aber nicht länger in dieser Welt. In ihrem Verstand öffnete sich eine Tür, das hereinflutende Licht blendete sie. Mit an die Stirn gelegter Hand trat sie hindurch. Sie wanderte den Strand entlang. An ihrer Hand lief Willi. Er war wieder ein kleiner Junge und er strahlte. Der Sand knirschte unter ihren nackten Füßen, die Sonne lächelte auf sie herab, neben ihnen rauschte sanft der Bristolkanal. In der Ferne hörte sie kaum wahrnehmbar das Gebrüll vieler Frauen. Es störte sie nicht. Hier waren sie glücklich. Hier würden sie bleiben. Für immer.

Danksagung

Liebe Leser:innen,

ich hoffe sehr, die Reise nach Woodnock hat euch so sehr gefallen wie mir. Schottland hat eine ganz besondere Atmosphäre, nicht wahr? So mystisch, geheimnisvoll, so rätselhaft. Und selbstverständlich voller Regen, Regen, Regen. Die eine oder andere künstlerische Freiheit bei der Beschreibung der Highlands habe ich mir erlaubt und hoffe, ihr seht es mir nach.

Die Geschichte von Scarlett ist noch nicht vorbei. Nachdem sie Wales und Schottland unsicher gemacht hat, sollten sich die Iren nun auf den nahenden Sturm gefasst machen. Ich hoffe, ihr seid wieder mit dabei!

Wie immer möchte ich mich bei den großartigen Menschen bedanken, ohne die dieser Roman nicht das geworden wäre, was er nun ist.

Besonderer Dank gilt meiner fantastischen Lektorin Simona Turini. Deine Anmerkungen sind Gold wert!

Danke auch Heidi fürs Ausmisten der lästigen Rechtschreib- und Grammatikfehler. Dieser Dank gilt ebenfalls den beiden Empire-Korrekturleserinnen Sonja und Dagmar.

Karl-Hermann Pingel vom Bestattungshaus Pingel in Lingen war mir bei meiner Recherche von unschätzbarem Wert. Vielen Dank fürs sich Ausquetschen lassen, Inputgeben und dass Sie mir nicht böse waren, dass ich einen Thanatopraktiker eingebaut habe, der eher dem Klischee entspricht, nur abgedrehter.

Sollte ich mir die eine oder andere künstlerische Freiheit erlaubt haben, liebe Leser:innen, bitte ich dies zu entschuldigen. Herrn Pingel trifft hier keine Schuld.

Genauso wenig wie die nächste Person, die ich erwähnen möchte. Vielen Dank, Daniel, dass du mir bei den Fragen zur Chemie zur Seite gestanden hast! Schon wieder. Und wahrscheinlich nicht zum letzten Mal – hihi!

Vielen lieben Dank meinen fantastischen Testleser:innen Angela und Michael! Ihr habt der Geschichte die Ecken und Kanten abgeschlagen und sie rund gemacht.

Herzlichen Dank dem weltbesten Empire-Verlag, vor allem Thomas Seidl, für … einfach alles!

Ich danke meiner Familie und meinen Freund:innen für jegliche Unterstützung und das gute Zureden. Ganz besonders danke ich dir, Anna!

Ich danke meinem allerliebsten Katzenmann Spikey alias Rollmops, fürs Trösten, mich an Pausen Erinnern und für dein beruhigendes Schnurren.

Und natürlich danke ich auch euch, liebe Leser:innen. Ohne euch wäre das Autorinnenleben nicht einmal halb so schön!

Ich hoffe, wir lesen uns schon bald wieder – vielleicht in Irland?

Eure Gillian

Die Rote-Rache-Reihe

Ich lüge bis du stirbst
Empire-Verlag, Juni 2022

Wie weit würdest du für deine Rache gehen?

Ein Zuzug ist für die Gemeinde des Küstenstädtchens St. Pit immer eine Sensation. Entsprechend überschwänglich und voller Neugier begrüßen die Bewohner das frisch hinzugezogene junge Pärchen aus der Großstadt und helfen sogleich, die Umzugskartons im Haus zu verstauen.

Scarlett und Jacob Dyer scheinen sich wunderbar in die Idylle einzufügen, doch die Bewohner ahnen nicht, dass Scarlett in Wahrheit nur ein Ziel verfolgt: ihre Rache.

Scarlett Dyer hieß früher Olivia Lewis und war in ihrer Kindheit ein Teil der Gemeinde. Mehrere schreckliche Ereignisse führten dazu, dass sie in das Harrison-Hill-Hospital, eine psychiatrische Klinik, eingewiesen wurde. Nun zwölf Jahre später ist sie zurück und bereit, die Schuldigen büßen zu lassen. Ein chirurgischer Eingriff verhindert, dass man sie erkennt. Scarlett gibt sich charmant, hilfsbereit und humorvoll, doch hinter dem Rücken der ahnungslosen Gemeinde zieht sie Fäden, die St. Pit schon bald ins Chaos stürzen werden.

»Ich lüge bis du stirbst« ist wie eine Riesenwelle, die zunächst einen düsteren Schatten wirft und am Ende nichts als Zerstörung hinterlässt.